花にして蛇シリーズ 1

アンヒンジ

オンリー・ジェイムス

冬斗亜紀〈訳〉

Necessary Evils Book #1

Unhinged

by Onley James

translated by Aki Fuyuto

Romance
Deep Edge

UNHINGED
(Neccesary Evils Book #1)
by OnleyJames

◎この物語はフィクションです。実在の人物、団体等とは関係ありません。

イラスト：市ヶ谷モル

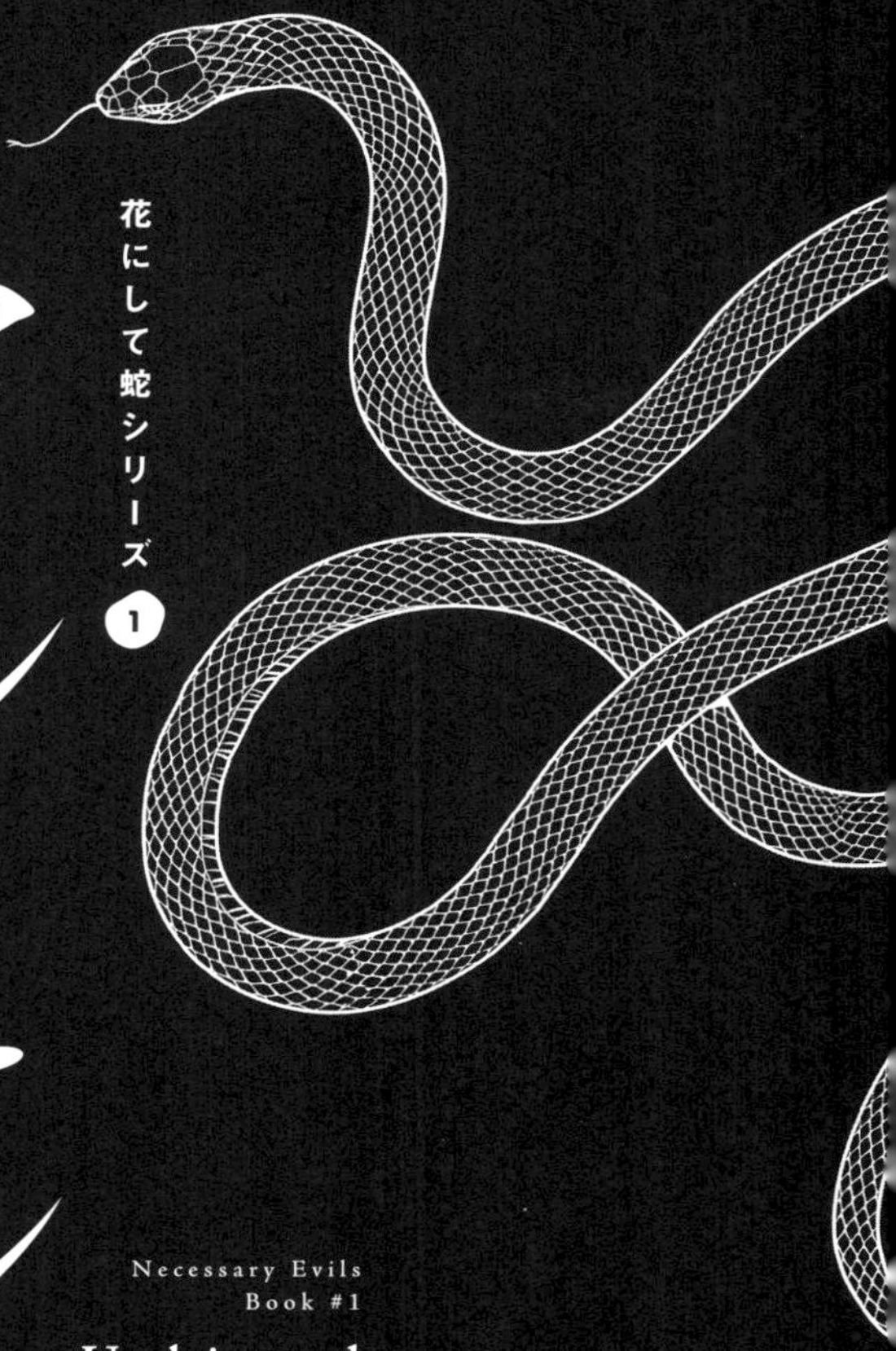

花にして蛇シリーズ 1

アンヒンジ

Necessary Evils
Book #1

Unhinged

プロローグ

Dr.
Thomas
Mulvaney

被験体：アダム

これが一番の難関だ。子供を見つけること。

だがこの少年が……最後の一人。ついにそろう。

トーマス・マルヴァニー博士には、志を共有し、この研究がリスクに足ると理解してくれる少数の科学者仲間がいた。隣にいる女性、アルボア医師はこの試行に加わって間もない。トーマスの親友デイビッドの下で働く二年目の研修医だった。

「彼の年齢は」トーマスはたずねた。

若いアルボアがおずおず首を振る。「六歳前後かと思われますが……」

怯えるはずだ。法に反したことなのだ。非人道的とすら言われるだろう。トーマスにとっては〝必要悪〟だが。

「保証する、あの子にはこれが最善だ」トーマスは断言した。「あの子は自分の同類と一緒に暮らすべきなのだ。特殊なニーズを満たす環境で」

二人はガラスごしに、テーブルの前に座る少年を見つめた。子供にしては異様な落ちつきだ。身じろぎもしない静謐さは肉食動物や熟練のスナイパーにしか見られないものだった。

「薬を投与しているのか？」

またもや彼女は首を振った。「いいえ。彼は一人になるとああして……スイッチが切れるんです。自分の内側に閉じこもっている。あのようなトラウマ体験を持つ子供には珍しくありません」

トーマスもこれまで見てきた。それも幾人となく。

カルテによればこの少年は、通報を受けて無理心中の現場に駆けつけた警官に発見されたのだった。ラジエーターにつながれていた足首には、長期間の拘束をうかがわせる消えない傷の輪があった。

その家で見つかったのは彼ひとりではなく、ほかの子供たちも不潔でひどい状態だった。ただ彼以外の二人はまだ十分幼く、正常な暮らしに復帰できるかもしれない。しかしこの子は？この年齢で？　愛着障害がすでに出ている。経験上もうそれは治療不可能だと、トーマスは知っていた。

不自然に白い肌、光のない青い目、漆黒の髪を観察した。募集すれば即座に里親が決まるだろう。六歳ほどにしてはずっと幼く見える。幼い白人の子供、とりわけ男の子は、里親たちに常に人気だ。自分たちが何を家に招き入れたかも知らないまま、この子を養子にして。そして手遅れになる。

トーマスは溜息をついた。「診断は？」

アルボア医師は腕組みをした。「書類上の？　反抗挑戦性障害、行為障害、愛着障害、心的外傷後ストレス障害です」

「非公式には」

彼女はまなざしをさっとこちらに向け、すぐにまた少年を見た。恐ろしくて目を離していられないかのように。優れた危機感知能力だろう。

「サイコパスの兆候が増加しています。ためらわず嘘をつき、ほしいものがある時は周囲を魅了し、魅力的で計算高い。大人へ不適切に接触してくるのは、長期に虐待を受けていたためでしょう。自他に危害を加えようとはしませんが、他者の痛みに共感しません。育った環境を考えれば無理もない」

「夜尿、放火、動物虐待？」

「判断は早計かもしれませんが、現在のところはありません。むしろ、小さな子供たちにはなつかれている。彼はその子たちをまるで……ペットのように可愛がっています。年下の子たちを死なせないよう世話させられていたからではないかと、我々は見ています。移動範囲が制限されていた中では、難しい仕事だったでしょう」

完璧だ。

「興味深い。名前はあるのか?」

「あっても言おうとしません。我々はただ〈アダム〉と呼んでいます」

彼女の声は、骨の髄まで疲れ切っているようだった。

トーマスには理解できた。小児精神科医として働いていると、時に人間がどれほど非人間的になれるか、もっともか弱いはずの子供にどれほどの苦痛やトラウマを与えられるのか、見せつけられる。小児の精神障害の多くが、その子を愛するべき大人の手で引き起こされたものだと知る。そんな経験に魂が削られて、いずれほとんどが耐えられなくなる。

そこがトーマスの出番だ。これらの子供を治すことはできないし、魂についた傷は消えない。運がよければ引き取った里親家族の重荷になる程度だが、最悪のケースでは、家族はおろか隣近所まで呑みこむ厄災と化す。ペットが消え、親たちはドアを何重にも施錠し、家族全員でひとつの部屋に身を寄せて眠るようになり、限界を迎えると司法にすがりついて介入を求めるのだ。だが介入はされない。

トーマスなら介入できる。子供が社会に牙を剝く前に、つれていける。

「出生記録はなしか?」と医師にたずねた。

彼女がまた、さっと視線をよこした。

「ありません。両親は届け出を出すタイプではなかったようです。家にいたどの子供にも出生証明書はありませんでした。ＤＮＡ鑑定で全員に母親との血縁関係が認められたため、誘拐ではないとわかりました。彼女を殺した犯人は末子の父親で、ここにいる少年の生物学的な父親についてはもはや知りようもない。ＤＮＡデータベースに一致するものはありませんでした。近親すらも。記録上、この少年は存在していない」

「彼のファイルについては？」

「簡単に消してしまえます」

このような子たちは、いつもシステムの隙間からこぼれ落ちる。忘れられたものたち。何者でもないものたち。息をするだけの、システム上の幽霊。里親に引き取られては突き返され、見守ると約束したはずのソーシャルワーカーは積み上がる一方の業務に忙殺される。誰が悪いわけでもない。システムが壊れた歯車であり、そもそも非効率的にできているのだ。

トーマスには都合がいいことに。

「理想的だ。ではあの子に会わせてもらえないか。今」

彼女はごくりと唾の音を立てると、水のボトルをつかんで数口飲んだ。

「この子たちをどうするんですか？」と思いきった様子で聞く。

気になるのは当然だろう。真夜中に子供をさらっていく（ように見える）博士なんて、悪夢の登場人物だ。おとぎ話の悪役。この手の医師たちがどんな相手に悩まされているかを思えば、トーマスに警戒するのは当然だ。警戒するべきなのだ。

だがトーマスは問題の元凶ではない。解をもたらす者だ。

「私は、彼らに形を与える」

彼女は眉をぐっと寄せた。大きな眼鏡の向こうで視線が鋭く尖った。

「どんな形を？」

殺人者の形を。トーマスは微笑んだ。「神が彼らに望んだような」

ぎょっと後ずさった彼女は体の横で手を震わせた。「アダムの身に起きたことに神の御心《みこころ》など感じられませんよ」

トーマスは首を振った。

「このような言い回しを聞いたことは？　『精神病質者《サイコパス》は生まれつくもので社会病質者《ソシオパス》はなるものだ』と？　研究によればそれは正しい。だがもし、サイコパスが設計の欠陥で、な、い、としたら？　もし彼らが、ほかの者にはできない使命のために存在しているなら？」

「一体何をおっしゃっているんです」

「今言えることは、私がアダムのような子供たち専用のホームを運営しているということだけだ。アダムは行き届いた世話を受ける。ここにいる誰も、どこもかなわないほどのね。最高の医療と最上の教育が与えられ、私が彼の能力を活かす」

「活かすとは、どうやって？」

アルボア医師は、まるでトーマスこそがソシオパスであるかのように彼を見つめていた。

トーマスはさっと大きく手を振る。

「この子の才能《ギフト》を、邪悪なことではなく善に使うということだ」

医師が鼻を鳴らした。「才能《ギフト》？　このような疾患、ギフトだなんてとても思えません」

途中からトーマスはすでに首を振っていた。

「そう、そこが間違っているのだよ、ドクター・アルボア。サイコパスを治すことはできない、ソシオパスを治すことはできない。だが彼らを導いて、目的を与えてやることはできる。彼らの内なる怒りを、それに値するしかるべき相手へ向けるのだ」

「しかるべき？」彼女がくり返した。「あなたは、この子たちを怪物にしようと？」

「まさか、そんなこと。この子たちは元から怪物だ。私が彼らに教えるのは、そのような怪物を生み出す者の殺し方だよ」

長いこと黙っていたが、やがて彼女が聞いた。「うまくいきますか？」

「これから調べる。この子たちは最初の被験体だ。彼らの一生に渡って、私はその進歩を記録し、標的を見極めて選び抜く方法を教える。世間に溶けこむ方法を叩きこむ」

またしても彼女のまなざしはアダムへ向かう。アダムはまだ何もない壁に向かってまばたきをくり返していた。

「あなたのところには何人の子供がいるんですか」

「アダムを含めてか？　七人だ」

　きわめて少ないサンプル数だが、七人を超えると、おのおのに十分な時間や目がかけられなくなる。子供にトーマスや互いをたよることを学ばせる、そこが肝心なのだ。愛する能力が備わってなくとも信頼は育てられる。信頼はいずれ必要になる。この子供たちは、もっともらしく社会にまぎれなくてはならないのだから。

「一体どうやって家いっぱいのサイコパスを育てる気ですか、マルヴァニー博士？」

　聞きながら彼女は、背後のガラスごしに幼い少年を見やった。

「とても慎重にだよ、アルボア医師。それは慎重に」

　一呼吸後、彼女は歩み寄ってドアを開け、先に入るようトーマスを手招きした。中へ入ると、アダムは冴えた青い目でトーマスを追ったが、目玉以外はぴくりとも動かなかった。アルボア医師は彼に怯えているが、完璧だ、とトーマスは思う。完璧な標本。最後のひとり。

　トーマスは少年のそばにしゃがみこみ、片手をさし出した。

「ハロー、アダム。私はトーマス・マルヴァニー。きみを新しい家へつれていくために来たんだよ」

　無関心の仮面がひび割れて下からゆっくりと、ほとんど不吉な笑みが現れた。少年はトーマスの手を取って握り返した。アルボア医師がこの子を前にすると神経質になるのもわかる。アダムには基準となる〝正常値〟がないのだ。ただ観察し、見たものを模倣している。これは六歳の少年ではない。生まれて六年目のロボットが、六歳の少年らしくあるためのソフトウェアをインストールしただけだ。

アダムは掘り出し物だ。トーマスには即座にそれがわかる。

「では、行こうか」

1
Adam

アダムは赤いフーディーを深くかぶり、スウェットの貫通ポケットの奥でナイフの柄を握った。夜に溶けこむのはたやすい。影から影へ、暗く汚れた道の街灯の干からびた黄色い光を避けながらたどるが、それでもここに安全などない。まったくの逆。

町の、捨てられた一角。建物の窓には格子、道は穴だらけ、雨の日はギトつく油だまりが並ぶ。銃砲店や保釈保証屋、弁護士事務所が目立つ並びは、アダムのご近所とはまるで別世界。

だが金持ちの体験ツアーとして貧しい街を訪れたわけではない。ここの連中は彼の同類だ。アダムは人生最初の六年間、ミニマートの裏手にある荒れ果てたトレーラーハウスで育ったのだ。

巡回のパトカーが、時おりフラッシュライトをしつこく浴びせて集団を散らしている。だが彼らもアダムには気付かない。誰もアダムには気付かない、決して。だから今も自在にうろついて、狩りが、殺しができる。ただ今夜ばかりはもう早くベッドに入りたかった。

慣れた顔さえすればその場に埋没できるのはじつに不思議だ。たとえ世間によく知られた姿でも。ある業界のセレブでも。きっと真実があまりにもありえないので、逆に気付かれないのだろう。億万長者トーマス・マルヴァニーの末っ子が真夜中に町の最底辺を単身でうろついているなんて、じつにありえない。

だがその身分は、アダムの真の姿ではない。真実を言うならアダムは何者でもなかった。念入りに作り上げられた虚構、過ちを粛正するために生み出されただけの存在。うまく演じすぎた虚構は、アダム自身、真実と錯覚しそうだ。だが本物じゃない。本当のことなどどこにもない。だからこそこんな夜歩きがたまらなく楽しいのかもしれなかった。この界隈では誰も彼などどうでもいい。マルヴァニー家のことも知らず、世間の目に映るアダムの姿も知らない。気にもしてない。

暗い路地を渡り、空っぽの建物の入り口へ向かう。そこに……道具を保管してある。明かりなしでも様子はわかった。十五歳の頃から通っている。ナイフをしまって帰るだけだ。十二時前には家に着けるか。

スニーカーがコンクリートに擦れる音に気付いた時には、もう遅かった。銃の撃鉄が上がる音が重なり、うつろな建物内にこだまする。それでもアダムは足取りをゆるめなかったが、震える声が叫んだ。

「止まれ!」

無視してやろうか。若くて自信のない声だし。むしろビビっている。路上が凍える季節にホームレスのガキが迷いこむのはよくあることだ。ジャンキーかもしれない。小銭かクスリ目当てのヤク中。それでも撃たれる可能性はゼロじゃないし、おどおどしたジャンキーが運良く内臓を撃ち抜くことだってある。街のこんなところでぶち殺されでもしたら、父はアダムを生き返らせて自分の手でもう一度殺しにかかるだろう。

溜息まじりにゆっくり足を止め、振り返って、アダムは襲撃者と向き合った。ああ、素人だ。暗い中で唯一の光の輪に立ち、すっかり顔をさらしている。アダムの記憶だけで精細な似顔絵が描けそうなくらいに。

アダムとは対を為すような相手だった。日焼けしたアダムに対して、正反対の白い肌とそばかす。漆黒の髪に対して、乱れた薄茶色の髪。アダムの水泳選手《スイマー》体型とは真逆の、小柄で華奢な体つき。

それほど年下でもないか。二十代前半に見えた。

どこの誰にせよ、拳銃に慣れていない様子のガキだった。構えや手の震えでバレバレだが、引き金に指がかかっているし、アダムとしてもほかの捕食者《プレデター》と同じ程度の警戒はしないと。

「いいだろ、さあ俺をつかまえた。で、どうする?」とアダムは聞いた。

「フードを取れ」

命じながら、言葉と一緒に手の中の拳銃がふらつく。おかしなことを、とアダムは眉を寄せた。

「どうして」

ガキは困ったようだった。言い返されるとは思わなかったのか。拳銃で優位に立てるつもりだったのか。普通の相手ならともかく、アダムにか。

銃を振った。「質問はするな。いいから取れ」

アダムは一歩前に出て、その分下がる相手を楽しげに眺めた。

「断る」

ガキが目を剝《む》く。泣きそうに見えた。「断る? 脳天をふっとばすぞ」

嘘つけ。「なら撃てよ」

引き金の上でピクンと指が震えた。へええ、撃ちたがっている。アダムを殺したいのだ。おもしろい。もしかしたら人違いか? 犯罪者があふれる地区だ、恨みも多い。

「あんたの正体を知ってるんだぞ」

妙に腹の据わった声になった。

アダムはつい笑いをこぼす。

「へー。じゃあ俺は誰なんだ？」

目を細めたガキの顔に歪んだ笑みが浮かんだ。寒いのに汗をかいているが、薬物中毒者だとはもう思えなかった。怯えきっているが目に濁りがなく、肌もきれいだ。ジャンキーではない。

「アダム。マルヴァニー」

一音ずつ、くっきりと。声に出すことで、超自然的な憤怒を呼び覚まそうとするように。

唇から放たれた自分の名に、アダムはにやけた表情を消した。身元を隠さなくていいなら顔を見せてやるか。相手の言いなりになったふりで。

顔を隠すフードをのけた。

「で、お前は誰だ？」

「ノア」

ためらいなく返事があった。

その名を、アダムは唇でなぞる。まさか答えるとは。相手を生かして帰すつもりなら自分の名は教えないものだ。いい兆候ではない——すでに人生から幾度も踏みつけられてきたような、この哀れなノアにとって。

「そうか。何がほしい、ノア？　金、クスリ？　手持ちは百ドルだけど、俺のデビットカードを持ってけばもっと使えるよ。暗証番号も教える」

ノアの顔が憤怒に歪んだが、幼いそばかす顔に似合わなさすぎていっそ滑稽なほどだ。だが凄みがあった。

「あんたにはその程度のことか？　金をばら撒いておしまい。一体どうしてそんな真似ができるんだ」

「何をだ。俺はただお互い無事に帰りたいだけさ。金ならあるし。お前は困っていそうだし。生きるためなんだろ、お前は悪くないよ」

そう言われたノアは——そんなことが可能なら——ますます怒り狂ったようだった。

「世間にはお前の正体が全然見えてないんだろうな。適当なことばっかり言いやがって」

その言葉は正しい。だからか、妙にアダムの心がざわめいた。何者であれ、下調べ済みか。ノアは今、自分の死刑執行状にサインしたも同然だ。このガキが無残な終わり方をするだろうと思うと、嫌な感じの刺すような痛みを覚えた。

それでも何の話かわからない顔をするのが一番だろう。

「金があると言ったのは嘘じゃないぞ。口座の残高を見るか？」

「てめえの金なんかほしいわけねえだろ！」

ノアが怒鳴った。目から憤怒の涙がこぼれ、汗と唾液が飛んだ。

アダムはさらに二歩、ゆっくりと距離を詰めた。

「なら何がほしいんだ、ノア？」

ノアはせせら笑い、それからすすり上げて、手の甲で鼻を拭った。

「血まみれで倒れて死んでくあんたが見たいね」

声から滴る毒気に、アダムの眉が大きく上がった。

「俺はお前を知らないのにか、ノア。殺したくなるような何を、俺がしたんだ？」

ノアは目を見開き、口元を歪ませた。

「本気で、ぼくのことを覚えてないいんだな？」

全然。「覚えているはずなのか」

「あんた、殺した相手も思い出せないくらい大勢殺してきたのかよ？」

まあそのとおり。とはいえノアには言わないでおこう。大体、ノアがアダムの獲物の一人だったなら、今そこに立って息をしているわけがない。

「俺が誰を殺したって？」

「ぼくの父さん。ウェイン・ホルト」

アダムは目をとじ、脳内を流れる大量の被害者たちのリストから、対象の名前と情報を引っ張り出した。ウェイン・ホルト、五十一歳。十歳未満の児童を少なくとも十五名以上暴行、殺害した常習犯。どうやってか三十年にもわたって露見を免れていた。警察に十分な証拠をつかませることもなく。

幸いアダムの仲間には、もっといい情報源がある。断罪も迅速。

このガキを知っている、とアダムはハッとした。随分昔だが。ウェイン・ホルトはアダムにとって初期の殺しだった。三番目あたりか。アダムが十六歳の誕生日を迎えてからざっと二週間後のことで、このガキも十歳くらいだったはずだ。脳内で計算した。ああ納得。このガキがあの時、夜の影から出てきてめそめそとパパを呼んだので、アダムのお楽しみはろくに始まらないうちに終わってしまったのだった。

家の中の目撃者を確認しなかったことでトーマスにめっぽう絞られたが、あの日のアダムはとんでもなくテンションが上がっていて、ウェイン・ホルトに犠牲者たち全員分の苦しみを思い知らせてやる気満々だったのだ。

本当にあの子供がノアだったなら、彼もまた、奴の被害者である可能性が高い。

「きみの父親は怪物だった、ノア。心の底ではきみもわかっているんじゃないのか」

またもや拳銃が大きくぶれた。

「ふざけんな。父さんのことなんかろくに知りもしないくせに」

「ところが知ってるんだよ。証拠もある、どうしてもならな。俺は見たが、きみがあれを見たいとは思えない。見たら心から消せないものもある」

「黙れ！　お前は嘘ばっかりだ。この……殺人鬼が。そんなチャラチャラしたふりをしてるけど、正体はおぞましい怪物のくせに」

アダムは溜息をついた。これ、どうしようか。こいつをどうしたもんだろう。殺せはしない。いや可能だが、やるつもりはない。わかっているのだ、心の芯で。初めてあの少年を見た夜にも殺せなかったし、父の死を嘆く今の彼を殺せもしない。長い計画の末、今夜やっと実行に踏み切ったのだろうし。

とはいえアダムもここで死ぬ気はない。

「きみの選択肢は三つだ、ノア。今帰れば、俺もすべてなかったことにする。それか、俺が電話をかけてきみに父親の正体を見せ、親子の楽しい思い出をぶち壊しにしてもいい」

アダムは距離を詰め、銃身をつかむと、銃口を自分の額に押し当てた。

「さもなきゃ、引き金を引いて俺を殺せ。どれを選ぼうが真実は変わらない。きみの父親は小児性愛者の幼児殺しだ」

これほど近づくと、ノアの深い茶色の目がよく見える。赤らんで涙で濡れた目。肌にそばかすが散り、頬と顎に汚れがついている。飢えと怒りの下にあるのは個性的な顔だった。アダムが偽装を保つためにおつき合いしている甘ったれた社交界の花たちとは、まったく違う顔。

「どれがいい、ノア？」アダムは優しく聞いた。「俺のおすすめは一番目だ」

ノアの視線は空っぽの倉庫内をせわしなくとび回り、震えるほどのエネルギーが、額に押し当てられた銃口から伝わってくる。

「電話をかけろ」

ノアが打ちひしがれた声で言った。

「スピーカーで」とつけ足す。「聞こえるように」

アダムは溜息をついた。

「ノア――」

「やれよ！」

ノアが刺々《とげとげ》しく懇願を断ち切った。

銃が下げられると、アダムはナイフをフーディーのポケットに置き去りにして抜いた手を、尻ポケットにゆっくりと近づけた。携帯電話を取り出し〈よく使う連絡先〉の先頭にある名前を押す。

『どうしたのバターカップちゃん？』

電話から響く女性の声は、深夜十一時には不似合いにほがらかだった。

「スピーカーだ」とアダムは知らせた。

カリオペは、スピーカーフォンで話していいような相手ではない。長い爪がキーボードを叩きのめす音がピタリと止まった。

『へーえ、どうしたの？　トラブル？　アダム、あんたまたやらかしたなら――』

「聞かれてる」再度の念押しでおしゃべりを遮る。「たのみがあるんだ。ある情報にアクセスできるか？」

『ブリキ男のペニスは金属だと思いますかって？』

アダムは眉をしかめた。「何を言ってるのかわからない」

『はー、時々この仕事がヤになるよ』カリオペがぼやいた。『何がほしいの』

「ウェイン・ホルトの証拠ファイルを送ってくれ」

電話の向こうに長い沈黙が落ちた。

『どうしてよ？　十年以上昔の件を』

「いいからやってくれ。全部ほしい」

『全部ってことはあの――』

「そう、それもだ」アダムはピシャリと言ってから、深く息を吸い、吐き出した。「ごめん、カリ。疲れる夜でさ。送ってもらえるかい？」

『いいよ。まかせて、ドールフェイス。五分ちょうだい』

それで電話は切れ、アダムとノアは、銃がなくなった分だけ前より近くに立っていた。

「帰った方がいい」アダムは声に懇願をにじませた。「俺たちはあれを見たが、きみが見ることはない。誓ってもいいが、きみの父親が有罪だという証拠はたっぷりあったんだ」

その言葉に現実の痛みを受けたかのように、ノアの顔がくしゃくしゃに歪んだ。

「ならどうして警察に訴えなかったんだよ」

「きみの父親は痕跡を消すのが上手だった。警察は、令状やら証拠保全やら気にすることが多いだろ。うちは違う。俺たちは、ただ真実がわかれば十分」

「俺たち？　そもそもあんた何者なんだ。ぼくと大して違わない年のくせに。父さんを殺した時だってやっと車の免許を取れるかっていう年齢だったろ。これでも調べたんだ。子供を雇って大人を殺させるなんてどこのバカだよ？」

「雇われてない。仕事じゃないんだ。福利厚生も年金もない。たのむよノア、帰るんだ」

携帯の通知音が軽やかに鳴った。アダムはメールをタップし、一番下で点滅している暗号化ファイルを表示する。

「最後のチャンスだぞ」

その携帯をノアがひったくり、再生ボタンを指で叩いた。アダムは背を向ける。あの動画をもう一度見るのも、ノアの反応を見るのもお断りだ。幸い音は入っていない。ノアの反応を聞くだけで十分だった。鋭く吸いこまれる息、傷ついた獣めいた押し殺した悲鳴、そして最後にコンクリートにビシャッととび散る嘔吐の音。ノアが胃の中身を吐き出したのだ。

ノアを慰めたい衝動を、アダムは呑みこんだ。何が言える？　どんなカード売り場にも『お気の毒様：きみのパパがクズだったことについて』なんてメッセージカードはない。もっともこれだけクズ親がいるこのご時世、いっそ売れるか。

アダムは向き直り、優しく、自分の携帯を取り返した。

「あいつは、きみが泣いたり復讐するような価値のない男だ。たとえきみに指一本ふれてなくても。消されて当然の男だった。その過程できみを巻きこんだのは申し訳ない」

　ノアがにらみ返した。

「だろうさ、申し訳なさすぎて夜も眠れないんだろ？」

背を向けて立ち去るノアを、肩を丸めてうつむく後ろ姿を、アダムはただ見送った。打ちのめされた犬のようだと思いながら。

　歩いて家に帰る間も、数時間後にベッドに入ってさえ、ノアの顔がずっとちらついていた。父親の死後、ノアはどう生きてきたのだろう？　食う物に困ってやしないだろうか？　住む場所は？　どこかでひとりぼっちで自分に銃弾をくらわす二秒前だったりしないだろうか。

　アダムは誰よりよく知っている。幼少期のトラウマというやつは、最悪のタイミングで、しかも一番卑怯なやり方でよみがえり、取り憑くのだ。そして脳の、その記憶をしまいこんでいた扉の鍵を一度開けてしまうと、また閉じこめるのはほとんど不可能だ。

　夜が明けても一睡もできていなかった。目に手のひらを押し付けると、しまいにはまぶたの裏に火花が散る。父親やアティカスとクラブで朝食を取る予定があるのだ。ノアについて報告するべきなのはわかっている。アダムの正体を知る人間が野放しだと、知らせなくては。だが言いたくなかった。誰にも言いたくない。自分の中の奇妙な一部がノアを独り占めしたがっている。

　よろよろとシャワーに向かい、熱い湯を背と肩に浴びながら、大きな茶色い目と白い肌に散ったそばかすを思った。どういうわけか、あのガキを、あの子を、守らねばいけない気がする。どうしてあの子なんて思うのかわからない。六歳も離れていないのに。だが、アダムは自分が老いて生まれたような気がしているのだ——この二十七年間で人生を百回分くり返したような。

ノアの人生は見るからに楽なものではなかっただろうが、そこにある無防備さ、しんと凪《な》いだ絶望感が、アダムの奥底に埋《うず》もれていた何かに訴えかける。自分でも存在を知らなかったもの。良心。

少しはノアの気も晴れるだろうか？　アダムが本当に眠れない夜をすごしたと知れば。

2
Noah

また、あいつが見てる。

ほとんど毎晩になりつつあった。はじめノアは、自分がイカれて幻覚を見ているのかと思った。だが本当にあいつだ。アダム・マルヴァニー。ノアの父を殺した奴。

ノアの父親……小児性愛者。それを思うと胃がよじれ、あの動画が脳の中へ這い出してこようとする。だがノアはそれをはねのけたし、あれを忘れる賢いやり方なら百万とおりは知っている。

今この瞬間もあいつの視線を感じた。ダンスミュージックのベースが刻む轟音のリズムの中でも、暗い壁をめくるめくネオンビームが彩っても、ひしめいた肉体がひとつの波のように揺れても、ノアはアダムの視線を感じていた。何を考えているんだか。

はじめは報復や口封じに来たのかと思ったが、ノアが己の悲嘆にとどめを刺すチャンスをいくらやっても、あの野郎はノッてこなかった。ただ見ているだけだ。苦しむノアを見て楽しみたい変態なのかもしれない。それならいい気味だ、ノアはすっかりハイでご機嫌なのだ。

クラブの裏口からふらりと出て、爽やかな夜気を吸う。ろくに着込んでいない。人工の幸福感が駆けめぐる体は熱い。

路地は腐った生ゴミと小便の匂いがしたが、ノアはバレエダンサーのように路地でくるくる回り、後ろでドアがバタンと開閉するとその音でぐらついた。そっちは見ない。ストーカーはガン無視だ。そのまま、よろよろと路地から駐車場へ出た。

まだ夜も浅いので角や駐車場、酒場前に人が溜まっている。だが、かつてないほどの孤独に押し包まれていた。いつもノアはひとりだ。周囲にどれだけ人がいようと。どれだけあがいても満たせない空虚がずっと心に口をあけている。ドラッグもアルコールもゆきずりのセックスも効かない。最後の一つを思ってノアの唇が上がった。今夜、女友達のベーリィとその彼女をカウンターに残して適当に目をつけた男をトイレまで追いかけたのに、相手が酔っ払いすぎて勃たなかったのだ。寝かせて個室に置いてきた。

思わず笑い声を立てると、しんとした夜にやけに響いた。彼は孤独でいる運命なのだ。さっさとアダムにやってほしい。頭を撃ち抜くとか喉をかき切るとか車の前に突きとばすとか。どれだろうと、見てしまったあの光景と生きていくよりずっといい。

少し協力したほうがいいのだろうか。アダムは、人目の多いところでノアを始末したくはないのかもしれない。死への思いが、ノアのささくれた精神を軟膏のようになだめてくれる。悲しくも怖くもない。ただ心が凪《な》ぐ。未体験の安らぎ。またクスクス笑い、涙をまばたきで払った。自分の足取りを逆にたどり、水たまりや道のひび割れをぴょんととびこえる。あちらへ二ブロック。こちらへ三ブロック。重いドアを押すと金属がきしんだ。

あいつはついて来ただろうか？　気にしてるだろうか？　初めての邂逅《かいこう》以来、ノアは幾度もこの建物へ来たが何も見つけられなかった。アダムがここに隠してそのために通っていた何かは、あの夜を最後に持ち去られたのだ。当然だろう。ノアがアダムを殺さなかったからと言って、警察に告発しないとは限らないのだし。

だが警察には行かなかった。あの映像を見て——父親のしたことを見て、すべての記憶が一斉に目を覚ましていたからだ。残らず全部。

体が震え、ノアは考えまいと振り払った。ドラッグの効き目が切れたらどうしよう？　廃墟に入ると、二階へ続く鉄の階段に座りこんで、待った。じっとしていると、ようやくドラッグが全身に回って効いてくる。髪の生え際に汗がにじんで、滴が背中をつたい落ちた。刻々と時がすぎる。速く、それからのろのろと、そしてまた速く。まるで時空をワープする宇宙船に乗っているみたいだ。

首をそらして、鉄の梁を見上げた。屋根に空いた穴で空が切り取られ、頭上の闇から月光がひとすじ差しこんでいた。これまで気付かなかったなんて。星と月がぼやけ、くっきりし、踊り出して互いを追いかけ、屋根の穴から出入りしてくるくると支柱に巻きつき、ノアは微笑んだ。掲げた手の指からキラキラと星がこぼれ、その火花が小さな輪ゴムのように肌にパチパチと当たる。

「ノア？」

アダムの口から出た自分の名に、ノアはハッと息を呑んだ。勢いよく背をのばし、前に転げ落ちかけて錆びた鉄の手すりをつかむ。アダムは輝いていた。B級ティーン向け映画に出てくる吸血鬼みたいに、きらめく肌は光でできているようだ。オーラは脈打つ深紅で、ノアはさわってみたくて仕方ない。アダムがこんなに美しくなければよかったのに。そのほうがずっとよかった。

だけれども、美しい。アダムはとてもきれいだった。髪は黒すぎて、月下ではほとんど青く見え、目はこの上なく淡いブルー。本当に吸血鬼なのかも。人間がこんなに素敵に見えていいわけがない。

ノアは細めた目で、V字型に切れこんだTシャツの襟元をにらんだ。胸の中心あたりから蛾か蝶の羽根がのぞき、首筋はぐるりと巻きついた蛇のタトゥと弾丸をぶら下げたネックレスに飾られている。

「あんた幻じゃないよな？」

ぽろっと聞いてから、見とれているような声だと、自分で鼻を鳴らした。ベーリィがくれたドラッグは何だったんだ、効きがいい。

「お前ラリッてるのか？」

「あんた警察《サツ》？」ノアはわざとらしく声をひそめた。アダムの笑みを見ると心臓がきしむ。完璧な歯のきらめき。「付け歯《ベニア》かも」と呟いた。

「え？」

答えなくてもよかったのだが、ノアは言っていた。

「その歯。どうせ本物じゃないんだろ」

支離滅裂だとわかっていても頭に浮かぶはじから声になる。さわってみたいし撫でてみたいし、髪を梳いてみたいし、今も綿菓子みたいにキラキラしている肌を舐めてみたい。甘いのか？

「自前の歯だよ」アダムが説明した。「ただし父さんがかなり金をかけてくれたおかげさ。子供の頃はひどいもんだったね。生みの母親は歯医者にあまり興味がなくて。健康に興味がなかったのかもな。それか子供に」

ノアはその情報のかけらを吟味した。アダムには実の母がいる。知ってたっけ？　そうかも。アダムが養子として引き取られたのは知っている。マルヴァニー家の子供たちは、全員が養子だ。マルヴァニーは二十一世紀のオリバー・ウォーバックス〔※『アニー』で養子を取る大富豪〕なのだ。

ノアは自分の前腕に突っ伏した。

「ぼくを殺しに来たのか？」

アダムが近づき、ジャーマンシェパードのように小首をかしげた。

「いいや」

ノアの期待がしぼむ。「ぼくについて回ってるのか？」

また一歩。

「ああ」

「どうして？」

その問いが、アダムの足を止めた。

「どうして……だろうな」

ノアは溜息をつく。

「ぼくを殺したほうがいいよ。知りすぎてるだろ」

「そういうことを、人殺しだと思ってる相手に言わないほうがいいんじゃないか」

「誰かにしゃべる気があればとっくに言ってる」ノアは正直に言っていた。「それが心配なら」

「違う。心配は……してない」

「よかった」

そう言ったところでノアの目が焦点を失い、首がかくんと前に垂れた。

いきなりアダムの両手に顔を包まれる。「おい。何を摂取した？」

肩を揺さぶられたが、ノアの瞼は重くとじてきた。

「わかんない」

「わかんない？」

オウム返しにしたアダムが親指で、ノアの目の下の皮膚を引っ張る。そこに答えが刺青されているかのように。

「ベーリィに、サプライズをたのんだから。たしかに、びっくり」ノアはそう白状し、腕をのばすと、自分の顔を包む手を真似てアダムの顔を包んだ。「何してんの？」

アダムは鼻を鳴らす。

「お前がオーバードーズで死なないようにしてるんだよ。そっちは何してる？」

ノアはアダムの、削いだように鋭い頬骨に指を広げた。

「本当に、きれいだなあ。そう褒められたことはある？」

聞きながら欠点に目を凝らすが、何も見つからない。

アダムが「ある」と鼻で笑った。

「そうなんだ」とノアの手がパタリと落ちた。心底しょげた声なのが自分で嫌だ。

アダムは手を下げず、大きな手でノアの顔を包んだままでいた。

「本当に……でっかいなあ」

ノアはアダムの靴先から頭のてっぺんまでじろじろと眺め回した。というか、アダムの手に顔をとらわれて動かせるぶんだけは、見た。

アダムがまた小首をかしげる。「いや、俺のサイズは標準だ。お前が比較的小さい」

ノアは鼻で笑った。「デカいところもあるけど？」

そうでもないが。ノアの体の比率はきわめて一般的だ。どうしてそんなことを言ったのかは謎で、アダムにニヤッとされると胸の中で心臓がはねた。一体どうした。

自然と、アダムの尖った犬歯に目がいく。突端に指を押し当てた。

「じつは人間じゃないとか？　これ吸血鬼の牙？　だからそんなにキレイ？」

アダムの唇から笑みが消え、口をとじてノアの指をとらえた。ほんの短く、尖った歯の食いこみをノアに感じさせる、一瞬だけ。傷よりへこみを残すほどの力で。それでもノアの股間は反応していた。

アダムが離れると、ノアは嚙み痕に親指を這わせた。痕《マーク》を残された。マーキング。獣のように。アダムは獣だ。肉食獣。捕殺者。人殺しの男が、まだノアの顔を包んでいる。

「何してんの？」とくり返した。

「頰に星座があるぞ」

アダムが呟いて奇妙な目つきをしたものだから、ノアの半勃ちのものがファスナーの中で体積を増した。

「ベーリィの彼女が、ぼくのそばかすを星座にしたんだよ」

ノアの手がまたしてもひとりでに上がって、アダムの下唇を親指でなぞった。指先にアダムの舌がふれるとハッと喘ぎを呑む。

「唇がとても赤いね」褒めたたえるような声になっていた。「口紅？」

「いや」とアダムが首を振る。

「どうしてぼくについてくるんだ？」とノアはまた聞いた。

「お前のことが頭から離れないからだ」

アダムは当惑した口調で、うっかり言葉がこぼれてしまったかのようだった。

それにノアは目を見開く。

「ぼくのことが……あんた、幻覚？」

アダムは首を振り、ノアのほうへ身をのり出した。

「本物だ」

ノアもそちらへ首をのばし、なきに等しい月光でもアダムの目に広がる淡い青が見えるくらい、顔を近づける。

「何ひとつ現実とは思えない」

「これは本物に感じるだろ？」

アダムの指がノアの頰骨の星座をたどった。

ノアの唇がしのび出て、下唇を舐める。

「うん。とても温かい」

「俺は体温が高いんだよ。昔から」

アダムはノアが座る一段下に膝をつき、ノアの膝を開かせた。

「ぼくを痛めつける気？」とノアはほとんど期待するようにたずねた。

その顔を、アダムが探るようにじっと見上げる。「きっと。でもお前は気に入るよ」

前のめりになったノアはぶつけるように唇を合わせていた。一瞬アダムの唇は拒むかのようだったが、すぐに力が抜けて、頰からすべり下りた手がノアの顎を引き下ろし、口腔に舌が入ってきた。

自分が何をしたかったのかはわからないまま、ノアに迷いはなかった。まるで現実味がない。

背中に食いこむ鉄階段も太腿をこじ開けるアダムの脚も、ノアを階段に押し付けて自由を奪うアダムの体の熱さも。

アダムがキスを支配し、一方的にノアの首を傾けさせ、ゆったりと口腔を探り抜いていく。まるで永遠を持っているように、望むものすべてを奪う権利が自分にあるように。

反発して当然なのに、ノアはさらに昂ぶっていた。しまいにアダムの滑らかな巻き毛に指を埋め、アダムが動いて腰を合わせてくると、かぼそく呻いていた。アダムもノアに劣らず固く勃起している。ノア以上か。ノアより大きいのはたしかだ。

こんなキスは初めてだ、と思った。キスは、たとえ省略されなくとも単なる準備段階でしかなく、目的だったことはない。

キスが続くだけ、鮮やかな熱夢としか思えなくなっていく。ありえないだろう、父親を殺した男と汚れた廃倉庫でキスしているなんて。きっと今もあのクラブのおぞましいトイレで失神したままなのだ。

「お前はいい匂いだな」とアダムがノアの唇に向けて唸った。

「そんなわけない。汗臭いだけ」

「ああ、でも汗の向こうに何か……独特の匂いだ。お前だけの匂い」

「わけわからない」

ノアは囁き返して、またキスに戻った。

体がブルブルッと振動して、ノアはぎょっとした。朦朧とした頭で、テーザー銃で撃たれたのかと考える。それから、携帯電話がアダムのポケットで唸っているのだと気付いた。

アダムはそれを無視してノアの髪に指を埋め、頭を固定して唇に、顎に、耳たぶに歯を立ててくる。

また電話が震え出した。がっくりしたアダムがノアと額を合わせ、荒い息をついてから、上体を起こして携帯を取り出した。「ああ?」

向こう側の言葉はノアには聞き取れなかったが、アダムの口調と同じくらい苛立っているようだ。

「忙しいんだよ。そう、忙しい。お前に何の関係が?」アダムは鼻を鳴らした。「ちゃんと行くよ。行くって言ってんだろ、アティカス。うるせえな」

アティカス・マルヴァニー。アダムの兄だ。ドクター。医師かつ博士号持ちという、二重の意味でのドクターだ。難病の研究に専念するために臨床医を辞めた。輝かしきマルヴァニー兄弟の一員。

通話を切ったアダムが、じっとノアの顔をのぞきこんだ。「携帯」

「どうして?」とノアは眉を寄せる。

「携帯電話。よこせ」

ノアはごそごそとポケットをあさって、不細工な折りたたみ携帯電話を取り出した。何だこれはと言いたげにアダムが顔をしかめている。

「悪いかよ。これしか買えないんだよ」

　それを聞いてアダムは何も言わず、キーパッドで何か打ちこんだ。自分の携帯が鳴ると通話を切って番号を保存し、ノアに携帯を返す。

「俺は行く。お前にはＵｂｅｒを呼んどくから、家に着いたらメールで知らせろ」

「はあ？」

「口答えするな。言うとおりにしろ」

　ふざけんなと言いかけて、ノアは口をとじた。アダムは階段の下で立ち上がり、三歩離れてくるりと振り向くと、ノアが本能的に逃げ出しかかるほどの勢いでずかずか戻ってきた。ラリッた脳が従うより早くアダムの唇がまたかぶさり、スニーカーの中の足先が丸まるようなキスをされていた。

　アダムが去り、残されたノアは、やっぱりすべて幻覚だったんじゃないかとぼうっとしていた。今一体、何が起きた？

3
Adam

　アダムは唇を歪めながら、床の中央にある排水溝へ血まみれの死体を押しやった。しっかり鍛えているという自信も、兄の最新の獲物（一九三センチ一三〇キロのレイプ犯）の体をそいつの車から出して廃業した屠殺場の中央まで運びこむ作業で揺らぐ。それにアダムは動き慣れているが、兄は……そうでもない。

　アティカスは長身色白で、赤毛、ジム通いで作った体つき。まるでモルモン教徒と税理士の両親から生まれた近眼の子供という風情だ。この兄のやらかしの始末をしている真っ最中だというのに、当人はシアサッカー生地のスラックスと白いボタンダウンシャツなんて格好をしている。ただし両方とも血まみれだ。

「勘弁しろよな。俺は濡れ仕事は嫌いなんだよ。どうやりゃこんなドジができるんだ？　あと、なんでそんな格好なんだ」

死体をやっと目的地まで運んで、アダムは恨みがましくこぼした。

アティカスがイラッとした目でにらみ、手の甲で眼鏡を鼻の上へ押し上げた。「仕事絡みだ」

「仕事絡み？」

「そうだ。〝仕事〟、知っているか？　それを行うことで報酬を得る行為だ。いやそうだった、お前は今も父さんのすねかじりだったな」

アダムはせせら笑った。

「そんなこと言えんのかよ。医者の資格があったって、てめえのお仕事は研究者だろ。てめえだってパパの金がたよりだ。研究所でマッドサイエンティストごっこしてるだけじゃあんなお高いファミリーカーを乗り回せやしないだろ」

「黙れ」

アティカスの声は憤慨していた。

一分後、アダムは溜息をついた。

「仕事絡みって何だったんだ？」

アティカスの表情が少し明るくなる。

「私が今後五年間の研究助成金を獲得したので、研究所がパーティーを開いてくれたのだ」

「おめ。でも俺たちの本業を忘れんな」

「これは仕事ではない」とアティカスがムッとする。

「でなきゃ何だって言うんだよ。やりがいプロジェクト？　奉仕活動？」死体の胸を踏みつけて、アダムは男の脳天に刺さった刃物の柄を全力で引っ張った。「なんだこりゃ。エクスカリバーかよ？」

うなる。汗がにじんだアルマーニのTシャツはもう駄目だ。兄にうんざり顔を向ける。

「マジな話。どうやりゃここまでやらかせんだ」

眼鏡の向こうでアティカスの目は大きく、その顔は引きつっていた。

「銃が弾詰《ジャム》まりを起こしたためだ。臨機応変にやるしかなかった」

アダムはあきれ顔になった。「で、最初の思いつきが手斧？」

せせら笑ったアティカスは見下した口調で言い返した。

「それは肉切り包丁というのだ、愚か者。この男のキッチンだったからな。それか牛刀のどちらかだったし、一三〇キロの男が突進してくる場面では決断と実行こそが肝要だ」

「ふん、おかげで俺たちは深夜二時に、こんなつるつるタイルのサタンのケツの中で野郎の脳天から肉切り包丁を引っこ抜いてるってわけだ」

「男娼の尻からコカイン吸っているところを邪魔したなら悪かったな」

アダムは鼻で笑った。「コカイン？　八十歳のジジイかお前は。今時誰がコークをやるんだ」

「知らないのか、リバイバルしている。九十年代のファッション、そして八十年代のドラッグが流行中だ。最近の子供と来たら」

と言いながら、オーガストが部屋を仕切る分厚い透明ビニールの間から現れた。自動洗車機にあるようなビニールカーテンだ。

ぐるんと顔を向け、アダムはアティカスをにらみつけた。オーガストを呼び出していたのなら、アダムまで呼ぶ必要がどこにある？　これぞオーガストの生き甲斐だ。血と臓物を愛する兄。根っからの掃除屋、執行人、鋼鉄なみに動じない殺人機械。見た目は少し背が伸びて眼鏡を外した不気味なハリー・ポッターという風情なのが何とも笑える。

オーガストは次男だ——養子になった順を基準にすれば。そしてアダムに言わせれば、兄弟の中で誰よりえげつない性格をしている。一家のオタク代表だが、その裏の顔はどれほど非情な犯罪者でもビビらせる。

電気ノコギリを掲げたオーガストは、アダムでさえ寒気を覚えるような笑顔だった。

「これがあった」状況にそぐわない浮き浮きした声を出す。スイッチを握ると刃が唸りを上げて動き出し、離すと止まった。「コードレスだ」

どうだ、と言いたげに口の端が下がる。ほとんどの人間が悲鳴を上げて逃げ出すような表情。

これがオーガストだ。彼は殺人を楽々と身につけ、量子力学も同じくらい楽々とものにした。超常的な切り替えの早さを誇る。この兄が五時間にわたってある男を拷問し、手袋を外して着替えたかと思うと、磁場における素粒子の加速について三時間の講演を行うところをアダムは見たことがあった。

「何に使う気だよ」とアダムは聞く。

オーガストにバカを見るような目を向けられた。

「アティカスの遺留物がどれほどこの友人に付着したかわからないだろう。ゆえにこの男を分《バ》解《ラ》し、消毒し、良い具合の小分けにして、コンクリートブロックとともに水中に沈める。そうしておけば我らが父にも、ご自慢の息子の大失態を報告せずに済む」

アティカスが手袋をはめた手をエプロンの腰に当てた。「優秀な息子であるのは私の責任ではない。お前たちももう少し努力していれば、父さんから目をかけられただろう」

あきれ顔で、アダムはできたてほやほやの死体の脇にかがむと、連続レイプ魔の服を剝ぎにかかった。

「はいはい。パパのお気に入りでいるのは大変だったねー」

他人の意志を踏みにじって陵辱してきたこの男が、こうして己の意に反して裸にされ、バラバラにされることに倒錯した快感を覚える。死んでいるのが残念だ。

「大変だったとも！」アティカスが憤然と声を荒らげた。「父さんは常に私に完璧を求め、お前たちにも求めたが、それでどうなったか見てみるがいい」

アティカスとオーガストがそろってアダムを見下ろし、兄だけに許される優越感を味わっていた。

「けっ、ふざけんな二人とも。俺が医者にも頭でっかちの教授にもならなくて悪かったな。でも俺がやる気を出さなくてよかっただろ?」

「どうしてだ」アティカスが鼻を鳴らす。

アダムはニヤリとした。「俺は片手間にやってもトップに立ったんだ。全力でやってたらどうなったと思うよ。お前らなんかたちまち置き去りさ。これでもわざとみそっかすをやってるんだよ」

オーガストは冷笑したが、アティカスは打ち上げられた魚のように口をパクパクさせてまくし立てた。

「お前はモデルだろう。どのような栄誉がある。タイラの真似をして〝微笑目《スマイズ》〟の指南書でも出すか?」そこでオーガストの見下した目に気付く。「何だ? ケンドラは『アメリカズ・ネクスト・トップモデル』が好きだったんだ。私だって世事には通じている」

アティカスの元カノの名前が出て、アダムは鼻にしわを寄せた。悪夢みたいな女だった。金目当て丸出しの疫病のようにマルヴァニー家に押し寄せ、くっついてきたクソ女どもは兄弟を根こそぎにしようとばかりに片っ端から狙ってきたのだ。

狙う家を完全に間違えているが。兄弟の半分は男が好きだし、二名は性別に無関心、そしてオーガストは……こいつはアンドロイドに違いないと、アダムは思っていた。この兄がバッテリーなしで動く相手に突っこんでるところが想像できない。

「いいか、俺だって、脳外科手術とか遺伝子組み換えとか、お前がマッドサイエンティストモードの時にやってることとモデル稼業を同じだとは言わねえよ。ただ少なくとも、俺は一三〇キロのレイプ犯の脳天にマサカリ突き刺したりはしないからな」

「肉切り包丁だ」アティカスとオーガストが口をそろえる。

「どーでも。さっさと終わらせねえ？　ここ暑いし、腐った肉とクソのニオイがしやがる」

「お前はお子様だな」アティカスが呟く。

「お前はお子様だな？」アダムはそのまま言い返した。「そーかよ、次からはアーチャーに電話しろ。それかエイサかアヴィに。あの人殺し双子《ツインズ》は何か刻めるなら飛んでくるだろ」ぶつぶつとこぼし、死体のシャツを剝ごうとして唸った。「お手伝いは？」

アティカスは溜息をつき、オーガストは見つけてきたオモチャを投げ捨てた。三人で力を合わせて死体から服を剝ぎ、廃棄袋に入れる。オーガストが噴射ノズルのついたホースを壁から取った。

何はともあれ彼らには、緊急事態にこうして使える廃工場がある。まだらに染まった男の体をオーガストが水洗いする間、アティカスが車から業務用の強力な漂白剤を二本持ってきた。薬品の蓋を開ける前にマスクとゴーグルを二人に配る。

アティカスはルールにうるさいのだ。

過剰な対処にも思えるが、しくじるわけにはいかない。彼らが捕まれば、一家仲良く破滅だ。運命共同体の自覚こそ、このイカれた小さな一家をまとめる接着剤なのだ。

「次やるなら酸で溶かさねえ？」アダムは聞きながら死体に漂白剤をぶちまける。防護にもかかわらず鼻と目がヒリヒリした。

「あの種の薬品には書類が残る。それにだ、それをやろうとしてアーチャーがひっくり返したのを覚えてないか？」

アダムはぞっと身震いした。「あーやめとこう」

残りの作業に三時間かかった。終わる頃には三人とも血と骨片まみれだった。洗浄した断片はオーガストの車のクーラーボックスに積みこみ、上に魚を並べる。自分たちは血染めの服を脱いでお互いに冷水のジェットを浴びせた。新しい服に着替え、あらためて建物を漂白剤とホースの水で洗い流すと、オーガストが電ノコを漂白剤のバケツに放りこみ、建物の戸締まりをした。

「やることはわかっているか？」

アティカスがアダムに聞く。アダムはうんざり顔をした。

「まーね？　千回ぐらいしかやったことがないけどな？」

携帯電話を取り出すと兄の肩を抱き、写真を撮ってカリオペに送信した。

アダム：適当なバーの中に加工して俺たちのＳＮＳにアップ。

稲妻の速度でレスが打ち返される。

それ人にモノをたのむ態度？

アダム：ごめん。疲れてて。やってくれるかい、ビューティフル？

キス顔が二つと疑い顔の絵文字が飛んできて、続けて、**完了**と来た。

携帯電話をしまおうとすると、別のメッセージが目に入った。たった一言。**家**。

ノアだ。アダムの意識が鮮やかに覚醒する。帰ったらメールしろと命令した、そのとおりにしたのだ。アダムの喉から出たのはほとんど唸り声だった。自分の命令にノアが従ったと思うと、欲望がじかにかきたてられ、原始的な本能が燃え上がって、ノアに何をするか……何をしてもらえるか、思考がはじけそうに膨らむ。

アダムは父親所有のランドローバーの運転席にどさっと体を預けたが、車を出しもせず、ただノアとの間にあった数時間前の物事を反芻していた。ノアは、それが当たり前のように自然にアダムの体に溶けこみ、思うままにされていた。

ただしノアはハイだった。ドラッグの影響で言いなりだったのかもしれないし、そのせいで唇が重なるたびにあんな声を立てたのかもしれない。もっと時間があればどんな声を引きずり出せただろう?

アダムはエンジンをかけた。ノアのところに行きたくてたまらない。

招かれてもいないのに。

だが、ノアの可愛い顔とほっそりした体を思うだけで勃起してくる。あの小さな形に苛烈な炎が詰まっている。出会いの日のノアはじつに猛々しかったし、数時間前にはあれほどの欲を見せていた。アダムを求める欲、それは間違いない。ドラッグのせいではないはずだ。少なくともそのせいだけでは。

これは、アダムのような人間にとって危険な支配力だ。アダムには、ノアに合わせて己の欲を調節できるような〝基準〟の概念が備わっていない。もしもノアに受け入れられたなら、限界まで追い詰めずに自制できる気がしない。アダムは支配を好むし、主導権を奪って我欲のまま他人をねじ伏せるのが好きだ。それはすでに昔から己の性癖として受け入れている。それに、いつだって喜んで相手をしてくれる誰かがいた。

だが出会ったあの日から、アダムにはノアしか見えなくなったのだ。

ノアについて考えるのを止められない。どこで何をしていようとノアが頭から離れない。罪悪感かとも思った。自衛のためにノアの心を折ったのだから。ノアに父親の正体を見せ、そのおぞましい罪をさらし、ノアがきっとまだ直面できずに抑制していた記憶のトリガーを引いた。

だが、罪悪感ではなかった。というかそれだけではない。アダムはただ、ノアの近くにいたいのだ。闇を生きてきたアダムにとって、ノアはまるで光。頬に当たる陽光。ノアを見るたび、自分の奥底で何かがほどけて、息ができるようになる……たとえノアに気付かれていない時でも。

　そして、それが問題なのだ。

　アダムには境界線というものがわからない。子供の頃は、不可能な動きを強《し》いてたくさんのオモチャを破壊した。ノアをそんなふうに壊したくはない。ただでさえノアはもう得体の知れないドラッグを飲み、廃墟の中でよく知らない殺人犯とキスなどしている。アダムが自分を殺しに来たのではないと知って、がっかりさえしたようだった。

　もしかしてノアはアダムを必要としているのか？　大事にして、見守って、力を引き出してくれる誰かを？　アダムは鼻でせせら笑った。ノアの守護天使になんかなれるわけがない――目をとじるたび、膝をついてもっとヤバいことをしてくれとすがりつくノアが浮かぶのに。

　車のギアを入れ、駐車場から道に出たが、行く当てもない。どこかに出かけて周囲に顔を見せ、アリバイを作っておくべきなのに。のろのろ走って、赤信号で停まった。左折して、空港近くのストリップクラブ――ランディング・ストリップに向かいたくて仕方ない。ノアが「家」と呼ぶ場所だ。駐車場の錆びたトレーラー。ノアはクラブの皿洗いをしている。

　アダムの両肩で天使と悪魔が言い争う。左に行けばノアの家で、もうノアは帰っている。右に行けば、街の中心部にある自分のワンルームマンションがある。帰らなくては。ノアをそっとしておくべきだ。無防備なノア。小さくて柔らかくてどこまでも従順なノア。アダムはこの手で彼を泣かせたいし、喘がせ、呻かせ、吐息を絞り出したい。もしかしたら叫び声までも。

自分を痛めつけるのか、とノアに聞かれた時、アダムは嘘はつかなかった。チャンスがあればアダムはノアを傷つける。必ず傷つける。それが彼だ。だが肯定してすぐ、ノアは唇をぶつけるようなキスをしてきたのだ。アダムに傷つけられたい？　それとも謎だが、アダムを悪人ではないと思っている？　うぐ、彼が善人だなんて勘違いをしてなきゃいいんだが。

アダムは最凶最悪の存在、高潔な理由をもって悪人を無惨に引きちぎる極悪人だ。善悪の天秤は彼の前では狂う。アダムはただの人殺しではなく、殺しを楽しんでおり、それは決して変わらない。この世界には、彼や兄たちのような人間が必要なのだ。父は、彼ら兄弟を〈必要悪〉と呼んだ。

世界には必要だとしても、ノアの人生はもっと素敵なことに恵まれるべきで、それはアダムではありえない。アダムにできるのは、せいぜいノアに近寄らないことだけだ。

だが信号が青に変わると、アダムは左にハンドルを切っていた。

ああ駄目だ。

4
Noah

やっとトレーラーに帰りついたはずが、飛んできたビール瓶がトレーラーにぶつかって頭から数センチのところで砕け、ノアにビールとガラスが降り注いだ。ベーリィがくれたピンクの錠剤を飲んでなければとび上がっていたところだ。

ビール瓶が頭をかすめたことは前にもあるし、今月だけでも初めてではない。安いストリップクラブに来る客の理性などそんなものだ。

「おい、クソガキ。逃げんな」

ゲイリーに引き戻されてトレーラーに叩きつけられ、激しく頭を打ったノアの目の前にマンガのように星が散った。

「ゲイリーじゃん。どうかした？」とノアはクスクス笑った。

はためから見れば滑稽な図だろう。ゲイリーはノアより三十センチはでかく五十キロは重く、トレーラーの金属のボディにノアの背がはり付いていなければ、喉に回された肉厚の手で首を一握りにされている。

数センチ先のゲイリーから押し寄せる汗とビールの臭い、さらに口臭に、ノアの胃液がこみ上げた。

「てめえが取ったのか?」

ノアは眉をしかめ、まばたきして集中を取り戻そうとした。あの錠剤、何が入ってたんだ。

「何を?」

頭がガクンと傾いたのは、世界が揺らぐ勢いで顔を引っぱたかれたからだ。

「俺のバックパックだ。オフィスから取ったか?」

自分がニヤニヤして、それから笑い出したのがわかったが、止められなかった。

「今日は出勤日でもないのに? 友達と遊んでたよ。どうしてバックパックなんか、ぼくが?」そこで真剣な表情を作る。「何を盗られたのさ? あんたのユーモアセンス?」

またもやゲイリーに顔を張られた。

「そうやって遊びたいなら夕飯おごってくれなきゃ」と嘲ったノアは挑発的に前歯を舐めてみせ、ゲイリーからどんとつき放されてよろめいた。

「てめえの親父さんは友達だったがな、調子に乗るなよ。てめえが盗ったとわかったらこの鉄のねぐらごと埋めてやるぞ。わかったかクズが!」

ノアが返事を考えつく前に、背を向けたゲイリーはドスドスとストリップクラブの入り口へ歩き去った。

なんとかトレーラーに乗りこんで、ノアはたよりないロックをかけた。窓をまたのぞいてゲイリーが戻ってこないかたしかめてから、狭いリビングエリアの不細工な花柄ソファに寄って座面を外し、みっともない迷彩柄のバックパックを隠し場所から引っ張り出した。

ゲイリーの間抜けめ。ノアがこれをかすめ取ったのは昨夜だったが、あいつはダンサーたちをヤるのに夢中で二十四時間近くも気がつかなかったのだ。中味はもう全部見た。山ほどの札束、どれも偽金。短銃身《スナブノーズ》のルガーのリボルバー、紙切れ、それに鍵。

この鍵が、ノアの目的だった。もう型を取って鍵屋のケビンにコピーをたのんである。ゲイリーの免許証もコピーした。記載の住所が最新版でありますように。ゲイリーの家のどこかに、ノアの謎を解く鍵があるはずなのだ。自分の墓を誰かに踏まれたように、ノアの体がぶるっと震えた。

バックパックは元通りに返すつもりだったが、ベーリィと彼女に言いくるめられてクラブに出かけてしまった。酒、ダンス、ばか騒ぎは、サビだらけのトレーラーでうじうじと計画を思い詰めているよりずっと楽しそうだったし。出かけたことに後悔はない。行かなければアダムとキスすることもなく、顔に彼の手を感じることも、初めて話した日のような強烈なまなざしを浴びることもなかった。

ノアがアダムを殺そうとしたあの夜。あの夜が、すべてを変えた。ある意味すべてがどん底に落ちて、だがいい面もある。父を救えなかった罪悪感がさっぱりと失せた。よくも悪くも、子供の頃の自分に起きたことの真実も知った。悪いほう寄りだが。激しく寄っているが。完全にではなくとも、相当に。

まだ思い出せないことは忘れたままにしておくべきだろうが、なかったことになどしてやるものか。思い出せたことだけでも……十分、おぞましい。どんな子供も味わってはならない悪夢の出来事は、まだらにぼやけているが、ノアだけじゃなかったのは覚えている。父の側もまた、単独犯ではなかった。

ノアは、その考えを振り捨てた。今夜は忘れていたい。口にかぶせられたアダムの唇のことを、ノアのことをずっと考えていると言ったアダムの声のことを思っていたい。現実とは思えなかったけれど。ノアに特別なところなんかない。小柄で細身で、腹筋だって貧弱だ。平凡な茶色の目。そばかす。

対してアダムは、ファッションモデルだ。とにかく前はそうだった。漆黒の髪とマニキュアの爪、アイライナーでも引いたみたいな濃い睫毛はむしろロックスターにも見える。そしてあの青い目、淡すぎて色などないくらい。現実とは思えない存在。ティーン向けのドラマから抜け出してきたような。悪い男。スーパーモデル。ひとごろし。

ノアは、トレーラーの後部を占めるベッドへ向かうと、パンツ一枚になって顔からマットレスに倒れた。まだアダムのことを考えている。

　父親を殺した犯人に欲情するなんて、破産なみの高額セラピーが必要なイカれっぷりだろう。でも初めての夜にはもう、アダムとの間に何かを感じていた。アダムに主導権が渡った瞬間がわかった。銃を持っていたのはノアなのに、パワーバランスの変化を感じたのだ。アダムにはいつだってノアを殺せた。その認識はヘロイン並みに頭をくらくらと酔わせる。殺してくれていればと願うこともあった。ノアの人生の混沌に比べれば、死は安らぎに見えた。孤独よりマシに見えた。そして思い出せる限りノアはずっと孤独だ。誰かに大切にされた記憶なんかあるだろうか？

　絶望をこすり落とそうとするように、枕に顔を押し当てた。こんなことよりアダムのことだけ考えていたい。ノアの顔を大きく温かな手で包んだアダム、まるで自分に奉仕するためだけにあるかのように、一方的にノアを動かしたアダム。アダムを悦ばせるってどんな感じなのだろう。ノアの股間が熱くなる。そこも答えをほしがっているようだ。

　今夜も、アダムはたちまち主導権を奪った。威張り散らしたり見下すためなどではない。アダムはただ、自然に支配する。

　そして、駄目なことに、ノアにはそれがたまらない。

　それともドラッグのせいか。醒めてしまえば、痛めつけるかもとアダムに言われて欲情なんかしないかもしれないが、それでも今夜はこれでいいと、ノアは唇に微笑みをともして眠りに落ちていく。アダムのキスを反芻しながらようやくうとうとした。

目を覚ますと、トレーラーのドアがギギッと鳴っていた。ぎょっと起き上がり、動悸を荒くしながら、迫りくる大きな影を見つめる。ゲイリーだ。ベッドの隅に縮こまったがもう逃げ場がない。隠れる暇もないし出入り口は一つだけだ。ライトのスイッチをひっぱたく。40ワットの電球はこの状況の恐ろしさをやわらげる役には立たず、スタンリー・キューブリックの映画めいた陰影をつけた。

どちらがより驚いた顔だっただろう。ノアか、アダムか。顔が見えてアダムだとわかった瞬間、衝撃とともにノアの一部は歓喜したが、怯えの反動でカッとなった。

「ぼくの家に押し入ったのか」

アダムは眉をひそめ、ほかの誰かに対する言葉か確かめるように後ろのドアを見る。顔を戻して肩をすくめた。「というより、力をこめたら開いた」

悪びれない様子に、ノアはぽかんと口を開けた。

「ノックも知らないのか?」

アダムが、自分の縄張りのようにノアのベッドに上ってくる。

「ノックはした。返事がなかった」

枕を膝にかかえこみ、ノアはこれが今夜二回目の幻覚かどうかと悩む。

「あんたに会いたくなかったのかも。そうは思わなかった？」

聞き返した声は、自分の耳にもたよりなかった。

アダムが眉を寄せ、身をのり出してノアのスペースを侵食してくる。

「思わなかった。俺に会いたくない理由なんかあるか？」

「えーと、ほら朝の四時だし？　寝てるとこに？　ろくに知らない相手なのに？」と言い返す。

「もう十分知ってるだろ。俺の下にいたくせに」

ノアは枕をきつくかかえこんだ。「だからってぼくの家にいつでも歓迎されると決めてかかるのかよ？」

その問いに、アダムは本気で考えこんだ様子だった。どうしてここにいるのか自分でもはっきりしないように。やがて。

「家に帰ったと知らせてきたろ。ノックをした。返事がなかった。オーバードーズかもしれないと思ったんだ。お前が生きていることを、この目で確かめずにはいられなかった」

ノアは、手の付け根を目に押し当てた。「生きてるよ」

それでもアダムは下がらず、さらに近づいてきた。

「どうして、何だかわからないドラッグを飲んだんだ」

ノアは肩をすくめる。

「何、風紀委員気取り？　あんたなんか、あれだ、趣味で人殺してるくせに」

「あれはむしろ社会奉仕活動に近い」とアダムが言った。無表情だ。

ノアはとまどって、首を振った。

「あんたがどういうつもりかわけがわかんないよ。ぼくを笑いものにしてるのか、常識というものが身についてないだけなのか」

アダムがノアの手を取り、じっと見つめられたノアはごくりと唾を呑んでいた。

「礼儀作法というものには精通している。父親から叩きこまれた。だが……それは、ほかの人間向けだ。お前に向けるものじゃない」

ノアは手を引こうとした。「ぼくには礼儀なんかもったいないってか」

アダムが眉をしかめて苛立ちを募らせる。

「そうじゃない、お前には偽の俺を見せるほうが失礼だ。俺が何者か……何なのか、わかってるんだから。お前といると、俺は偽物でいなくていいんだ」

その声のひたむきな情熱や、ノアをまるで――奇跡か何かのように凝視する目つきは、ノアを怯えさせてもいいはずだった。アダムはラリッてるとか？

「あんたがぼくの父さんを殺したのは知ってる。人殺しなのは知ってる。でも何者かなんて知らないよ。あんたが何をしたのか知ってるだけだ。それだけがあんたなわけないだろ」

そう言われてアダムはまるで傷ついたみたいな顔をした。あからさまに困惑している。

「だけど、それが俺だ。そのために育てられた。俺たち全員が」

彼の言葉に、ノアは考えをめぐらせた。

「人を殺すために育てられたってこと？」

「公平をもたらすために育てられた。司法システムの誤りを正すために。世界には大勢の悪人がいるが、法は大して役に立たない。俺たちは自分で調べ上げる。人命を救う。人々の安全を守る」

失せろ、とアダムに言うべきだ。山ほど殺人事件のドキュメンタリーを見てきたノアには、目の前にいるのが社会病質者《ソシオパス》だとピンと来たし、あんな熱烈なまなざしをノアへ送る男が根っからイカれ野郎なのはむしろ納得だ。

だがアダムの言葉は真実でもある。ノアの父親殺し――当時は非道に思えても、あれはたしかにほかの命を救った。ノアを救った。ただノアはそのことを、アダムに手の内を強いて自分の記憶が浮上してくるまでは、忘れていたけれど。

父親のことを思い出すだけで肌がゾワゾワする。死んだ父をどうして脳内で理想化してしまったのか、自分でもわからない。あいつはまぎれもなく怪物だった。そして今、父の思い出も怪物となり、予期せぬ影にひそんでは隙をついてノアを襲い、引き裂く。

まるで他人事のようでもあったし、まだ渦中のように思える時もあった。声を黙らせようと錠剤を飲みこみ、酒を飲むしかない時もあった。ドラッグだけが逃げ場の時も。

「何しに来たんだよ」

「お前に会いたかった」

あんまりアダムが真摯なので、ノアは微笑むしかない。

「何時間か前に会ったじゃないか」

ノアのベッドにひっくり返ったアダムはすっかりくつろいでいる。そこにいてさえ、やけにキマって見えた。

「物足りない。もっと会わないと」

「あのさ、あんたとはセックスしないからな?」

アダムの視線がノアからさっと離れ、また戻る。濃く黒い眉がまたひそめられていた。

「わかった」

「だからそれ目当てならもう帰れば?」とノアは促した。

アダムが眉を上げる。

「でも……俺の目当てはそれと違うから、帰らない。いいよな?」

まじまじと見つめるだけのノアの前でアダムは靴を脱ぎ、ジーンズまで脱いで、ベッドの向こうに投げた。

「なんで脱ぐんだよ」

「靴を履いたまま寝ろって?」

ノアは両手をバタバタさせた。

「なんでズボンを脱ぐんだよ！」

「擦れるだろ」アダムが真顔で返した。

「イカれてんのかあんた。ネジが全部すっとんでる。頭がスカスカなんじゃないの」

「失礼だな、俺はサイコパスなだけだ。今のは傷つく」謝ろうとノアが口を開けると、アダムがにんまりした。「からかっただけさ。もっと質問するか、それとももう寝ていいか？」

ノアの脳が過熱気味に回転する。

「あんた、街のあっちのほうの豪邸に住んでるんじゃなかったっけ？」

首を振るアダムは笑顔だ。

「そこは親父の家。俺はそのまた街の逆側の、ワンルームマンション住まいだよ」

「ならどうしてそこで寝ないんだ」

アダムは肩をすくめた。「あそこにはお前がいない。そばがいい」

ノアはぽかんとまたたいた。「ぼくは――」

言いかけてつまずく。どうして抵抗する？　数時間前に別れてからずっと、アダムのことしか頭になかったのに。

「そっか、わかった。あんたの勝ちだ。もう寝よ。ベタベタひっつくなよ」

言い渡しつつ、ひそかには期待していた。

アダムはニヤッとしてベッドカバーの下に滑りこむと、布団を持ち上げてノアが入るまで待った。すぐさま有無を言わせず、ノアの首に腕を回して引き寄せる。ノアはおとなしくアダムの胸元に頭を乗せ、ぼんやりと、アダムのシャツがさっきとは違うなと思った。耳の下で打つ鼓動は規則正しく、まどろみに誘われる。

「あれは？」とアダムが聞いた。

パチッとノアが目を開けて見ると、アダムは天井を凝視していた。もぞもぞ逃れかかるが、離してもらえない。

「別に。ただの、まとめ書きだよ」

アダムがさっとノアを視線で貫く。「殺人分析ボード《マーダーボード》はひと目でわかるぞ」

見上げた天井には、貼り付けた無数の写真、書類、記事、容疑者候補の写真がちりばめられており、それぞれを赤い糸がつないでいた。

「嘘じゃない。まとめてみただけだってば」

「お前の父親絡みか？」

「そんなとこ」ノアは天井の中心に貼られた父親の写真を見上げた。

「答えを聞くまで俺は質問をやめないが、お前はそれでいいのか？」

ノアは溜息をつく。

「じゃあこうしよう。寝かしてくれたら、明日全部説明するよ。今夜はくたくただ」

アダムの手に頬を撫でられ、ノアはびくっとした。「いいよ。明日の朝に聞く。朝飯をオゴるよ」

許可を求める誘いではないし、ノアもそうは取らなかった。アダムの重心が傾き、ノアの顎を持ち上げて優しいキスをする。

「おやすみ」

「……おやすみ」

ノアはくり返す。無防備な声になった。

5
Adam

両腕でノアをぴったり抱きこんで、アダムは目を覚ました。彼の一八八センチに比べるとノアは小さいが、しっくりとなじんで背中から完璧に包みこまれていた。誰かがノアに近づこうものならアダムに遮られる、というのがいい。なじみのない感情。これはうまく言葉にできない。初めてのノアとの出会いで、銃を突きつけてきた姿を見たアダムは、もう彼を手放せないだろうとただわかったのだった。

　永遠に。

　ノアの首筋に鼻を擦り付けて、息を深く吸いこむ。ノアは自分が汗臭いと言ったし、それでもアダムは満足だが、実際は違う。ノア独特の匂いがあって、それが原始的な脳に刻みこまれたアダムの記憶を呼ぶのだ。『帰ってきた』と感じる何か。

「ぼくを、嗅いでる？」

　ノアが眠そうに聞いた。

　その声もいい。高すぎず低すぎず。ノアのすべてが、とにかく肌に合った。

「そうだよ」

　ノアの笑いが体を震わせて伝わってくる。「変なヤツ」

　彼には見えないが、アダムはニヤッとした。「周りからは〝魅力的〟ってほめられるけどな」

　大きくのびたノアが首をひねってアダムを見たが、腕の中から逃げようとはしなかった。

「でもほかの人たちは本当のあんたを知らないんだろ。ゆうべの話じゃ。てことはさ……」

　その理屈を、アダムはひとしきり頭の中で転がした。

「それはつまり、周りは本当の俺を知らないから俺を魅力的だと思うが、お前は俺の正体を知ってるから魅力的とは思わないってことか？」ノアに好かれていないのは嫌だが、ノアの望み

がアダムの望みだ。「魅力的な偽の俺と本物の俺、どっちでいてほしい？」

ノアが溜息をつき、ごろりと向き直ると、もぞもぞと枕の上で二人の鼻先をつき合わせた。

「いいよ。どうもぼくは、あんたの変なところが好きみたいだ」

「俺はお前の顔が好きだ」アダムはノアのそばかすを撫でた。「星座が消えてるな」

「ごめん」

「気にするな。そばかすも好きだ。最初に目に入ったのがこのそばかすだった」

ノアは暗く微笑む。「そうなんだ、ぼくが突きつけた銃かと思ってたよ」

「銃を向けられるのには慣れてる。いつもは相手にキスしたくなんかならない」

「ぼくにはしたくなったってこと？」

アダムは舌をのばしてノアの鼻先をなめた。

「あの時俺は、お前を生かしてあの倉庫から帰したかった。後でキスできるように」

ノアはじっとアダムの顔を見て、嘘かどうか探っているようだったが、ふっと身をのり出すとキス未満の唇でアダムの唇をかすめた。

何かが、血の中で燃え上がる。アダムはノアを転がして組みしき、頭上で手首を押さえつけ、腰でぐいとノアの太腿を割った。体の下でノアがかぼそく鳴いたので、身を起こす。

「やりすぎたか？」

離れようとするとノアが指を絡め、アダムの太腿に脚をかけて引きとめた。

「やめろなんて言ってないだろ」

今度はアダムの側が、ノアの本気を見定めようと見つめたが、目をのぞきこんだらすべて忘れてしまった。瞳に溺れるという言葉を、アダムは初めて理解した。ノアの瞳はただの茶色ではない――そこにある緑や金のきらめきが、薄暗いトレーラーの中でも光って見えた。

唇をもう一度とらえて、飢えたキスで貪る。満ち足りることなどないように。そう、足りない。ノアを組み伏せるのが好きだ。自分の重さで閉じこめ、ほしいままにできるのが。

ノアもまんざらではないらしい。唇をねぶられると細く呻き、どうしようもないように腰を突き上げて擦り付けた。キスをしているだけでどれほど勃起しているかわかる。昨夜もそうだった。あれはまだ昨日のことか？　ノアのそばではハイになったように時間の感覚が失せる。ハイなのか。ノアが彼の麻薬。ならアダムはもう虜《とりこ》だ。

指をもっときつく絡め、下半身を擦り合わせると、たよりない布ごしに二人の勃起がピタリと重なった。アダムはキスから顔を上げ、耳たぶに噛みつく。

「止めないと、このまま滅茶苦茶にしてしまうぞ」

「いいよ。やめないで。イカせて」とノアが喘ぐ。

抑え切れない獣の唸りがアダムの口からこぼれた。手を離したが、互いの下着を引き下ろすためだけだ。肌がむき出しになるとノアの手首をまとめて片手で握りこみ、逆の手で肩を押さえて動けないようにして、荒々しく腰をもみ合わせた。

こんなことは初めてで、いつでもアダムはさっさとすませてさっさと去る主義だった。だがぬらつく体を押し付け合い、喘ぐノアが下で身をよじるだけで、どんなセックスよりたちまち達しそうだった。とりわけノアがしゃべり出すと――というかうわ言に近い――その切れ切れの感想がアダムの道標になる。

「あっ、それ、あああ、凄い……やめないで、そこ、そこ、キモチいい――強くして、あっ、うああ、そう、それ、お願いもっともっと――」

ノアの唇からこぼれる一言ずつがアダムを限界へ駆り立てる。せめてノアをイカせてからと、こらえはするが、ろくに持ちそうにない。

「アダム」

ノアが喘ぎ、頭を上げてキスを奪う。というかどうやら、アダムの口の中で喘ぎながらイッたようだ。それがアダムを限界の向こうに押しやる。数回、ノアに腰をぶつけ、手首をさらに強く押さえつけながら、二人の間に射精する。快感に引きずりこまれながら腰を震わせた。

やっとアダムがノアの手首を解放した時も、二人の息はまだ荒かった。アダムは互いの額を押し当てる。「お前はよくしゃべる」

ノアが赤面した。「ごめん、つい夢中になって――」

アダムのキス。

「ぶっちぎりで燃えた。そのままでいい」

「うん」

　息切れしたようにノアがうなずいた。

　その上からゴロリと横に転がると、アダムは頭上のマーダーボードを見上げた。危うく忘れかけていた。

「で、お前はどんな陰謀を暴こうとしてるんだ？」

　起き上がったノアはタオルで体を拭き、アダムにも投げてよこした。アダムも体を拭う。服を整えるとノアを引き下ろして、一緒に天井を眺めた。

「おとなしく話したほうが身のためだ。俺は絶対あきらめないし、言わなきゃ別の手を使うだけだ。できたらお前の口から聞きたいね」

「言い方がもうヤバい人だよ」

　アダムは信じられないという顔をしてみせた。

「俺はヤバい人だぞ。人殺しだ。知ってるだろ？」

「慈善活動じゃなかった？」

　ノアが首を振りながら言い返す。アダムはニヤッとした。

「言えよ、お前の企みを。話をそらすな。何に首突っこんでる？」

　深々と息を吸いこんで、ふうと吐き出してから、ノアが下唇を噛んだ。アダムは二人の指を絡め、握って、励ましの仕種になっているよう願う。ノアが顔をそむけた。

「あんたに動画を見せられて……父さんとあの子供の……」ノアはごくりと唾を呑んだ。「一気に、戻ってきたんだよ。子供の頃の記憶が。ずっと幼かった頃の……」

もう一度、アダムはノアの手を握りしめる。「あいつにひどいことをされたんだな」

それは質問ではなかった。

「うん。全部は覚えてない。無理だし……覚えてたら頭が壊れちゃうよ。だろ？」

「だからクスリか。記憶を押し戻そうとしたな？」

そこで、ノアがアダムのほうを見た。うなずく。

「時々ね、自分をメチャクチャにしてないと、あいつがぼくの中に戻ってきそうになる。ハイになりたいわけじゃないんだ、ただ忘れてたいだけ。そのほうが楽だから」

アダムにはうなずくことしかできなかった。おぞましい過去が毒ガスのように自分の根をじわじわと腐食し、思考を腐らせていくのがどんなものかは、よく知っている。

「悪かったな」

謝っていた。社会的にあるべき振る舞いとして発した空虚な言葉ではないことに、自分で驚く。本心からだった。ノアの悲嘆の元凶になりたくはなかった。

「ぼくが強制したんだよ。単にぼくを殺したってよかったのに。あんたは逃げるチャンスまでくれた。ぼくが拒否したんだ。だから全部、自分の責任だ」

「それでもすまないと思ってるよ。でも、どうしてボードの中心にお前の父親がいるんだ？

保証するが、あいつは間違いなく死んでる。本当ならもっとズタズタにしときたかったが、とにかく死んだ」

ノアは首を振った。「わかってる。死体を見つけたのはぼくだ。知ってるよね？」

アダムの胸を痛みが貫く。自分の所業だ。十歳にもならないノアにトラウマを刻み付けた。

「ああ」

「あいつ一人じゃ、なかったんだよ」

「何」

アダムはさっとノアを見た。

ノアの口元が険しく引かれる。

「ぼくに……あれこれしたのは、父親だけじゃなかった。ほかにも誰かいたんだ。友達とか。知り合いとか。五人分の顔は思い出せる。ほかにも、ただ陰で座って見てた連中が」

ガソリンにマッチが落ちたように一瞬で、アダムの憤怒が燃え盛る。視界が脈打つ真紅に染まった。ノアから手を離して枕を殴りつける。

「あのクソ野郎をよくいたぶっておけば……もっと踏みこんで調べとけば」

体が震え、血管が煮えたぎるのがわかる。何かを殴らないと。殺さないと。引き裂いて。今の彼は動き出した時限爆弾で、ここから出ていかないとノアに爆発が向かってしまう。そんな自分は見せずにいたい。

自制を考える間もなく、ノアが片足でひょいとアダムをまたぎ、脚の上に座って、アダムの顔をつかんだ。

「やめなよ」

あんまり優しい言い方にアダムの脳がぴたりと止まり、彼の内側で檻に体当たりしていた狂犬までも、ノアの表情のおだやかさに呑まれる。

「やめなよ」ノアがくり返した。「ぼくを救う方法はなかったんだから。あんたが現れた時にはもうぼくは、父親が餌食にする年齢はすぎてたからね。記憶にも蓋をした後だった」

「あいつを墓から引きずり出してもう一度殺してやりたい。お前を傷つけやがって、クソ野郎」

ノアが冷ややかな笑みを見せる。「だね。でもその傷のおかげで、今のぼくは痛めつけられるのが好きと来てる。人間の脳って本当にどうかしてるよ」

アダムは凝視し、まばたきした。「え？」

「嚙んだりひっぱたいたり、髪をつかんだりとか？　悪い子だと叱られて、どんなお仕置きをするのか聞かされて。一方的に屈服させられて。ベッドの上で手首をつかんで自由を奪われるのが好きなんだ。イクまで腰で擦られたり？」

アダムはごくりと唾を吞む。ノアの唇からこぼれる言葉にとびついた股間が奮い立ちたがっている。身をのり出すとノアの下唇をかじり、にじんだ血に吸い付いた。

「父親との関係がこじれてヤバくなるのは娘に限らないってわけ。めでたいことに」とノアが両手を上げて見せた手首には、アダムの手形が鬱血しはじめていた。

「ごめん」とアダムは言った。ちっとも悪いと思ってないが、ノアのためにそう思いたい。ノアにマーキングするのは好きだ。世界に、彼にはアダムがついていると知らしめたい。

「言っただろ、ぼくは壊れてるんだよ。痛いのは好き。ひどければひどいほどいい。精神科医のいい研究対象だろうね」

「お前は壊れてなんかない」アダムは猛々しく言った。「お前は完璧だ」

「人殺しに言われても」ノアはニヤつく。その笑みを消すと、アダムの様子を確かめた。「もう大丈夫？」

大丈夫だ、と悟って、アダムは驚愕した。どういうわけかノアの一言で鎮められたのだ。

「平気だ。話の続きをしてくれ。落ちついて聞くから」

アダムから滑り下りたノアは仰向けに転がると、天井と、そこにある父親の顔を見上げた。

「こうして見ると、悪党に見えるね。記憶が戻るまでそんなふうに感じたことはなかったのに。変だよね」

「脳は狡猾だ。人間を機能させるためにあらゆる手を使ってくる。俺は両親に虐待を受けて、しまいに感情を切り捨てた。脳は自分に起きた嫌なことをすべて引っかぶって、どこかに封じこめ、人間が生きていけるように小細工をする。だが、記憶が戻って父親の認識が変化したんだな」

　アダムの視線を受けてノアは大きく唾を呑み、うなずいた。

「がんばればもっと思い出せそうなんだけど。でもこれ以上深くは掘り下げたくないんだ。今覚えてることだけでもひどいもんだし。だけど、奴らの名前が知りたい。ぼくの父親と同じように、あいつらも始末されるべきだろ」

「なら俺にやらせてくれ」

　ノアはあっさり首を振っていた。「駄目だよ」

　拒絶にアダムの鼓動がはね上がる。

「俺の専門だぞ」

「でも渡さない。自分でやりたいんだ。殺すのは無理でも、せめてあぶり出すところまでは。奴らに光を当てられるほどちゃんとした記憶があるのはぼくだけだ。一人はもうわかってる。父と仲が良かった男、ゲイリーだよ。ストリップクラブのオーナー。あいつもいた。あいつの口をこじ開けられれば、ほかの連中までたどり着けるかも」

　ノアが望むなら、アダムの手でいくらでもゲイリーをこじ開けてやる。

「せめて手伝わせてくれよ。俺は口の重いターゲットから話を聞き出すのは得意だぞ」

「わかった。でも仕切りはぼくだからな」

　今回ニヤついたのはアダムだった。「なんだ、命令されるのが好きなんじゃないのか？」のしかかってノアを組みしく。「噛んで、ひっぱたいて、髪をつかんで？　そう言ってたよな？」

毒も棘もない口調でからかわれたノアが、笑顔で見上げた。彼を笑わせるのは最高だ。

「ベッドの中だけだよ。そこでならいくらでもぼくを好きにしてかまわない。でも外に出たら」窓から外を指した。「ぼくが上だ。それが条件。絶対の」

アダムはノアの顔から髪をかき上げて、笑いかけた。「好きにしてかまわないって？」

「常識の範疇でね」とノアが補足した。

「常識とはどこまで？」

アダムは聞き返し、ノアの唇の合わせ目に舌を滑らせながらキスをして、ゆったりと惑わせる。

「獣姦は無理。体の切断も駄目。小便かけるのもお断り」

アダムは吹き出した。「はあ？」

「そういう趣味の人もいるんだよ。あと、ぼくの口の中に唾を吐かない。これは絶対」

ノアは一体どんなポルノを見てきたんだかと、アダムは首をひねる。

「よく覚えとく。だがほかの条件は〝絶対〟じゃないのか？」

ノアが赤くなってアダムの肩をどやしつけた。

「うるさい」

「いや、そっちが決めたルールだろ。俺は確認してるだけ」

「条件を飲む、飲まない？」

アダムはもう一度ノアにキスをした。

「飲むよ」

6
Noah

おしゃれなレストランとはいかないが、ノアお気に入りの店だった。白黒チェックの床とあちこちつやつや光る赤い内装の、いかにも昔ながらのダイナーだ。父親の死後、ノアはしきりにこのモーズ《Moe's》に通ったものだ。放課後、店員がよくタダで食べさせてくれたのだ。ノアがありつける食事がそれしかないと知っていたから。長い間来ているが、ウィンドウに光る赤いネオンの名前の人物をここで見かけたことはない。きっとモーは存在しないのだろう。

店に入るとすぐメープルベーコンとバターミルクパンケーキの香りが押し寄せ、ノアの腹が冗談みたいな音を立てた。皿で鳴るフォークの音や客同士のにぎやかなおしゃべりも超えて、全員に聞こえていそうだ。

ノアの背後にはアダムがぴったり張り付き、ノアの腰に両手を置いて肩に顎をのせている。十年くらいつき合っていそうな雰囲気を出しているが、その実、他人に毛が生えたような関係である。そんな単語で彼らを言い表せるなら、だが。

なのについ、アダムのたよれる体温によりかかりながら、ノアはもうそばにいて心地いい自分が嫌だった。体に置かれたアダムの手の重みをすっかり好きになっているのも腹立たしい。

ほんの一時間半前の、オーガズムまで発展したキスを思い出すと顔がほてった。意味のないセックスなら山ほど経験してきた。お互いに何の重さもないと承知の行為だ。単にかゆいところをかくような行為。だがあの倉庫でアダムにキスして以来、ノアの核、奥深くの何かに火がついてくすぶりつづけていた。アダムにベッドで組みしかれてキスされるまで。それも、まるで死にかけた自分をノアの唇だけが救うかのようなキスをされるまで。

あんな、鮮烈に発火する化学反応はノアにとって初めてだった。アダムはマッチで、ノアはガソリン浸しの紙、そんな危険な組み合わせはいつ火傷してもおかしくない。それでもノアはきっとどんなことだってアダムにさせる——もうどろどろにされてしまいたいのだ。

なのにアダムは、あきれるほどの強引さで迫ったくせに、ペースはノアまかせでいいらしい。アダムは凶暴な勢いとガキっぽい独占欲の奇妙なミックスで、新しく手に入れたお気に入りのオモチャのノアを、誰かに取られるくらいならバラバラに壊しそうだ。そこがたまらないなんてありえないだろう……でも、たまらない。ノアはこれまで、誰かのお気に入りだったことがない。

己の存在意義を問う深淵をのぞきこみかけたところへ、シンディ（『iのつくシンディよ』）が豊満な体を揺らしてガムをくちゃくちゃ噛みながらやってきた。このモーズでは店員まで前時代風だ。

シンディは、ブースのビニールと同じ赤色のポリエステルの制服を着ていた。角縁の眼鏡をかけ、もさもさの髪を高く盛り上げている。六十代で八人の孫がいるのに五十歳にも見えなかった。うらやましいことだ。

彼女はノアに暖かく微笑みかけ、頬にチュッとキスをした。

「いらっしゃい、久しぶりじゃないの。うちを見捨ててあっちの店で流行ってるシバムギスムージーに夢中かと思ったわ」

ノアは笑顔を返した。「ここのシナモンロールパンケーキをやめられるわけないよ」

シンディはアダムに目をやり、ノアにへばりついた様子を見てニヤッとした。

「このお友達は？」

ノアは首をのばして背後を見る。

「シンディ、こいつはアダム。アダム、彼女はシンディだよ」

「どーも」挨拶しながらもアダムはノアの腰を離さない。

「いらっしゃい。どこかで見た顔ね。俳優さん？」

「いや。全然」

アダムは笑顔で返した。

完全な真実でもないが、ノアに口をはさむ筋合いはない。

シンディはメニューを二つ取ると奥のブースへ二人を案内した。アダムはノアの向かいに落ちついたが、すぐさまテーブルの下で長い脚をノアに絡めてくる。

「飲み物は何にする、お二人さん？」

それぞれコーヒーを注文すると、アダムはノアの手を取った。「指にもそばかす」と呟いている。

「そばかすに目がないね」とノアはからかった。

アダムの青い瞳が上がり、ノアの視線をとらえる。

「全然。お前のだけだ」

そんな言い方はやめてくれないと、このままではノアは人殺し相手に恋に落ちるようなバカをやりかねない。

シンディがマグを二つ持って戻り、ノアの見ている前で、アダムはコーヒーにスプーンが立ちそうなくらい山ほどの砂糖をぶちこんでいた。

「健康に悪いよ」とノアは言ったが、一口飲んでしみじみ息をつくアダムについ微笑んでいた。

ノアはコーヒーはブラック派だ。というのも、いつも粉のクリームしか買えないが、あれがぞっとするほど嫌いだからだ。プカプカと熱いコーヒーににじみ出すあのダマ。無理。

二人の料理が来ると――ノアはシナモンロールパンケーキ、アダムはシロップと粉砂糖まみれのベルギーワッフル――肝心な話が始まる。栄養補給の後でと、トレーラーで先延ばしにした話が。

ここでは自由に話せる。レストランの適度なざわめきが二人の言葉を隠してくれる。それでも声は低く保ち、食べながら少し身をのり出して会話した。

「じゃ、手始めにどこからやる?」

ノアは何の話かわからないふりで無駄に時間稼ぎをしたくなった。だがこのために来たのだ。闇を解き明かしに。

「ゲイリーのバックパックを盗んで、合鍵を作ってあるんだ。あいつは毎晩七時にクラブに来て、朝の十時か十一時までは帰らない。皿洗いのシフトをほかの子と交換したから、一晩ゆっくりあいつの家を調べられる」

「家に忍びこんで探したいものが……?」とアダムがつつく。

「もしあいつが……まだ……同じ好みのままなら、父さんと同じ趣味だったら、ひょっとして父さんやお仲間との名残りの品をまだ持ってるかも。そういうテープが出てくれば、そこから連中を探せるかもって」

アダムはうなずいた。「アリだな。うちの人間にあいつのネット履歴や銀行口座、経歴を調べさせようか?」

ノアはアダムを凝視した。

「人間がいるんだ?」

「ああ。そりゃ人間はいるだろ」アダムがからかうように返す。

いまだにノアは、アダムが誰に雇われているのか把握できていなかった。アダムの存在を突き止めるだけで何年もかかったのだ。ノアの父親が強迫観念的に用心深くなければ、そもそも誰を探せばいいかのとっかかりすらなかっただろう。アダムが人や組織の下で働いているというのも、相対したあの夜、アダムがノアの脆い存在を粉々にしたあの電話をかけた時に知った。

アダムは真実を話してくれるだろうか。

「あんた、どんな組織で働いてるんだ?」ノアは声をひそめた。「一体誰があんな——十六歳? を雇って人を殺させたりするんだよ。父さんを殺した時、それくらいだっただろ」

感心した様子でアダムがうなずいているのだが、ノアには理由がわからない。

「俺は雇われてやったわけじゃない。金はもらってないよ。社会奉仕だって言ったろ? 強制的にボランティアをさせられてるのさ」

「ボランティアを強制はできないだろ」ノアは鼻で笑う。

「うちの父さんに聞かせてやりたいよ」アダムが呟いた。

ノアの内側で答えのピースがはまっていく。トレーラーでアダムはまさに言っていたではないか、「そのために育てられた」と。ラリッて鈍かった昨夜は『バットマン』じゃあるまいしとつっこみたくなるようなありえないダークヒーローの話でしかなかった。だがまさか、アダムの話は本当だった？

「いや、だって……父さん？　トーマス・マルヴァニーが……人殺しだってこと？」

囁くような声になっていた。

アダムが鼻でせせら笑った。それからコーヒーをぐびぐび飲んで、答える。

「よしてくれよ、うちの親父が自分の手を汚すわけないだろ。いーや、父さんは人殺しになるよう俺たちを訓練したんだよ」

その言葉を、ノアはしばらく噛みしめた。

「『俺たち』……兄弟のこと？」

アダムがまったく大した話でもなさそうに肩をすくめる。渋滞の話でもしているように。

「たしかにさあ、父さんの理論にケチはつけられないよな。俺にも兄貴たちにもこれに向いた特別な資質がある。ぶっちゃけ、医者どもの見立てよりうまくやってる。最初の診断がアレだからな」

「診断？」

ノアの背筋をぞわりと不安感が這う。

柔らかに微笑したアダムが首を振った。

「言ったろ。サイコパスだって」

口に入れたばかりのパンケーキが喉に詰まって激しくむせたノアは、周囲からいらぬ注目を浴びてしまった。

それが治まって、客たちが自分の目玉焼きとトーストに戻ると、ノアはやっと絞り出した。

「たしかに言ってたけど、そういうのって、ふつう冗談とか誇張だろ」

アダムが片手を上げてシンディの注意を引くと、笑えるくらいに話題とそぐわない甘い笑顔で自分のカップを指した。

それからまたノアを見て、肩をすくめる。

「俺が『サイコパスだ』と言った意味は、愛や後悔、罪悪感、良心の呵責というものを感じる能力が俺にはないと、正式な精神科医のチームから診断されたってことだよ。精神病質者《サイコパス》か社会病質者《ソシオパス》かは相対的な判断だろうな。医者は、生まれつき俺がこうなのか、それともトラウマで心の機能がぶっ壊れたのかは解明できなかった。結果は変わらないし」

愛を感じる能力がない、という部分にノアの思考が引っかかって止まり、胸を貫く重い痛みを感じまいとした。そうだ、そもそも人を愛せない男を好きになるなんて、まさにノアだ。何もかも駄目な人生。そんな囁きを振り払う。

「じゃあ、兄弟もみんな、あんたみたいってこと?」

「サイコパス？」アダムが聞き返す。「ああ。だから選ばれたんだよ」

そこでノアはぎくりとした。「こんなこと知ったらぼくは消されるんじゃ？」

アダムの表情が真剣になった。「俺は絶対、お前に手出しはさせない」

むき出しの声での宣言に、こんな歪んだ状況だというのにノアは涙が出そうになった。誰にも守られたことなどなかった。一度もだ。そんな必要もないと自分に言い聞かせてきた。それが今、いきなり現れたこのヤバい男が、自分の家族からノアを守ると誓っている。

アダムがテーブルの上で二人の指を絡めた。

「大体お前、誰かに言うつもりあるのか？」

ノアは冷えた笑いをこぼした。

「言うって、レイプ犯だった父親が、億万長者の作った正義の組織に殺されたって？ 世間はぼくがイカれたと思うか、さもなきゃお祝いパレードしてあんたの父親の銅像を建てるね」

アダムはうなずく。

「かもな。でもうちの家族のことはまかせておけ。言っただろ、お前は俺が守る」

肋骨の内側でノアの心臓が小さく踊った。アダムの熱烈さときたら。ティーン向けロマンス小説なみだ。世間知らずの女の子が不吉な予感を無視して行動した挙げ句、破滅的な結末へ転げ落ちるやつ。ただ今回、そのヒロインの役はノアだ。

アダムの執着に魅入られている。いいとも悪いともわからないけれど。破滅的な結末が待っていそうでもかまわない。誰かに愛されたいとかロマンス映画みたいなメロメロの目で見てほしいとか、願ったっていいだろう？

ただしアダムには、人を愛する能力がない。自分でそう言った。

なら。これは何なのだ。

反応できないでいるうちに、テーブルに影が落ち、十代の少女がアダムのことをビヨンセでも見るような目で凝視していた。

「ごめんなさい」真っ赤な顔だ。「でも、あなた、アダム・マルヴァニー？」

アダムがニコッとすると、少女は気を失いそうになっていた。

「そうだよ。やあ」

ノアは指をほどこうとしたのだが、アダムは握る力を増し、その間も白いショートパンツとへそ出しファッションの少女から目をそらさない。

彼女は肩ごしにちらっと、くいつくように様子を見守っている娘たちの集団を振り返ってから、アダムに言った。

「めちゃめちゃファンなんです。一緒に写真撮ってもらえませんか？」

アダムはノアへ視線を向けた。許可がほしいのか？　ノアが肩をすくめるまで待ってから、アダムはやっと「いいよ」と答えた。

少女はブースへ入ってくるとアダムと頬をくっつけて自撮りし、さっと離れた。アダムはその間もノアの手をつかんだままだ。それを見て、彼女はクスクス笑った。

「うわあ。もしかして彼氏？」

アダムはノアを見る。「ああ。ノアだよ」

アダムの彼氏？　たった一日で？　どうしてノアはドン引きすらしないのだろう？　むしろ全身が熱くほてってって、アダムのファンの娘より赤面していそうだ。

少女は二人を見比べてから「彼、可愛いね」とアダムに言った。ノアがこの場にいないかのように。

アダムがほらな、とノアにニヤつく。

「最高に可愛いだろ」

「じゃ、どうもありがと」

そう言い残して彼女は去り、駆け戻ったテーブルでは友人たちがぺちゃくちゃと盛り上がりながら寄り集まってアダム・マルヴァニーと彼女の自撮り写真をのぞきこんでいた。

少女がいなくなると、スイッチを切ったかのようにアダムの魅力的な薄皮が剝がれ落ち、どうやらノア専用らしい鋭い目つきに戻った。

「こんなことよくあるんだ？」とノアは聞く。

アダムは考えこんだ。

「いや。中心街の人たちは大抵、パパのすねかじりのモデルなんかには目もくれない」

「どうしてぼくのことを彼氏だなんて言ったんだ」

アダムは眉をひそめた。

「お前は俺が殺した男の息子で、朝からイチャついてたから一緒にいるんだって言ったら話が長くなるだろ」

ノアはしみじみ首を振る。「単に友達だって言えばいいだろ」

アダムはますます眉を寄せた。「それじゃお前がフリーだと思われる」

脳みそが一瞬停止する。

「え、じゃあぼくは違う？　フリーじゃない？」

「ない」

「ぼくの意見は無視？」

そうは聞いたがノアは怒ってはいなかった。ただ異世界に迷いこんだ気分だ。

アダムが小首をかしげた。

「ああ。俺の彼氏になりたくないのか？」

まるで思いもよらないという口調だったので、ノアは笑っていた。そんなことありえないと思っているのか。まあ、ありえないか。

「あんまり何回も言ってるから意地悪してるみたいで嫌なんだけど、でもまだお互いをろくに知らないだろ」

「俺のことはもう知ってるだろ」アダムがまた言い張る。

「でもぼくのことを知らないだろ」ノアは険しく囁き返した。

「お前のすべてを知らなくたって、お前が俺のほしいものなのはわかる」

「そんなのめちゃくちゃだよ」

「そのうちお前にもわかる」断言。「でももし、耐えられないと思うなら……俺を相手にしきれないと思うなら、その時はいい。俺は……重いからな」

「どうして、人を愛せないのに彼氏になろうとするのさ？」

またもや、アダムはじっくりと考えこんでいた。

「そもそも愛って何なんだ。人間はよくその言葉を垂れ流しながら、愛しているはずの相手を雑に扱うが。俺の脳は、お前の脳と同じような信号は出さない。だから俺にとっては本能がたよりだ。その本能が、お前だって言ってるんだ。お前の本能はどう言ってる？」

（いつか、あんたに心を引き裂かれるって。心臓を、本当にえぐられるかもって）

「ぼくの勘は役に立ったためしがないよ。二つ選択肢があればいつも駄目なほうを選ぶのさ」

アダムが身をのり出す。「直感で言え。今どうするべきだと感じる？」

「あんたから全力で逃げるべきだって」

ノアは何も考えずに答えていた。

王手が決まったとでも言いたげに、アダムがニヤリとする。

「なら、お前の理屈に従って逆を選べよ。そばにいろ。俺のそばに」

「イカれてるよ」

「素敵なものは全部そうだろ？」

7
Adam

いてはならないところにいることに、アダムは慣れきっていた。一人で道を渡れるくらいの年頃から幾度となく他人の家に侵入してきた。一方、ノアはまるで不慣れだ。車内でアダムの隣に座った彼は、ゲイリーの家の玄関をじっと、ドアの向こうにＳＷＡＴが待ち構えているかのように凝視していた。

不安げなノアを見ると、計画を投げ出したくなった。二人でできそうな、ノアの最悪のトラウマを刺激せずにすむ遊びならいくらでも思いつく。だが中止は無理だともわかっていた。

アダムは溜息をつき、ゲイリーの住む平屋の前の、よく刈りこまれた芝生を眺めた。偏執狂的な警戒態勢を敷くわりに、あまり賢い男ではないようだ。すべての家の角に防犯カメラが設置されていてインターホンもカメラ付きだが、どれもＷｉ-Ｆｉ接続だ。簡単にハックできる。ほんの数分でカリオペが防犯カメラに侵入して映像をループし、二人の存在を消してしまった。彼女はゲイリーの身辺も調べ上げて銀行口座ものぞき、ゲイリーのノートパソコンにアクセスを試みた。

　壁にぶつかったのはそこだ。ゲイリーは国家安全保障局《NSA》なみの暗号化ソフトを使っており、外部からのハッキングは不可能だった。思いのほかバカではなかったようだ。おまけに使っているパソコンも一つではなかったので、家に置いてあるパソコンをコピーして暗号化を剝がした下に犯罪の証拠があるよう願うしかない。

「行けるか？」とアダムは聞いた。

　ノアが不安げに唇を噛む。

「もし見つかったら？」

「そうはならないさ。防犯カメラはループにしたし、警報装置も切った。玄関の鍵はある。当然のように堂々としてれば誰も気にしやしない。植木の水やりに来た友達のような顔をしろ」

「中に入ったら、家捜し？　来たことがあいつにバレない？」

「違う、お前は持ち物をじっくり調べ、何か……あいつの犯罪に関するものを探せ。俺はあいつのハードディスクのクローンを作って、カリオペに渡し、腰を据えてクラックしてもらう。

ゲイリーはもう長くこの世界にいるから、きっと自分は無敵だと錯覚している。あの手の連中はそういうもんだ。どこかで油断しはじめて、そうやって捕まる」

ごくりと喉の音を立て、ノアがおどおどとうなずいた。

「うん。わかった」

「ほら。平気か？」

聞きながらアダムはノアの顎をつかんで、顔を眺めた。大体の人間は読みやすいが、ノアの表情は本人のごとく語るか隠すか両極端だ。アダムはただ単に必要なものを与えたいのに。

「うん。心のどこかで、何が出てくるか怖がってるみたいだ」

アダムはノアにのしかかるようにして、うなじに回した手で引き寄せた。

「いいか。見つけた中には、心から消えなくなるようなものがあるかもしれない。だから目で見るだけにして、頭には入れるな。わかるか？　脳のスイッチを切るんだ。気になったらとにかく写真に撮れ。だが一つのものを見すぎるな。何も心に残すな」

「うん。うん、わかったよ。やろう」

ノアはドアハンドルを握り、助手席のドアをぐいと開けた。

降りる前にアダムはその腕をとらえる。

「俺だけでもできるぞ」

ノアの目が大きくなり、それから少し、優しくなった。

「ううん。自分でやりたい」

アダムには理解できた。よくわかった。だが同時に、目にしたものの重みに押しつぶされるノアを見たくない。今でさえノアの目の奥には積年の苦悶と失望が生んだ空虚さがあって、幾度も殴られて人間を信用できなくなった獣のようだった。アダムはノアの絶望を一つも増やしたくなかったが、この戦いは一生続くものだともわかっていた。

すでにノアは、自分が幼少時に受けていたおぞましい虐待について知った。これから先、浮上してくる記憶をどれだけ封じられるつもりでいようが、それは不可能だ。過去をつつき回せばその分、精細によみがえってくる。それはきっと、覚悟している以上につらい。

二人は平凡な服に着替え、ジーンズとTシャツという格好で、ゲイリーに不釣り合いなほど品のいいこの郊外の住宅地にいかにもいそうな人間をよそおっていた。唯一の予防措置として医療用の薄い手袋をはめているが、離れて見ればわからない。

合鍵で家に入ると、ドアを施錠した。玄関からは部屋につながる二つの入り口が見え、一つの奥にはビリヤード台、もう一つにはオフィス機器が置かれていた。

アダムはデスクトップパソコンを、それから自分のバックパックを指した。

「俺はあれに取りかかる。後でそっちも様子を見にいくよ。一晩あるとお前は言ったが、早く終わらせるに越したことはない」

ノアはうなずいて、暗い家の奥へ消えていった。

アダムがゲイリーのパソコンのハードディスクをクローンしにかかると、ウィンドウのメッセージで十五分かかると表示された。家庭用のパソコンは大抵そんなものだ。その十五分でゲイリーの机の引き出しをあさったが、上の二段に目を引くものはなかった。下の段には鍵がかかっている。ほほう。

上の段からピッキングに使えそうなものを探そうとしたアダムは、小物用トレイの下にキーを見つけてあきれた。こいつはやっぱりド阿呆だ。引き出しを解錠すると、中からノートパソコンが出てきて、アダムの鼓動が高まった。

それを引っ張り出した時、さっき仕掛けたハードディスクのクローン作業が終わる。さっそく、見つけたノートパソコンにも同じ作業をしようとしたが、今回のウィンドウには所要時間が三時間と表示されていた。

三時間？　計算しながらアダムの顎がこわばる。これだけかかるということは、1テラバイトほどのデータが暗号化されて入っていることになる。首を振ったが、驚きはない。この手の連中はどいつも同じだ。淫欲の奴隷。

アダムには、犠牲者の子供たちが味わった苦痛や恐怖に共感する能力が欠けていたが（これまで見てきたものを思えば幸いだ）、もっとも無力なものたちを慰みものにする連中への嫌悪感はあった。弱いから狙う。それだけ。病んだもの、逃げられないものを食い物にする狼《ケダモノ》。

だが、いざこの肉食獣《プレデター》たちが追い詰められた時、狩る側《オオカミ》はアダムであり、奴らが叫ぼうがわめこうがどんな空しい謝罪にも情けなど感じない。独善的に奴らを始末することに何のためらいもない。より大きな意義のために。

ノートパソコンが働いている間、アダムは家の中をうろついて引き出しや棚を開けて回り、目を引くものやゲイリーの交友関係をあぶり出す手がかりを探した。

キッチンに放置された郵便物の下から、奇妙な形の鍵が出てきた。貸金庫か、バス停留所のロッカーの鍵に似ている。頻繁に使っている様子もないしなくなっても気がつかないだろうと、アダムはその鍵をポケットにしまった。

ノアを見にいくと、ノアは空き部屋のクローゼットでしゃがみこみ、書類がみっしり詰まったファイルボックスをあさっていた。隣に屈んだアダムは、それが口座の明細やその類いの重要書類だと見てとる。

「何かいいのあったか？」

ノアが首を振った。「ううん、ありがちで内容のない書類ばっかり」と不満そうに唸って蓋を乱暴にかぶせる。

アダムはうなずいた。

「映画みたいにはいかないからな。書類から何もたどれないこともある。あっちで、隠し場所から怪しいノートパソコンを見つけたよ。中身はわからないが、ヤバいものかも。カリオペが暗号化を解けるよう祈ろうぜ」

暗号化データのせいで迅速な離脱計画が果たせず、二人は時間をかけてゲイリーの家を隅々まで捜索した。物のためこみ癖こそないようだが、無意味な書類の束が何箱もあり、毎回がっかり感が増す。何かあるはずだと、アダムには確信があったが。写真、動画、何か。この手の変態は必ず記念品をとっておく。あのノートパソコンが鍵に違いない。

オフィスを調べ終えたが、机後ろの棚にもやはり何もなかった。アダムはハードディスクを確認した。まだ、あと九十分だと。畜生が。残り時間を知らせようと口を開けた時、壁の写真を食いいるように凝視しているノアに気付いた。

明らかに体を震わせてノアが手をのばし、写真にさわると、額ごと壁から取った。アダムは隣に立つ。

森でキャビンを背にしたゲイリーとノアの父親が肩を組み、満面の笑顔で写っていた。

「この小屋、知ってる」ノアが鈍い声で呟いた。

「どこで見たんだ?」

アダムはおだやかに答えを求める。

「父さんとゲイリーが、よく、ぼくをつれていって」目をとじたノアの体が揺れた。「松葉の香りが」身震い。「焚き火、した。まだ匂いを、思い出せる。停電でつけたオイルランプの匂いも。汗の匂いも……」

ハッと鋭く息を呑み、脳内に沁み出す記憶から逃げるように顔をそむけたノアの手から、写真が滑り落ちた。二人の目の前で額が床に落ち、ガラスの砕ける音が静寂を裂く。

ノアが目を大きくしてアダムを見つめた。

「ヤバい。くそう」

拾いにいこうとしたので、アダムは腕をつかんだ。

「いや、さわるな。壁から物が落ちるなんて珍しくもない」

ガラスを片付けようとすれば予想外のことが起きかねない。写真が消えたりガラスなしで壁に戻っているより、床に落ちているだけのほうが自然だろう。それに、ガラスで指でも切ったらこの手袋ではＤＮＡの残留を防げない。

ノアがこくんと、固くうなずいた。

車のドアが閉じて警報をセットする音がして、アダムはさっと窓を見た。外をのぞくと、男がこちらへ歩いてくるところだった。

「まずいな。誰か来た」

アダムはさっとハードディスクを取って引き出しにノートパソコンを放りこみ、素早く施錠して鍵を戻してから、ノアの腕をつかんで家の後方、奥の寝室へ引きこんだ。音もなくドアを閉めたまさにその時、玄関が開いた。

窓を開けると、手を貸してノアを出し、自分も出て閉めた。柵のない二軒先まで、二人で這うように窓を避けて進む。家から十分に離れてから、やっと道に出た。

アダムはノアの手を取って、犬の散歩中の女性とすれ違った。手を振った彼がBMWの鍵を開けるのを見て、やっと彼女も控えめな笑顔を返す。この手の住宅街の連中はいつもこうだ。お高い車を乗り回していれば同じ住人とみなす。これでもう二人のことは忘れるだろう。

車に乗りこんだノアが、シートに頭を預けた。精根尽きたショック状態に見えた。アダムが自分より先にシートベルトを締めてやっても、嫌がりもしない。来訪者のフォードとナンバープレートを写真に撮ってカリオペに送ってから、アダムは車を出した。

帰りの車内で、ノアは押し黙ったまま窓の外ばかり見ていたが、膝に手を置いても拒否はされなかった。ノアの家には戻らず、アップタウンのほうにある自分の部屋に行こうと高速に乗った。彼の家のほうが、ノアのトリガーになるものも少ないだろう。

ガレージに車を停めた時、やっとノアは茫然自失の状態から醒めたのか、知らない時と場所にテレポートしたかのように周囲を見回した。

「ここは？」

「俺のマンション」

「そう」とノアはうつろに呟いた。

アダムは車から降りて助手席側へ回り、ドアを開けてやった。差し出された手を取ったノアは、立ってからもその手を離さなかった。アダムは歓迎だ。ノアにさわられるのは好きだ。他人にさわるなんて殴るかセックスしかなかった自分が。なんと今日のところはノアを抱くつもりもない。今のノアはあまりにもさらけ出されている。

五階の部屋の前に着き、アダムがポケットから鍵を取り出すと、ゲイリーのところからくすねた鍵がカーペットにはねた。拾って、ノアのためにドアを大きく開ける。

「それ、何？」

「わからん。ゲイリーのところにあった。何かあるかもしれないし、ないかもしれない」

ノアは単にうなずき、それ以上聞かなかった。部屋に入ったアダムはフーディーのファスナーを下ろして椅子の上に投げると、ロフト付きの小ぶりな部屋を見て回るノアを眺めた。アダムも兄たちのように大きな部屋に住んでもよかった。バカでかい家とかおしゃれで豪華なペントハウスとか。だが、このレンガむき出しでミニマリスト風の部屋を気に入っている。

ノアは細い階段に目をやり、視線で上へたどった。

「あの上は？」

「ベッドだが」

こちらを見もせず、何も言わず、ノアはその階段を上っていく。アダムは立ち尽くした。ノアを追って自分も上がれば、その先は決まりだ。

ノアはどう見ても平常心ではない。あの写真が、彼の中にある何かのトリガーを引いたのだ。だがトラウマとの向き合い方なんて、アダムが偉そうに言えた柄か？

ノアを追って、階段を上った。上りきると、ノアはアダムのベッドのふちに座っていた。

「何をしてる」とアダムは問いかける。

ノアがアダムの目を見た。

「ベッドでなら好き放題してもいいって言ったよね?」

一気にアダムの股間が固くなって、汗までにじんできた。「ああ」と押し出す。

ノアは後ろに寄りかかって手をついた。

「寝室に二人きりなのに何をグズグズしてるのさ」

ノアを、アダムは慎重に眺めやった。

「それがいい考えかどうかわからない」

「ぼくをほしくないってこと?」とノアが挑発した。

アダムの眉が上がる。「そんなわけないだろう。お前の許容範囲を超えたくないだけだ」

ノアの視線がアダムの顔からゆらりと外れ、また戻った。

「うぶなバージンじゃあるまいし。それに、あいつのことを考えたくない……あいつらとか……何をされたかとか。全然、何も考えたくない。あんたのことしか考えられないようにしてほしいんだ。ぼくらだけでいっぱいにして」

ノアがどう言おうとしたのかはともかく、その言葉は要求よりは祈りのように響いた。

どうして無駄な抵抗をする? ノアがベッドに座って、来いとアダムを呼んでいるのだ。ほしいものがあるのに正論が邪魔になるなら、悪党でいる意義があるか? アダムはノアがほしいのに。

シャツを頭から剝ぎ取り、床に放って、ベッドに近づいた。迎えたノアが両足を開く。アダムはその間に立った。ノアは身をのり出し、アダムとしっかり目を合わせながら、腰のくびれをぺろりとなめた。

「お前」

アダムはノアの顎をすくい上げ、親指を下唇に這わせてから、口の中に押しこんだ。

ノアはその指へ熱烈に吸い付き、太腿でアダムをはさみこみながら、まるで満点を取らないと気が済まないかのように挑んでいる。これだけの情熱を指ではなくここに注がれたら、と思うとアダムのペニスがうずいたが、まだこれが判断ミスではないという確信が持てずにいた。

ノアの歯が、痕を残すほどに食いこみ、アダムはシュッと息を吐いた。指を引き抜く。

「こういうやり方がいいのか？」

低く聞いた。ほのめかし以上の脅しを含んで。

アダムの雰囲気が切り替わると、ノアの瞳孔が大きくなった。

「あんたはどうなのさ。てっきりもっと……荒っぽいと期待してたけど？」

挑戦状が叩きつけられた。

攻撃性をさらけ出すことに、アダムは何の抵抗もない。そもそもの本性を出すだけだ。ノアが乱暴にしてほしいのなら望みをかなえてやろう。

ノアの顔に平手打ちを食わせた。注意を引き付ける程度の力で。髪に差しこんだ両手でぐいと頭をのけぞらせ、目をのぞきこむ。

「お願いがかなったからって、文句を言うなよ」

8
Noah

ノアの頬は平手打ちで痛み、同時にペニスがドクドクうずいて、喉元をつかんで引きずり起こされると、全身に走る期待感が自分とアダム以外を思考から吹きとばした。

かぶさってきたアダムの唇に貪欲なキスをされ、ノアはつま先立ちにのび上がってかぼそく呻いた。アダムの手が喉元から外れて、親指と人差し指で顎をがっちりつかみ、固定して、ノアの下唇をねぶってかじってから、また舌を口腔につき入れてきた。

全身が上気して、快感のうねりに呑まれる。初めてのキスでもない。アダム相手のキスもこれが最初じゃない。だがあまりに支配的な舌に口腔をまさぐられ、何かにしがみつかずにいられず、アダムのベルトをつかんだ。

「お前の口でしてくれ」開いた唇へ、アダムが囁きかける。「できるだろ。できるよな、ベイビー?」

ノアは大きく唾を呑み、舌で下唇を湿した。ぎこちなくうなずき、熱に浮かされたように膝をつく。震える手でアダムのベルトを外してファスナーを開き、デニムを下ろしながら、バージンに戻った気分だった。

アダムが足首にわだかまるジーンズから足を抜いて蹴りとばし、ノアの髪を鷲摑みにすると、自分のいきり立つペニスの形に向けてその口を引き寄せた。

ノアは深く息を吸い、アダムの匂いに酔いながら、下着の布ごしに唇を這わせる。もう濡れた沁みがあった。アダムも同じぐらい欲情している? そんなのありえるだろうか。パンツのゴムに手をかけ、太腿の途中まで引きずり下ろすと、自由になった屹立全体に頰ずりした。完璧なペニス。ずっしりして、火照り、先端に雫をにじませて。味わいたい。

しゃがみこんでアダムのものを握り、割れ目を舌でねぶって苦味のある先走りを楽しんだ。呻きながら、のり出してくわえこむ。まだ髪をつかまれているせいで頭の上下動がぎこちない。

ぐいと顔を上に引かれた。鋭い動きに、またざらついた呻きがこぼれる。ノアを見下ろしたアダムが、熱くしゃがれた声で言った。

「もっとうまくやれるだろ? 口を開けろよ、どれほど俺がほしいかちゃんと見せろ」

その言葉がノアの芯を稲妻のように刺しつらぬき、火をつける。言われたとおりに唇は開いたが、アダムに動きを支配されていてそれ以上何もできない。

待つまでもなかった。アダムがじりじりと自分の屹立をノアに与える。舌にかかる重さ、濃密な肌の味に、すでに固かったノアのペニスがファスナーごしに雫をこぼしはじめた。両手はアダムの太腿に置き、手のひらに体毛を感じながら、アダムを気持ちよくしてやろうと一心に没頭してしゃぶり出す。

だが、アダムはまだ自由を与える気はない。己をノアの口から引き抜いては深々と奥まで突き戻し、しまいには容赦ないリズムで口を犯して、時おりに止まり、腰を引いてノアの舌を勃起で打つ。高まり方があまりに強く、速すぎるかのように。それにノアはぞくぞくする。

「くそ、ベイビー。最高の口だ。うまいぞ」囁く声はざらついている。「もう少し開けてみな。いいぞ」と甘やかして。「くっ、ああ。そうだ、ベイビー、それでいい」

ふうっとざらついた息を吐き出し、アダムは歯を食いしばった。

「よしよし、いい子だ」

アダムのものをくわえて、ノアは呻く。アダムの言葉、ノアの口を愉しむ様子だけでズボンの中で達してしまいそうで、ちょっと恥ずかしい。

アダムがもう片手もノアの頭に置き、両手で髪を握りしめ、痛みに呻くノアの頭をがっちりつかんで喉まで突きこむ。息が遮断され、反射的に痙攣した喉が肉棒を包んで震えて、世界が色を失って沈んでいく。

痛くて……怖くて……そしてノアの人生でも最高に熱く淫らな瞬間だった。

アダムはノアの動きを封じたまま、腰を小さく動かしてわずかに突く。陰毛に鼻をくすぐられながらノアの酸素が尽きた。

アダムの言葉が、ひりつく神経の上を絹のようになめらかに滑る。息切れした生々しい声。

「それだ。いいぞ。お前は最高だ。あと少しだけ。ああ、畜生、あとちょっとだ。すげえ締めてる。俺を、こんなに」

ノアの鈍い爪がアダムの太腿をひっかく。目に涙がにじんで口に唾液をあふれさせながら、酩酊感に落ちていく。気絶する、と思った瞬間、アダムが引き抜いてノアの頭をのけぞらせた。顔に涙をつたわせて大きく喘ぐノアの肺は、水から引き上げられたように熱い。

「お前は完璧だよ、まったく」

アダムが呟きながら、涎でべとべとのノアの唇を肉棒の先端でなぞった。

耳の中で鼓動が鳴り、全身が小刻みに震える。信じられない。もっととことんやってほしいなんて、ノアはどこか壊れているのだ。アダムに使い果たされて、好き勝手に貪られ、その間も淫らな言葉でなぶってほしい。たとえ命を危険にさらしても。

アダムが少しだけ柔らかにノアを見た。

「本当に可愛いな、ベイビー。俺の前で跪くのは好きか？」

その言葉にノアの股間がドクンとうずく。「うん」と息を切らした。

アダムは笑って、ノアの頬に手を滑らせた。

「そうか？　俺のためにいい子になるのは好きか？」

「好き」

血液に火がついたような気持ちで、ノアは絞り出した。

またも顔を平手打ちされる。さっきよりも強い。

「俺のために悪い子になるのはもっと楽しいぞ？」

ノアの脳が一瞬シャットダウンする。アダムのために悪い子になるって、どんなふうなのだろう。引きずり起こされ、またエロいキスをされた。

「裸になれ。今すぐ」

ぴしゃりと命じてノアを突き放す。

アダムの凝視の前で、ノアはよろよろと服を剝ぎ取っていった。トレーラーで二人が熱と勢いに突き動かされていた時はもっと楽だったのに、照明があちこちから照らすアダムの部屋では、体格差があからさまに際立つ。自分が見苦しいとは思わないが、アダムより背は低いし、比べて筋肉も貧弱だし、薄金に焼けた肌に対していかにも生白い。

だが顔を上げると、アダムから飢えた獣の目で見つめられていた。

「ベッドに上がれ」

ノアはどさっとベッドに座り、口をからからにして、アダムが下着を脱ぐのを見ていた。手をのばしたが、アダムが首を振る。

「そうじゃない。四つん這いだ」

体を興奮がつき抜けた。今からアダムに犯されるのか？　アダムがこの肉体を開いて屹立を沈め、突き上げるのかと思うと、深いところが震える。脳のスイッチを切らないと、アダムに何をされるか想像するだけでさわらずにイッてしまいそうだ。もうギリギリなのに。

指示に従い、奇妙に無防備な心持ちで、裸の背をアダムに向けた。恐怖はないが、意識が張り詰めて五感すべてが鋭敏になっている。

背後でベッドが沈み、アダムの爪がノアの太腿の裏を優しくひっかき、肌を粟立たせてから離れていった。

「いい格好だ」アダムが呟く。双丘の間に指を這わせ、穴をつついた。「俺がほしくて、こんな開けっぴろげで」

尻を平手で打たれ、熱が走って、ノアは鋭い息を吸った。ひりつく肌にアダムの唇がうっすらとふれ、かぼそく呻くともう片方の尻がぴしゃりと叩かれる。

ノアは下唇を噛み、またアダムの唇で痛む肌をなだめられながら、無力な呻きを噛み殺した。

次も平手かと身構えたが、違った。

突然、入り口のひだを舌でピチャッと舐められて、ノアは声を上げた。「ああ……」と呻いて肘をつく。背を丸め、アダムの枕カバーを拳で握りしめた。

「ああっ、んっ」

「いいぞ、もっとだ。尻をつき出せ。たまらない味がする」

アダムが唸り、腰をつかんで固定すると、ノアの中心に顔をうずめて穴をむさぼった。

何の返事も出なかった。何も考えられない。ノアは枕を引き寄せて顔を押し付け、うずくペニスをつかまれて淫猥な呻き声を上げる。アダムは先端だけをいじり、指で割れ目をいたぶりながら、穴を攻める舌とリズムを合わせてしごいた。もう持ちそうにない。

アダムの口が下がり、睾丸を舐めにかかると、ノアは枕から大きく顔を上げた。

「ああっ、駄目、もうイく。やめないで、もっと。もっとして」

うわ言のように口走る自分がいる。きついアダムの拳に突きこみ、スピードを上げながら目の前がかすんだ。

「んっ、ヤバい。そこ、そう、もっと。イキそう。もうイく。あとちょっとで。ねえお願い、アダム……」

アダムが獣じみた音を発し、ノアの尻たぶに歯を沈みこませてから、また穴に舌を這わせた。

「イカせてほしいか、ベイビー？」

ノアはうなずく。アダムには見えないが。高価そうな枕カバーを両手でぐちゃぐちゃに握りこむと、唇から懇願があふれた。

「うん、ああっ、そこ、そこ。おねがい、アダム」すがりつくようにねだる。「ねえイッていい？」

アダムがクスッと笑った。「イッていいぞ、ベイビー。派手に聞かせろ」

その手で最後にペニスをぐいと引っ張られ、ノアは我を失って叫びながら、ベッドカバーに精液をぶちまけていた。さらにしごかれて、しまいに苦痛の声とともにアダムの手を払いのける。

「俺の番だ」というアダムの唸りにノアの腹がぞくぞくし、仰向けにひっくり返されたかと思うと足元側に引き下ろされて、アダムがのしかかってきた。

アダムは片手でヘッドボードをつかみ、もう片手で自分の勃起を支えてノアの口へ導く。ノアの手は少しさまよった後でアダムの尻をつかみ、浅く口へ突きこまれるたびに指で筋肉の躍動を感じた。喘ぎまじりの呻きと大きくなるヘッドボードのきしみから、絶頂が近いのはわかっていたが、それだけがノアが得た警告だった。不意にアダムが己を引き抜き、幾度かしごいたかと思うと、ノアの唇や舌、頬が精液にまみれていた。さらにアダムは腰を揺すって、ベタベタのノアの顔に性器の粘り気を擦り付けてから、またも口に戻してきれいになめろと要求する。

全部済むと、アダムはノアの胸の上に座りこみ、笑顔になりながら指でノアにへばりつく精液を拭おうとした。そのうちごろりと転がって離れ、Ｔシャツをつかんでノアの顔を丁寧に拭くと、自分の体も拭って放り出した。

「大丈夫か？」

聞いてくる。ノアの心がきしむほど柔らかな笑顔だった。

ノアはうなずいた。

「うん。全然、大丈夫。そっちは？」

「いいね。いいよ」身をのり出したアダムにキスをされて、ノアの微笑が固まる。「今のはすげえ燃えた」

しみじみと、ノアは首を振った。「あんたは最高すぎて夢みたいだ」目を見開いた。口に出すつもりではなかった言葉だ。

アダムがからかいまじりの笑みを返した。

「俺は人殺しだぞ。それにお前は——」また頭を下げてノアの胸をキスでたどる。「エロくてたまらない。イキそうになるとうわ言を言いまくるのなんか最高。俺までブッとびそう」

ノアはははっと笑った。「それは、どうも？」

隣にアダムが横たわったので、ノアは寄り添って指でタトゥの輪郭をなぞった。顔を合わせた夜に見た蛇は、アダムの首に巻きついていた。だがほかにも胸の中央には蝶が、その両側には天使の翼が、両腕には薔薇が、さらに脇腹を貫く短剣が肌に刻まれていた。一見バラバラのモチーフだが、すべてがどこかアダムらしい。

これからどうすればいいのか、ノアは迷った。アダムとはすでに一緒に寝た（睡眠という意味で）仲だが、普段のノアはセックスがすめばシーツの精液が乾かぬうちにベッドから転がり出してさっさと服を着込むのが流儀だ。ここに残ってアダムにくっついていていいのか、腕枕で眠っていいのかがわからない。もう帰るべきか？　とりあえず帰るそぶりは見せようか。

深く悩む前に、アダムの携帯電話がベッドの端で震えはじめた。もう深夜のはずだが。

「誰から？」

アダムは唸ったが確かめようともしない。「バカ兄貴の誰かだろ、どうせ」

ノアは眉をひそめた。「出ないの？」

アダムの指先がノアの腕をなぞる。

「こんな夜中にかけてくるってことは、何かさせる気なんだ。出なけりゃ、眠ってたって言い訳がきく」

その言葉でノアが考えこんでいるうちに、携帯電話はそのまま三回唸り、黙って、それからまた唸り出した。

それが三回くり返されて、ノアは言った。

「諦めないみたいだけど」

アダムが不機嫌な雄牛のような鼻息を立てると、ベッドの足元に這っていってジーンズのポケットから携帯電話を引っ張り出した。

「何だよ」と電話口で凄む。「忙しいんだ。後にしろ」

小さな声が猛烈に何かまくし立てていたが、ノアには何を言っているのかわからなかった。

「朝でいいだろ。いーや朝だ、オーガスト、俺は裸でベッドにいるんだぜ。半分寝てた。そうだよ、本当だ。それお前に関係あることか？」

また向こうの声が怒った調子で続け、アダムの口元が険しくなった。

「ああそうかよ、くそったれ。わかった、わかったよ。ファック・ユー」

電話を切るとノアのほうを向いた。

「一時間かそこら、父さんのとこに行ってくる」

ノアの心は沈んだが、起き上がると服を探そうとした。アダムがそれをベッドに押し戻してのしかかってくる。

「何をしてる？」

「服を取ろうと思って」とノアは眉を寄せた。

「いつ俺が帰っていいって言った？」

問いただすアダムの声は艶っぽく、ノアの股間がまた目覚めそうになる。

「ぼくに帰ってほしいんじゃないのか？」

「ないね。ここで俺を待ってろ。裸で。裸のお前がベッドで待ってると気分がいい」

自分が笑顔になってしまうのが嫌だ。「本当に？」

アダムから貫くような獰猛さで見つめられ、ノアの腹の奥をずくりと快感が刺す。

「当たり前だ」ノアに深々とキスをした。「大体、もうすんだなんて思うなよ」

9
Adam

アダムは父親の高級なダイニングチェアにだらしなくもたれ、手にしたナイフの先端でのどかに指先をつつきながら、兄たちに怪しむ目を向けた。とりあえず、いるのは兄のうち三人だけ。アティカスが、この口出しをするに当たってアベンジャーズ全員に大集合をかけなかったのがせめてもだ。父親の姿もないということは、これは非公式なお叱りだ。それは吉兆——多分。


かさぶたは一気に剝がすに限る。

「で、俺を夜中に父さんの家まで呼び出すとは、どんな一大事だよこいつは？」

アティカスが指を髪に通し、アダムの相手はお前だろと言いたげにオーガストを目で刺した。

どうしてアダムの扱いに注意が必要だと思っているのか、アダムには兄たちが理解できない。

オーガストは片眉を上げて、片方だけ肩をすくめてみせた。

「ぼくを見るな。これはお前のパーティーだろう」

アティカスは低く不満げに唸ると、目の前にある自分の携帯電話をひったくって幾度かタップしてから、大きなテーブルごしに滑らせてきた。アダムがそれを手にすると、ダイナーで朝食中の自分とノアの写真が数枚表示されていた。

「俺を見張らせてんのか？」

「バカ違う、それはスクリーンショットだ。写真がインターネット上で拡散されている」とアティカスはとげとげしい。

「なんだ。で？」アダムは聞き返した。「夜中の一時に呼びつけたのは、俺が朝飯を食ってたからか？」

「愚鈍な物言いをするな」オーガストがたしなめる。「我々が物申したいのは朝食にではなく、お前がつれ回している同伴者にだ」

アダムの小鼻が広がった。「ノアのことか」

アティカスが眼鏡を外して鼻の付け根をつまんだ。「そう、ノア」

「どうしてだ。俺が誰とデートしようが別にいいだろ？」

「デート！」アティカスが声を上げた。「ここまでバカだとは！」

「弟を見くびりすぎたな」とオーガストが兄の憤慨を笑った。

アーチャーが顔をつるりと撫でた。どう見ても、いつもの酒浸りからやっと醒めかけだ。三日分くらいの無精ひげ、焦げ茶の髪はすっかり逆立っている。白いシャツのボタンも掛け違えていた。

「俺らが気にしてんのは、デート相手がお前が殺《や》った男の息子だからだよ。さすがにマズいって、てめえもわかってんだろ」

「どこが？」

アダムは聞き返して椅子にふんぞり返った。

「人間関係の芋づる方程式ってやつさ」アーチャーが解説する。「世間様は、一体どうして金持ちのボンボンがトレーラー住まいの底辺とつき合ってんのか不思議がるだろ」

アダムはアーチャーに視線を向けた。「あいつをそんなふうに言うな」と凄む。

「マジか。好きになっちゃってるぞ」とアーチャーが呟いた。

「ああ。あいつには本当の俺を隠さなくていい。俺が人殺しだと知ってる。とにかく……あいつの前だと、自然なんだ」

アティカスが喉にゴルフボールでも詰まらせたような顔をした。

「お前、そいつにハメられているとは考えないのか？」

アダムは笑い飛ばす。「は？　そんなわけあるか。被害妄想かよ」

「我が家の土台に千もの死体がある以上、神経質になるのは道理だ。だからこそ無事に存続できている」とオーガストが口を出した。

アダムは血が煮えたぎるのを感じた。憤怒が肌を食い破りそうになるが、唯一、言い分に自信があればアティカスは父も同席させたはずだという認識だけが暴発を食い止める。

「ノアには復讐のチャンスがあったぞ。俺の顔面に銃を突きつけた。俺を殺したがってた。父親の正体を俺に見せられて、すぐ引き下がったんだ。俺たちを潰したいわけじゃない。俺と一緒にいたいだけだ。それがそんなにありえないことか？」

アティカスが溜息をついた。「貴様の人生が虚構でしかないと知ったら彼はどう思う？　遊び好きで魅力的なスーパーモデルなどではないと知ったら」

「もう知ってるよ。あいつの前では偽物でいなくていい。俺が何者なのか、何なのか、よく知ってるし受け入れてる」

アティカスがオーガストへ視線をとばし、激しい身振りでアダムを示して『こいつをどうにかしろ』と無言で訴える。

オーガストが首を振った。「アダム、お前はこの対象と関わることで我々全員を危険にさらしている」

「アティカスはあのイカレ女、ケンドラと結婚寸前までいっただろうが。なのにあの大惨事をみんな平気でスルーしてただろ」アダムは言い返した。

「あの女は俺たちの秘密を知らなかったろ？」アーチャーがどうでもよさそうに言った。

アダムの怒りが高まる。

「ああ、そうだろうよ。知ってたらあの女はこれ幸いとうちの一家を吸い尽くしに来ただろうさ。悪夢みたいな女だった。ノアは、俺たちから何もほしがっちゃいない。大体だ、ノアがどこかに出てって俺たちのことを暴露するのがそんなに心配なら、追い払うよりそばに置いとくのが利口だろうがよ？」

「アダム、聞き分けがないことを言うな」とアティカス。

アダムは兄をにらみつけた。「そもそも何でお前はここにいるんだよ？　タンパク質を合成するだのネズミの背中に耳でも生やすだのしてろよ。何だっていきなり、俺がどこの誰の何とセックスしてるかを気にしてるんだ」

「皆と同じく憂慮しているだけだ。貴様が性器を突っこめる男など山といるだろう——どうしてその特定の人物にこだわる？　そこまでして注目がほしいのか？　これ以上？」

アダムの手からアティカスめがけてナイフがとぶ。すぐ背後の壁にそれが突き立つと兄がビクリとしたので、アダムは少し溜飲を下げた。

アティカスがふうっと鼻から息をつく。

「ほらな。こういうところだ。貴様はじき三十歳だぞ。甘ったれた子供の真似は卒業しろ」

アダムは身をのり出した。「俺は二十七歳だ。で、ああ、大人だ。大人なんだからどんな相手にチンコを突っこもうが俺の勝手だ」

「へーそいつとヤッてんだ。てめえがぶっ殺した男のお子様と？」アーチャーが口をはさんだ。

「その言い方はよせ、ノアは二十一歳だ」たしか。

「お前はたぶらかされている」オーガストがまたも感情がほぼ欠落した声でくり返した。

「いいや。あいつはそんなんじゃない。俺は何週間もノアを尾行したんだ。俺を殺すチャンスもあったが、やらなかったし」

「それは、父親が小児性愛者だという証拠を貴様に見せられたからだ」アティカスが苛々と言い返した。

「ならどうすりゃよかったよ、アティカス？　ノアに殺されとけって？　それともノアを殺せって？　そいつは俺たちの掟に反するぞ。ウェイン・ホルトみたいなウジ虫野郎に育てられたのはノアのせいじゃない。あいつもホルトの被害者の一人だったんだ」

「だからどうした」とオーガストが返した。

　アダムは凍りつく。

「だから、どうした？」

「ああ。だから何だ？　悲惨な幼少期をすごしたからと言って、何故お前が気にする。我々は心があるような振る舞いができるよう教育されてきたが、今のお前は演じているわけではないな。ということは、だ。何が起きている？」

「お前には関係ねえだろ。俺はノアが好きなんだよ。一緒にいるのが楽しいんだ」

「カリオペの話では、お前に情報を送ったのはたかだか二週間前だそうだな。ろくに知らない相手のためにどうしてそうも強情だ」

「あいつのことならよく知ってる。あいつも俺をわかってる。大事なことは、何もかも」

「何たることだ」オーガストが呟いた。「このような『ロミオとジュリエット』騒ぎを起こすのはアヴィかエイサだろうと思っていた。よもやお前とは」

わずかに残った忍耐でこらえて、アダムは吐き捨てた。「うるせえ、ふざけんな、オーガスト」

「声を下げろ」警告して、オーガストは後ろにもたれる。「彼に近づけば近づくだけ、手放す時にこじれるぞ。終わらせろ。今すぐ。さもなくば父さんに報告せねばなるまい。父さんの終わらせ方は優しくないだろうよ」

アダムが押しやった椅子が、テーブルから遠くへ滑って石の床でけたたましくきしんだ。

「好きにしやがれ。父さんに言えよ。ついでにこれも伝えとけ、ノアは俺のもんだ、誰にもやらねえ」

「オモチャかよ。生きた人間だぜ」アーチャーが呟く。

憤怒に呑みこまれたアダムは体の横で拳を握っていた。

「あいつは俺のだ。絶対離さねえ。俺の邪魔をするな、さもなきゃ本気で全部灰にしてやる。

わかったか？　だから選ばせるな、俺はノアを選ぶからな」

「お前は相手のことをよくわかっていないだろう、アダム。それに、我々を差し置いて一方的に決める権利はない」

アティカスに向かってつかつか歩み寄ったアダムは、壁からナイフを引き抜いて部屋を猛々しくとび出した。キッチンからガレージに出ると、壁に並んだキーの一束を引ったくり、父親のアウディR8を選んでガレージの開閉ボタンを思いきり押す。革張りのシートにドカッと体を沈め、エンジンをかけた。子猫のようなご機嫌の唸り。

ギアをバックに入れてアクセルを思いきり踏みこんだが、まさに最後の瞬間、背後にいる男に気付いていた。ブレーキが叫び、車のバンパーが男の膝と髪一本残して停まる。

荒れ狂う鼓動が胸を殴打する中、アダムは、運転席に近づいて窓を下ろせと指一本で指示する父親を見つめた。

いつもと変わらず、父の声は嘘のようにおだやかだった。

「アダム」

「父さん」

父は溜息をついた。「この真夜中に私の車で私を轢こうとするとは、どうしたことだ？」

「そんな……つもりは。頭をすっきりさせたかったけど、歩くのは嫌で」

「ＢＭＷに大金を払ってから半年もしていないぞ。まさかもう潰したとは言わないだろうな？」

「そうじゃない。Ｒ８に乗りたかっただけだ。法をぶっちぎりたくて」

父が小さく笑った。「今度は誰との喧嘩だ？　アーチャーか、アティカスか？　オーガストということはあるまい。アヴィとエイサは今いない。エイデンはお前を怒らせるほどしゃべるまい。となると誰だろうな？」

「誰でもないよ。考えたいだけだ」

「この父に嘘はつけないぞ。私が仕込んだんだからな。何を言おうとお見通しだ」

アダムはふうっと鼻から息を吐いた。

「兄貴たちが、俺の邪魔をしようと手を組んでて」

「理由は？」

「俺の新しい彼氏が気に入らないってさ」

父は心得た顔でうなずいた。「ホルトの子だな」

アダムはぎょっと目を見開く。「知ってたんだ？」

「うちの子がしでかしていることなら何でも知っているぞ。それが私の仕事だ」父は答えた。

「彼にどこまで話した？」

「元からかなり知ってた。細かいことは俺が教えたけど」

アダムはそう白状する。父親に嘘が通用したためしはない——もう幼い頃から。無条件に愛を注いでくれるような相手に嘘はつきづらいものだ。たとえ愛を感じる心はなくとも。

「それは賢明な行為だと思うか？」

アダムはうなずいた。「父さんは、直感を信じろと教えてくれただろ。だからそうした。本能で、ノアは絶対に俺を売らないとわかったんだ」と訴える。「父さんのことも」

「こじれれば一家全体にとって厄介な事態になりかねないぞ」と父が警告した。

「俺は絶対にノアを諦めない」アダムは言い放った。「兄貴たちにもそう言ったし、父さんにもはっきり言っとく。ノアは俺のだ。俺はあいつがいい」

父がクスッと笑いをこぼす。

「そう毛を逆立ててくれるな、アダム。つき合いを諦めろと言うつもりはない。ただし、彼のことはお前が責任を持て。知れば知った分だけ、彼の存在は重大になる。もし彼が裏切ったなら……悲惨な結末が待っているぞ」

父の口調にアダムの背が凍った。

「あいつはそんなことはしない。俺には。誰にも。ノアは……いい人間なんだ」

父はじっとアダムを観察していた。

「そうか。なら、兄たちには私から話しておこう」

「絶対ゴネるよ」とアダムは知らせておく。

「どうしてだ？」

「そりゃ、いくらアティカスが父さんのお気に入りのふりをしようとしたって、本当は俺だって、みんな思いこんでるからさ」

またもや父が低く笑う。

「思いこんでる？　お前は違う意見か」

「うん」

腕組みして、父が軽く首を傾けた。「私が子供をえこひいきしているとでも？」

父にとって一人だけひいきがいることを、アダムは事実として知っていたが、家族の誰もがそれにはふれない。父のお気に入りはエイデンだ。養子になったのは六番目で、殺人狂の双子の後だが、父は昔から不思議とエイデンには甘かった。口が達者な兄弟たちの中でエイデンだけが無口だったからかもしれない。そのあたりは謎だが、明らかな事実を指摘する度胸は兄弟にはなかった。

「ううん、父さん。どうせどいつもこいつも同じくらい手に負えないって思ってるんだろ」

アダムはためらいなく嘘をついた。

父がよこした微笑は、アダムが返す笑顔に劣らないほどの虚構だった。

「いいだろう、その子のところへお帰り。だが私の言ったことは忘れるな。彼はもうお前の責任だ。お前の直感が正しいといいな」

うなずいてから、アダムは車をバックさせてゆっくりと引き込み道から出た。父の承認を得て、心は軽い。兄貴たちはああだこうだと文句をつけるのが好きだが、父の言には決して逆らわない。絶対に。

それでも、父の言葉が頭の奥深くに突き刺さってくる。ノアはもうアダムの責任だ。ノアがアダムや家族を裏切るわけがないという確信はあったが、過去を深く掘り返せばそれだけノアを囲む状況は危険になるし、延長線上にいる彼ら兄弟全員にとってもそれは同じことだ。ウェイン・ホルトが絡んでいた小児性愛者《ペドファイル》仲良し会の闇を暴き、ノアのために失われた正義を果たさねば。

だが、それは今夜ではない。今夜はノアがアダムを待っている。ベッドでの、従順なノアの肌の熱さを思い出し、アダムの欲望がうずく。さっきのノアは本当によかった。何をしても反応して。もっと追いこんでもいいのか？　もっと無慈悲に？

ノアの抱く性的ファンタジーはどれほど暗いものなのか。それを暴きたくてたまらない。

10
Noah

　ノアは慣れないベッドで眠るのが苦手だ。里親制度の中で暮らした歳月、家と呼べるところもなくたらい回しされたせいで、自分のベッド以外で眠るのが怖い。

　たとえそのベッドが雲のようにふかふかで、好みの固さの枕があって、ノアの信用スコアより高そうなスレッドカウントの高級シーツが敷かれていても。だからこそ、小金をためこんであの不細工なトレーラーを一括払いで買ったのだ。もう誰にも自分のベッドを奪われないように。

　だが、他人のベッドで眠れないのが問題になったことはこれまでほぼなかった。ノアは誰ともデートしないし、彼氏もセフレもいない。そんなものを作るためには誰かと知り合わねばならないし、ノアに友達はいない。作らないほうが楽なのだ。誰にも近づかなければ、去っていかれることもない。それがノアの信条だ。

少なくとも、アダムに出会うまではそう言い聞かせてきた。

ここに泊まるつもりも、そもそもはなかった。アダムのガレージに車が入った時も。この流れを、もしかしたら匂わされていたかもしれないが、ゲイリーの家で心の奈落に落ちてからのノアはあまり正気ではなかったし。あれは自分が悪かった。アダムにはっきり警告されていたように油断してはいけなかったのだが、無事に終わりそうで。それで気がゆるんだのだ。

だがそこに、あの写真があった。あのゲイリーと父親が楽しそうに笑い合っている、クズで外道な写真。二人があれほどうれしそうな理由を、あのキャビンの中に何があるのかを、ノアは知っていた。二人がキャビンに戻ってきた後、自分に何が起きたのかを。

胃が焦げるようで、苦いものが喉にこみ上げ、表面に浮かび上がろうと記憶がのたうつ。やりきれない唸りを上げてノアはその記憶に蓋をし、うつ伏せに倒れてアダムの枕に顔をうずめた。スパイシーな石鹸と高そうなコロンの匂いに満たされて、腹の底がふっと落ちたように、下腹部の熱が目覚める。

アダムをどうしよう？　たった四十八時間のうちにノアを自分のものだと宣言した、まるで原始時代の蛮族のようなアダム。誰にもノアを傷つけさせないと、血の宣誓のごとく言い切ったアダム。ノアに人生最高の強烈なオーガズムを与え、ベッドに寝かしつけて額にキスをしていったアダム。

どうすればいい。アダムの本能を、ノアだって信じたい。アダムの一部、感情を持つ部分が自分でもわからないノアの一部に共鳴し、近づきたがっていると思いたい。だがノアの中の現実主義者は、そんなのは百万もの危険信号を無視しているだけだと、よくて裏切られる未来が、下手をすれば殺される結末が待つとわめいている。どちらが最悪かはともかく。

ただ、アダムの意図は信じきれなくとも、ノアは逃げたくはなかった。逃げ出してたまるか。人生のほとんどを、悲しみや孤独に浸って、あるいは感情を殺してすごしてきた。なのにアダムといるとうれしくなったり高揚したりする。今朝の目覚めの時も、体にアダムの腕を回されて……ノアは安心したのだ。これまで、何にも守られていると感じたことなどなかったのに。

アダムが出ていった後、てっきり残された自分は天井の影を見ながら時間をすごすだろうと思っていた。だがアダムの匂いに顔をうずめた途端、つい今しがたの絶頂にまだ酔いながら、ノアの意識はするりと闇に吸いこまれていった。


柔らかな上掛けが体を滑って剝がされ、ロフトに吹き付けるエアコンの冷風に肌をさらされて、ノアは身じろいだ。安らぎの繭を乱された不満を呻く。顔を枕に擦り付け、眠りと覚醒の狭間にいた。

ベッドの足側が沈みこみ、アダムの裸身がノアの背を覆うと、ノアの両脚を膝が大きく割って入りこみ、固い勃起が尻の割れ目に押し付けられた。

「アダム？」

こんなに息切れしたような、追い詰められたような声が出るのが、嫌だ。

アダムが喉にかかる唸りを上機嫌にこぼし、ノアの髪に指を絡めながら耳元に熱い息をかけた。

「まだ済んでないと言ったろ」

尻の間をアダムの勃起が滑り、入ろうとはせずただ刺激されて、ノアは息を呑んだ。性具のように、オモチャがわりに扱われて。

肉棒の滑りはなめらかでぬらついていた。アダムはノアにのしかかって腰を使う前に、服を脱いで己にジェルを塗りつけてきたのか？

ノアは一瞬で勃起していた。

ああ駄目だ。

彼はどこか壊れている。

アダムに一方的に使われたい。耳元の唸りで、ノアをできるだけさらけ出そうとするように大きく押し広げられた脚で、彼を閉じこめて体の下から逃さないアダムの両腕で、もうくらくらしている。

耳たぶを強く噛まれた。

「たまらないんだろ？　お前の匂いでわかるぞ」

ノアは呻き、「うん」と揺れる答えを絞り出した。

髪をつかんだ手に力がこもり、ノアの頭を引き上げて、唇が重ねられる。

「ああ、お見通しだ。俺の可愛い淫売。お前の中に入るのが楽しみだよ」

アダムが、ノアの開いた口の中へ唸った。

想像してノアは呻いた。アダムに入ってきてほしい、満たされ、押さえつけられて、思いきり奪ってほしい。

「いいよ。ヤッていい。大丈夫だから。ほしいんだ。今すぐほしい」

できるだけ腰を持ち上げ、どれほど切羽詰まっているか念押ししようと、アダムの固い屹立に擦り付ける。

アダムがくくっと笑った。

「我慢できそうにないな。懇願させてやろうか」ノアはぶるっと震えた。「ほら。いくらでもねだるだろ。だが今夜は駄目だ。お前をヤるなら一晩たっぷりヤリ尽くす。だが今夜はお互い体まないとな。ただ、俺の枕で寝てるお前を見たら、ぶっかけないと眠れそうになかった」

喘いだノアは、その言葉に腰を振り、自分の屹立をシーツで刺激する。どれほどあられもなく見えようがかまわなかった。喉元と肩に歯がくいこみ、その強さにノアは叫んでいた。

「そうだ、俺のために鳴けよ。たまらないね、お前を滅茶苦茶にしてやる」

体を痙攣が抜けて、ノアの視界がくらむ。アダムの指が二本、口にこじ入れられ、アダムの腰の突き上げに合わせて出入りした。「しゃぶれよ」としゃがれ声で命じられる。ノアは従った。

「いい子だ。それでいい。俺のモノみたいにこの指をしゃぶれ。ああ、クるな。俺をイカせろ」

指をくわえこんで呻くノアの上でアダムは動きを早め、自分が動きやすくなるようもっとノアの脚を開かせる。こんな長い、迷いのない腰の動きでアダムに犯されるのを想像しただけでおかしくなりそうで、ノアのとらわれたペニスがうずき、つま先が丸まって、拳でシーツをつかんだ。

猛々しい叫びでアダムが達し、二人の間に精液をぶちまけながら、ノアの肩に痕が残るほど歯を食いこませた。ノアの上に崩れ、荒い息をつく。ノアの口から指を抜くと、髪をつかむ手でぐいと頭をのけぞらせて、またキスを貪った。

「悪かったな。どうしてもさわりたくなった」

ノアは赤面し、部屋が暗いことにほっとする。アダムの重みが去って、ひょいと体が仰向けにされていた。はちきれそうなペニスがアダムの熱く濡れた口に包まれ、声を上げる。

「ああっ」と絞り出し、切れ切れの息をこぼした。視界を快感が焼き尽くす。「もうムリ、三十秒でイッちゃう」と知らせた。

ポン、と音を立ててアダムが口を離し、ニヤッと笑いかけた。

「ならうまくやれてるってことか」

また濡れた口で吸い上げられてノアは白目になる。

「ふあっ、あっ」

とてもじっとしていられず、踵でベッドを打った。アダムは人生のあらゆる場面に対するのと同じ、自信に満ちた態度でノアをしゃぶる。そのことにぞくぞくしていた。

ノアに見られていると悟ってアダムが顔を上げ、片手で体を支えて、先端をねぶりながらも う片手で陰嚢をいじる。ノアの腰がこらえきれずはね上がり、アダムの口に己を出し入れした。

アダムは両手をベッドにつくとノアに口を蹂躙させながら、最高の吸い上げを続ける。

ノアは両手でアダムの髪をきつくつかんだ。

「ああっ、もう、イく。ふぁっ。それ、あっ、すごい。もっと、ああ、ああ、うわっ、ヤバい。あ――くそッ」

背中を熱が駆けのぼる。「もうイく」と引き抜こうとした。

アダムが腰を押さえつけ、深く呑みこんでペニスをすべて包み、喉でぎゅっと締め付けてくる。ノアは喘いで達し、アダムの口に注ぎこんだ。それでもアダムは止まらずに吸い上げ、最後の一滴までも絞り尽くそうとするようで、しまいにノアは息をこぼしてアダムの肩を押しやった。

やっと済んで、アダムは隣に倒れこみ、胸を上下させながらにやけた笑みを見せた。

「ごめんな」

関節が鳴るほどうんと手足をのばし、ノアは暗い笑みを返した。「謝ってる顔じゃないよ」

アダムの胸元に引き寄せられても、抵抗はしない。

「そりゃ悪いと思ってないからな。裸のお前が俺のベッドでぬくぬくしているのを見て、どうしろって？」

「さぞつらい決断だっただろうね」ノアは真顔で受け流した。「まあこれからも、こうやって目を覚まさせられるのは悪くないけど」

「これからも？」

ノアは赤面した。「ええと……つまりもし、この先があるなら――」

「ああ、もちろんこの先もあるぞ。次も……その次も……そのまた次もな。お前は俺のだって言ったろ。そういうことだ」

「兄さんたちは何だって？」

「ネットで俺たちの写真を見たんだとさ」

ノアは眉を寄せ、首をのばしてアダムの顔を見上げた。

「ネットにぼくらの写真が？」

「そりゃそうさ。どうやら、お前の彼氏になったおかげで俺が注目されてる」

「それ逆だよね」

二人の朝食がどうして写真に撮るほどのものなのかよくわからないなと、ノアは思う。まあ、あの娘たちには価値があったんだろう。

アダムがふんと笑った。

「違う。お前だからだ。こんなに可愛くちゃ外に出せやしない。大きな茶色い目。たまらないそばかす。外の世界は、お前には危険だ」

「まず第一に、ぼくは自分の身は守れる。第二に、ぼくは殺人犯とデート中なんだけど、これより危険なことって何？　わざわざビルや橋から吊り下がって YouTube のいいねを集めたがる変人もいるけど、ぼくは違う。もう危険度マックスに振り切ったと思うよ」

アダムの胸元に刻まれている蝶に、ノアは手をのせた。

「俺は単に、何があるかわからない外の世界をお前にうろつかせたくないだけだ」アダムが眠たげに言った。「バスが突っこんできたり飛行機のエンジンが上から落ちてきたり。タチの悪いバイカーどもにさらわれたり」

ノアは含み笑いをした。

「お父さんの家で飲んできた？」

「まさか、一滴も」

「兄さんたちは、ぼくらの写真がネットに出回ったから怒ってんの？」

アダムは溜息混じりに、ノアを抱く腕に力をこめた。

「いーや、あいつらは、俺が殺した相手の息子とデートしてるから怒ってる。厄介ごとになるってさ」

鼓動がはね上がり、鮮やかな恐怖感が迫ってくる。一緒にすごした時間もまだ短いのに、どう考えても過剰反応。だが湧き上がるおかしな焦りを止められない。

「それで、なんて返事したのさ？」

「やかましい、お前はどこにもやらないからぐだぐだ言うなって」

「サイコパスの群れに向かって『ぐだぐだ言うな』って言った？」

「いーやバカ兄貴どもに言ったんだ。その後で父さんと話したら、父さんから兄貴たちに言っといてくれるってさ」とアダムが説明し直す。

「でも、お父さんは反対してないわけ？　ぼくらのこと」

「父さんは俺の判断を信用してるからさ。兄貴たちとは違う。俺が家族を危険にさらしたりしないとわかってるし、お前はそんなことしないって俺も保証したからな」

ノアとしてもマルヴァニー一家の誰かを害するつもりはないが、アダムの気軽な言葉の裏には脅しがひそんでいるように思えた。それともノアの過剰反応か。

「今日見つけてきたものはどうすんの？　ハードディスクは？」話題を変えようとした。

「カリオペに渡して解読してもらってる。ま、時間はかかりそうだな、ノートパソコンのデータも完全にはコピーできてないし。ただ、不可能でさえなけりゃ、カリオペは必ずやり遂げる。

あと今夜ゲイリーの家に来た謎野郎についても、カリオペに調べてもらってる。その間にこっちでもあの変な鍵を調べとくか。何でもないかもしれないが、核心かもしれない」

「明日は仕事に行かないと」

言いながら、またゲイリーによる言葉の、そして肉体の暴力にさらされるのかと思ってノアの心臓が縮んだ。

「辞めればいいだろ」

ノアは眉をしかめた。「でも食いぶちを稼がないと」

「ほかのどこでだって働けるし、もっと稼げるだろ」

アダムは間違っていない。もっと待遇のいいところで働いたことだってある。だがそういうところは、ノアのトレーラーを駐車場に置かせてくれたりはしないのだ。駐車スペースさえあればどんな仕事だってかまわない。

そして真実を知った今は、ゲイリーに報いを受けさせるまで目を離す気はない。離せるわけがない。

「あいつの近くにいないと。目を光らせてれば不意打ちもされないし、ぼくにも、誰にも、手出しはさせない」

アダムがノアの髪に指を通す。

「お前に何かしたらあいつを肉挽き器に突っこんでやる。生きたまま。少しずつ」

「その時は手伝うよ」約束して、ノアは大きなあくびに襲われ、顎が鳴る音を静寂にはっきり響かせた。「もう寝よう」

頭のてっぺんにアダムがキスをした。

「だな。でも今夜は、お前が俺を抱きしめて寝る番だ」

「変に見えるよ」

「誰が見るんだ？」

そう聞き返して、寝返りを打ったアダムが背中側をノアにつき出す。ノアは鼻息をついて頭を振った。身をのり出してアダムの肩甲骨の間に鼻を擦り付け、キスを落とすと、自然に目はとじて、驚いたことにまたもや眠りに吸いこまれていった。

11
Adam

「本当に仕事に行かなきゃならないのか？」

アダムはセンターコンソールから身をのり出し、精一杯子犬っぽい目でせがんだ。

ノアを行かせたくない。腕にノアを抱いて目を覚ますのは、誰かにチョコレートケーキを残しておいてもらった時と同じだ。最高級に素敵なサプライズ。二人でのんびりとブロウジョブを交わし、シャワーに入ってからまたお互いをしごいてイカせた。アダムはその後ノアを、今日は誰にも注目されることなく昼食につれていった。

そして今、仕事前に着替えたいというノアを車から降ろさないとならない。だがどうしても降ろしたくない。

ノアには効き目がなく、ただ鼻で笑われた。

「行くよ。誰もが親のすねをかじれるわけじゃないからね」

車はゲイリーのストリップクラブの駐車場、錆びついたノアのちっぽけなエアストリームのトレーラー脇に停まっていた。夜間は点滅する看板とネオンライトの輪郭で描かれたカウボーイハットの女の裸体ばかりが目につくが、容赦ない日の光にさらされた〈ランディング・ストリップ〉の店構えは、世界滅亡後の荒野に立つ最後の避難所のようだった。カビが侵食した壁からはけばけばしい赤みの塗装がひび割れて剝がれ、窓を飾るフィルムは気泡だらけで歪んでいる。この駐車場すら穴だらけの地雷原のようで、車止めも壊れていた。

こんなところにノアが住むなんて我慢できない。並びのモールにかつて入っていた保釈保証人事務所、弁護士事務所、銃砲店もとっくに商売をたたんで、ゲイリーのクラブだけが生き残っていた。保釈保証人が逃げ出すなんてどれだけタチの悪い場所だ。

それでもアダムはニヤッとして、ノアの耳の後ろに鼻を擦り付けた。

「そうは言うけど、俺がかじってるすねで何人かは養えるよ。誘いたいのはお前だけだけど」

耳朶を舌でなぞられて、ノアの呻きがこぼれる。

「囲われるのも楽しそうだけど、ゲイリーの家に侵入した翌日に辞めるわけにはいかないよ」

「俺たちだなんてわかるわけない」アダムは断じる。「写真のフレームが壊れてたぐらいで、家に侵入されたなんて思わないさ」

首を傾けたノアは、アダムの唇の愛撫に喉をさらす。

「でも隙は見せられない。ただでさえ、もう金と銃の入ったバックパックを盗ったって疑われてるんだし」

アダムの小さな笑い。「それは実際盗ってるしな」

ノアの髪に指を通し、頭をくいと傾けて長いキスをする。どうしても我慢できない。ノアを隅々まで味わって、隅々までさわって、ノアの中に這いこんでその肌の中で生きていきたい。

彼の口の中でノアがかぼそく鳴き、気怠げなキスは生々しさを増して、ノアの太腿を撫で上げた手の指がジーンズに浮き上がった屹立の輪郭をなぞった。

「固くなってやがる」唇に向かって唸る。「仕事を辞めれば、今すぐこいつの面倒を見てやれるぞ。お前にしてやりたいことが山ほどあるんだ。前のボタンを外せばすぐ始められる」と宣言した。

　アダムの手のひらに少しだけ体を押し付けはしたが、ノアはキスから口をもぎ離した。アダムは意に介さず、ノアの顎、耳と、届くところを次々と噛む。

「駄目、駄目、駄目だって」

　ノアがアダムの顔に手を当てて運転席側に押し戻した。アダムはその手のひらをなめるが、ノアはかぶせる。

「色仕掛けで思いどおりにしようなんて駄目だって」

「何で？」

　アダムはきょとんとする。

　ノアは苛々とにらみつけた。

「ほんと、どこまでもいやになるくらい金持ちのボンボンだよな。『ノー』なんて返事、聞いたこともないんだろ」

　アダムは鼻で笑った。「聞いたことくらいあるさ。たしかにセックスの誘いを断られたことはないが、言葉の意味くらいは認識してる」

　ノアにあきれ顔をされた。

「変なやつ。もう降りるよ、言いくるめられて馬鹿なことを考え出す前に。仕事を辞めてあんた専属のレントボーイになるとかね」

「俺専属の愛人じゃ不満か？　たっぷり手当てを弾んでいい思いをさせるぞ」

ノアの視線がアダムの股間に落ちる。

「どんないい思いができるかはよく知ってるけど、今回はご遠慮させていただきます」

アダムは唸る。「わかったよ、でも、仕事上がりには迎えに来るから、俺の家に帰るぞ」

身をのり出したノアが、アダムがとがらせた唇にチュッとキスをした。

「十時に上がる。もう少し目立たない車で迎えに来れない？　これじゃ麻薬の売人とヤッてると思われて、路地裏で強盗に遭いそう」

叩きのめされるノアを想像すると、胸いっぱいにおかしな感覚がへばりついた。

「お前の髪一本でも手出ししたら、そいつのはらわたを引きずり出してやる」

「ロマンスがまだ生きていたなんて」とノアがうっとりしたふりをした。

アダムは目を細めた。「バカにされた気がするけどよくわからない」

ニコッと満面の笑みになったノアの鼻の頭と目尻に、しわができる。

「わからない時はいつでも聞けばいいよ。ただし今回は、そう、ちょっとバカにしてる。でもいい意味でね」

「いい意味でバカにするなんてことがあるのか？」アダムは首をひねった。

「あるんだよ」ノアはドアハンドルをつかんだが、開かない。「なあ、降りていい？」

「駄目だ」

「アダム」

「わかったよ。せいぜいいい夜を」

またノアが彼にキスをする。「何言ってんだか。ぼくがいなくてもあんまり寂しがるなよ」

「無理だろ」

車から降りたノアは、もう一度アダムに手を振ってから、わずかな段をはねるように上って中に消えた。こんなちゃちなトレーラーにノアが住んでるのが、もう気に入らない。どうにか説得して一緒に暮らすか、せめてアダムにマシなトレーラーハウスを買わせてほしい。どう見たってアダムの家賃より安そうだし。もっとも、自分の家賃が月いくらなのかよくわかっていないが。色々まとめて父の財務担当が支払っている。

駐車場から車を出してフリーウェイに入った時、携帯が鳴った。

カリオペ。

ハンドルに付いたボタンを押して出た。

「何か手がかりをつかんだんだろうな?」

溜息がアダムの全身を包み、Ｂｏｓｅの音響システムから彼女の声が流れ出した。

『ハロー、カリオペ、元気? ええ元気よ、アダム。素敵な挨拶ありがとう。あなたはどう?』

蜜が滴るような声だ。

アダムは溜息をついた。「ハロー、カリオペ。元気？」と従順に聞く。

ここぞとばかりに彼女がはあっと息をついた。

『それがひどくてさ。アークティックフォックスのヘアカラー、私のお気に入りの色が売り切れでさ。もし知りたいなら教えるけど、ポイズンよ』

別に知りたくもない。

『おまけにダイエットコーラの缶を開けようとして爪割っちゃったし、タイヤに釘が刺さってたし、元旦那は死んだっていうし、封筒開けようとして紙で指を切っちゃったし、その中味が車の延長保証しないかってセールスでさ』

アダムはまたたいた。一つだけ異質だ。「元旦那が死んで、お悔やみ申し上げます？」と言った。

カリオペがせせら笑う。『ほんと悔やみたいわ。あのクソ野郎、五年前に息の根が止まったと思ってたのにさ。出てく前にちゃんと脈見とけばよかった』

本気か冗談かよくわからない。カリオペなら全然ありだろう。

「だから元気か聞きたくないんだ」アダムは単調に言い返した。「知りたいなら教えるが」

カリオペがほのかに鼻を鳴らす。『この無礼で恩知らずなガキめ。親父さんはあんたの前で終わらしとけばよかったんだ』

アダムは笑った。「本気じゃないくせに。コレクションに加えるイカしたファンコポップのフィギュアを買ってあげたのは俺だろ?」

『だったっけね』

心からウザがるようなため息だった。

首を振って、アダムはゾンビに食われかけた家族のステッカーが貼ってあるミニバンに前を塞がれないよう、車線を変えた。

「カリオペ」

『なあに、アダム?』

プロポーズでも期待するみたいに息の絡む声だ。

「何か見つかったのか?」

椅子がくるりと回る音がした。

『いーや。とにかく、ノアのとこの変態野郎については何も。そのゲイリーってのは聖歌隊には入れそうにないね。ちょろい犯罪でム所を出たり入ったりさ。DVの逮捕歴何回かあり。シークレットサービスがこいつをマネーロンダリング容疑で調査中、こいつのストリップクラブは衛生基準違反が山ほど』

「なのに政府レベルの暗号化アプリを使ってる」

『堕落したクズどもはみんなそう』

「あのハードディスクには何か入ってるはずだ。あの男が腐りきってる証拠が」

『誰に向けての証拠さ？　あいつがヘンタイなのは私らも知ってるし。ノアも被害者だったって、あんたも言ってたろ。さっさとあいつをぶっ殺してケリをつけないのはどうしてよ』

アダムは首を振った。「あいつだけじゃなかったからだ」

一瞬の間。

『は？』

「ノアの話じゃ、もっといたんだと。自分で手を出すヤツから見てるだけのヤツまでいたが、まとめて有罪でいいだろ」

『拷問して聞き出しちゃう？』

「できるけどさ。でもあの手の連中は、どっちに転ぶかわからない。メスをちらつかされた瞬間ゲロることもありゃ、感謝祭の七面鳥顔負けに切り刻まれてもかけらも口を割らなかったりする。まさか俺がこれを言うとはだけど、今回に限っちゃ、拷問は最後の手だね」

『そうだね』苦々しく。『かわいそうなノア』

かわいそうなノア。そのノアはしぶとく、たくましい。言葉にするのもおぞましいような物事に耐え、精神を破綻させることなく正気を保ち、人生を、それも誰の支えもなく、前に進んできた。友もなく。家族もなく。誰もいないまま。

アダムの脳の裏を何かがつついた。

「ノアの父親のウェイン・ホルト。あいつ、教師だったよな？」

『ああ、一時期ね。それであんたのパパのレーダーに引っかかったのさ。あちこちの学校を辞めさせられた果てに、悲しみの聖母学校に納まって、十年近く好き放題してたんだ。あんたのパパ、トーマスは、友達の友達からあいつを紹介されて、直感にビビビッと来たってわけ。なんで？　何か気になる？』

「引っかかるだろ、カトリック学校の教師とム所入り常連の犯罪者との接点って、何だ？　例の趣味は別にして。こいつらが知り合ったきっかけは？　幼なじみか何かか？　一体どこで、ウェインは自分の息子をくれてやるほどゲイリーと仲良しになったんだ？」

『それなんだけど、それだけじゃなくてさ』

カリオペの声にためらいが混じった。

「何だ？」

『調べてる途中だけど、どーも引っかかる。あんたを送りこんでホルトを片付けるまで、何週間もあいつを調べ上げたんだ。あいつに子供がいるなんて話、どっからも出てこなかった。かけらもね。あいつが父親だって出生証明書もない。学校に子供を入れた記録もゼロ。その頃あいつが食うや食わずだったならまだしも、カトリックの学校で元気にやってたんだからおかしな話だろ』

「つまり、どういうことだ？」

『つまりさ、ノアは、ホルトの子供じゃないんじゃない？』

「ああ？」

アダムの鼓動が少し上がる。

カリオペが不安定な息を吐き出した。

『ホルトがさらってきたか、どこかで買ってきたんじゃないかねえ』

あまりにも筋が通る——あんまり納得いくので、ここまで誰ひとり思い至らなかったことがむしろ驚きだった。ホルトを殺した後、息子の存在を何故見逃したのかについて、うかつに調べると悪目立ちしそうで深追いしなかったのだ。

「でもノアは保護されてるぞ。里親制度に入ってる。そういう時、指紋とかDNAだかで親戚がいないか調べるもんだろ？」

『それで照合できるのはノアが指紋を採られてるような歳だった場合か、合衆国生まれの場合だけさ。あんただってわかってんでしょ、セックス目的の人身売買より唯一蔓延してんのが、児童売買だ。ホルトがその子を買ったんなら、書類上の痕跡なんかあるもんか』

「本当の家族を探す手はないわけか」アダムは不満を呟く。

『それがそうでもないわけよ。DNA鑑定は相当進んでてね。家系をたどるサイトにDNAデータを登録してごらん、合致する家系があるかも。血縁をさかのぼれるかもよ。DNAのサンプルを頂戴な』

「ん、わかった。それはともかく、ウェイン・ホルトの過去について洗いざらい知りたい。ゲイリーと知り合ったきっかけは何なのか。あの二人の接点が、ノアの言うほかの連中との接点かもしれない」

『はいはい。どんどん調べますよ。でも済んだら消毒液の風呂を浴びたいね。この段階はマジ吐き気もん』

「わかってる」

『そーだ、もう一人の男のほう？　ゲイリーのところに来た飛び入りゲストくん？　お名前はコーナン・グリービー、市の青少年スポーツプログラムの責任者やってるわ』

アダムは片手で顔を擦りながら、ひどい渋滞の間で無意識に車を操った。

「マジか。そっか、よし。どうすればいいかはわかるだろ」

『こいつの人生も洗いざらいすりゃいいんでしょ？』

「そう。あの鍵については、ヒントか何か見つからないか？」

『ふつーのよくある南京錠の鍵。どっかの倉庫の鍵かな？　ガレージ？　それとも日記？　門の鍵ってこともあるかもね。今あいつの金の流れを調べて、倉庫とか貸しスペースを借りてないか探してるけどさ、あんま期待しないで』

「とにかく、結果は知らせてくれ」

『そーする。そろそろ着くんでしょ？』

「どこに」

長い沈黙。

『……アダム。ねぇお願いだから双子ちゃんのお迎えに空港まで行くのを忘れてたりなんかしてないって言って』

双子の迎えで空港に行くのを、アダムはすっかり忘れていた。

「いや忘れるわけないだろ。でも、あの二人がＵｂｅｒ呼んで帰ってくるんじゃどうして駄目なのかはわからない。いい大人だぞ」

『あなたのお父様が世間体を大事にする人だからでしょうよ。わかってんだろ？』

「そうだな、ああ。なあ、カリオペ？」

『なぁに、アダム？』

「念のため……双子のフライト予定、俺の携帯に送っておいてくれるか？　記憶違いがないように」

『もう送ってある』

アダムはニヤッとし、三車線を一気に横切ってフリーウェイの出口に向かった。空港は逆方向だ。時間には間に合わない。双子のフライトが遅れてくれればいいが。

「ありがとう。きみは最高だ」

『そりゃそうよ』

12
Noah

百個目かという皿のケースを消毒機に仕掛けていたノアを、ペドロがつついた。

「ボスが呼んでる」

血管を戦慄が走り、鼓動が早まった。アダムの読み違いか？　ゲイリーにバレたのか？　見逃した防犯カメラがどこかに隠されていたとか、あの謎の客に目撃されてた？

深く息を吸って、吐き出した。ビビった顔を見せてはいけない。エプロンで手を拭くと、裏から店のほうへ出た。

今夜のゲストが演じている最中で、店はやかましい。クラシックロックと今時のヒップホップのミックスが流れ、低音のビートが頭をガンガン揺さぶる。それともこれは恐怖か。ゲイリーのオフィスのドアまでたどり着くと、上客の膝にしなだれかかっているベーリィがけげんな顔をした。ノアは肩をすくめる。

わざわざノックはしなかった。どうせゲイリーには聞こえない。

「何か用だって聞いたけど?」

できるだけ飽き飽きしたような響きを声にこめた。

ゲイリーの視線がノアのジーンズからTシャツ、染みだらけのエプロンを上下に舐め回す。

「俺のバックパックを見つけたか?」

「は?」

せせら笑ったゲイリーは、デスクに大きく身をのり出した。

「俺のバックパックだ、クソガキ。どうせてめえだろ」

確信があるなら、オフィスに呼びつけたりはしないはずだ。この間の夜やりかけたように、駐車場でノアを叩きのめせばすむ。

昨日やり立ての家宅侵入の件ではないとわかって、ノアはいくらか力を抜いた。

「あのさ、バックパックなんか盗ってないって。どうしてぼくだとそんなに思いこんでるわけ?」

ゲイリーは勝ち誇った、まるでノアを追い詰めたかのような顔になった。

「ビアンカがこのオフィスにいるお前を見たからだ」

ビアンカめ。ゲイリーの最近の情婦の一人で、ギリギリ合法な年齢のストリッパーかつ、薬物問題と誇大妄想をかかえた女だ。セックスを武器に、ゲイリーの場末のストリップ帝国の女王にのし上がる気でいる。まあ、ノアを見たのはきっと事実だろうけれど。だが彼女はウザい上にゴシップ大好きの厄介なチクリ屋で、周囲にトラブルをばらまく。誰からも嫌われている女だ。ゲイリー以外の全員に。

「あの夜、ぼくはシフトに入ってなかったけど」とノアは説明する。

「前の夜は入っていただろ。簡単に盗れただろうよ」

そう、その夜に盗った。ゲイリーのにらんだとおり。

「俺のオフィスのあたりをうろついてたのはお前だけだ」

ノアは即座に言い返した。「だってタイムカードを直して机に置いとけってぼくに言っただろ。前の夜に出を打ち忘れたから」真っ赤な嘘だが、大酒飲みのゲイリーの記憶力はスイスチーズなみに穴だらけだ。「デスクに置いといたぼくのタイムカード、見なかった?」

そんなもの始めからないのだが、ゲイリーが記憶の底を片っ端からさらって本当かどうか考えているのが見てとれる。ここは一撃食らわす頃合いだ。ノアは、これほど憎んでいる男を相手にしては、ありえないほど傷ついておれた声を出してみせた。

「ぼくがこれまで何か盗ったことがあった?」

ゲイリーの視線がさっと彼を見て、じっくりと眺めた後、一瞬、その顔がやわらいだ。

「まあ、ないな」

ノアは表情をまるで変えなかったが、腹の内の固いよじれがゆるんだ。「もう行っていい?

そろそろ三十分休憩の時間だし」

　いつものように追い払うかわりに、ゲイリーがオフィスチェアに寄りかかったので、椅子が苦しげにきしんだ。

「あの派手な車のおトモダチは誰だ？」

まずい。ふたたび、ノアは当惑の表情を取り繕った。「え？」と聞き返して時間を稼ぐ。

ゲイリーが目を細めた。

「お前の缶詰の前に、夜、ランドローバーが停まってたろ。てめえがラリッてた夜だ。ヤクの売人かギャングのチンピラとヤッてんのか？」

　つい笑ってしまった。「ママ向けの車に乗ってて、ゲイバレが平気なヤクの売人なんかどこにいるんだよ？　ぼくのトレーラーの前に八万ドルの車を停めるようなやつがさ」

　それには答えず、ゲイリーが渋面になった。

「で、そいつは誰なんだ」

　肩をすくめてやったが、実のところ突然の興味が不気味だった。これまでノアが誰と遊ぼうが何も聞いてきたことはない。

「ただの友達」

「友達？」とせせら笑われる。

「そ、友達。あんたと父さんみたいな友達さ」ノアはぼそっと返した。

ゲイリーの背がぎくりと固まり、肘掛けにぼってりとした指がくいこんだ。

「何が言いたい」

ノアはできるだけ無邪気な表情を装う。

「あんたと父さんは友達だった、って言ってるだけだよ」

じろじろとこちらを見ているゲイリーは、裏があるのか判断をつけかねているようだ。この際もう少しつついてみるか。

ノアは悲嘆に暮れて見えるよう演技をしながら、溜息を吐き出した。「聞いてもいい？　父さんのこと」

ゲイリーは迷っていたが、沈黙が不自然に長くなると、やっと答えた。

「いいぞ、何だ」

「父さんのこと、しょっちゅう思い出してるんだけど、形見が何もないんだ。死んだ後、父さんの持ち物がどうなったか知ってる？　ぼくが里子として保護された後。全部捨てられちゃったりしたのかな？」

その質問に電気ショックを受けたように、ゲイリーの頬がピクついた。咳払いをし、鼻をすすって、ごま塩の無精ひげを手で撫でる。

「捨てられたもんもあるだろうし、うっちゃられたもんもあるだろうな。あいつは持ち物の大体をレンタル倉庫に入れてたが、俺には鍵もなきゃ権利もねえ。競売で売られただろ」

アダムが見つけた鍵が、その倉庫のものということはあるか？　ノアはその情報を後のためにしまいこむ。

「ひどい話だよね。こんなの、本当に嫌になる。父さんはいい人で、教育に身を捧げてた。ぼくには父さんを思い出すよすがになるようなものすらない。父さんを殺した犯人のことを考えるとたまらなく腹が立ってくるんだよ、わかる？」怒りをこらえきれないように片手を振り上げた。「たった今そこにいた父さんが、次の瞬間にはもうこの世にいなくて……でも変なんだ。ぼくの中の父さんとの思い出も……なくなっちゃったんだよ。父さんがあの世に持ってっちゃったみたいに。小さかった頃のことが全然思い出せない。おかしいよね？　父さんとは仲が良かったはずなのに。もっとよく覚えていてもいいのにね」

ゲイリーが椅子でもぞもぞする。

「あー、乗り越え方は人それぞれだからな。お前と父親は仲良しだったよ。あいつはいい奴で。お前のことが大好きだった」

そう、好きすぎるくらい。ノアはそう思いながら、体を抜ける身震いを殺そうとした。

ゲイリーはすっかり汗をかいており、鼻の下や髪の生え際に汗の玉が浮き上がっている。冷や汗だ。黄ばんだ歯の間から出てくるのは嘘ばかり。

「ぼくは時々、思い出のかけらみたいなものが見える時があって。でもわからないんだ、それが本当にあったことなのか……何かの夢なのか。父さんとゲイリーと、三人で一緒に釣りに行ったことってあったっけ？」

今、ノアがしているのは危険な綱渡りだ。ノアの問いと自分の家で落ちたあの写真をゲイリーが結びつければ、フレームが壊れたのはたまたまでないと、きっと勘付かれる。

だがゲイリーは、よく思い出せないように顔をしかめた。

「そうだな、あったかもな。俺が親から継いだ古い山小屋が森にあって、お前の親父と俺でよく出かけたもんだ。一、二回くらいはお前もつれてっただろうよ」
一、二回くらい。裏付けられて、ノアの胃が裏返りそうになる。心の深いところでは、自分がその山小屋に行ったことも、そこで父親とゲイリーに弄ばれたこともすでに確信していた。細かいことはぼやけているにしても、あの山小屋について考えるとこみ上げる吐き気がすべての答えだ。
「そのうち行こうよ」とノアは誘う。「父さんをしのんでさ」

ゲイリーが前のめりに座り直して、両手をデスクの上で握り合わせた。「あの山小屋は、もう俺のじゃない。随分昔に売って、その金でここを買ったからな」

嘘だ。証拠のない直感だが、ゲイリーがとんだ嘘つき野郎でまだ森の奥のあの山小屋を持っているはずだと、ノアは確信した。

「そうなんだ、残念」

「ああ」

「三十分休憩に入っていい？」

今すぐ、ここを離れてゲイリーの嘘から逃げ出したくなっていた。

「ああ、行ってこい」

ノアは脇目もふらず、裏手にあるピクニックテーブルへ向かった。ロキシー――四十五歳のシングルマザーで本名はジャネット――が煙草を吸っている隣で、ベーリィが木製のベンチにひっくり返っている。

「二人だけで外にいるなんて危ないよ。特に今夜みたいに人気ダンサーが出てる夜に。それ目当てでイカれた奴らが集まるのに」

「ゲイリーは何の用だったの」とベーリィに聞かれた。

「なくしたバックパックのことで、まだああだこうだ言ってたよ。ビアンカが例のごとく何か吹きこんだみたいだ」

ノアはテーブルの上にごろりと転がり、携帯電話を取り出したが、二度見した。「何だコレ」と呟く。

ぽかんとしたノアを見てベーリィが起き上がり、携帯を奪うと、たちまち原因を見つけて目を丸くした。

「あんたのインスタ、通知が一万件あるけど。いつからチェックしてないの」

あまりしょっちゅうは。アカウント自体、ベーリィに一時間くらいしつこく言われて四ヵ月前に開設したものだ。彼女が撮った写真にノアをタグ付けしたいとかで。ノアはこれまで写真を四枚アップしただけ。

一言の断りもなく、ベーリィがインスタグラムのアプリを立ち上げた。

「ねえ、アダム・マルヴァニーって誰？」

「モデルの？」とジャネットが聞き返す。

ノアは眉を寄せた。「え、知ってんの？」

ジャネットが煙の輪を吐いて、手で散らした。

「話だけね。あたしのお知り合いくんに彼の父親と一緒に財団役員をしてる人がいるからさ。マルヴァニー兄弟の噂話はみんな大好きだし。天才揃いで美形揃い。全員、名前がAから始まる。あんた、その子と仲良しなの？」

「インスタだとそういう話になってるねえ。ノア、あんた今日だけで九千人くらいフォロワーが増えたわよ」

「別に、大した話じゃないし」ノアはぼそぼそ言って、携帯電話に手をのばす。

あっさりベーリィがかわして、携帯を高くかざした。「うわうわうわ。アダム・マルヴァニーとあんたは恋人だって書いてある。モーズで一緒にお昼してるとこを見られたって。これホント？」

ノアはぎょっと目を丸くした。

「そんなのどこに書いてあるんだ？」

「どこって、TMZとかビジネスインサイダーとか、あちこちよ」

ビジネスインサイダー？　どうしてそんなところに。

「なんで向こうがぼくのことを知ってるんだ？　アダムだってぼくのファーストネームしか言ってなかったのに」

ベーリィに鼻で笑われた。「それだけわかりゃ十分でしょ。ネットの特定班とFacebookの自動タグづけのおかげで、SNSで人を見つけるのはカンタンなのよ」とノアに携帯電話を返す。「あんたがアダム・マルヴァニーとデートしてるってマジで？　こんな肥だめで働くあたしたちが、あんな素敵な金づるをつかむ日をどんだけ夢見てると思うのよ」

ノアはあきれて空を仰ぐ。「バカ言ってら。リーアにぞっこんのくせにさ。彼女を捨ててパトロンに乗り換えたりできないだろ」

ベーリィが鼻を鳴らした。「うーん。婚約指輪と十億ドルのためならアリかも」

「はっ、ぼくらは知り合ってまだ三日にもならないし――」互いのストーキング行為は別にして。「だから結婚祝いはまだ考えなくていいよ。だってどうせぼくだ、今週中にきっと駄目になるって、そう思うだろ？」

「どうかなあ。ダイナーにいるあんたたちの写真、かなりマジな感じ。彼、あんたを食っちゃいたいみたいな顔して見てるし」

たしかに、アダムはノアを味わうのが好きかも――くわえながら毎回言っていた。だがベーリィにこれ以上妄想の種を与えたくはない。

インスタの通知の氾濫にまぎれてしまって、ノアがアダムから来ているメッセージに気がつくまでしばらくかかった。

ごくシンプルに。**お前の顔が恋しい。**

ノアは間抜け面で微笑んで返事を打ちこんだ。**あと三時間で抜けられる。**

ほぼすぐにアダムが返事を打ちこみにかかった。**俺も一緒にヌキたいね。自撮りを送れよ。**

ノアは自分の汚い服を見下ろした。髪は汗でベタベタ。きっと顔もテカっている。**撮れるような格好じゃない。**

アダム：お前はいつだって素敵だよ。

ノアはあきれ顔をしたがまた微笑んで、頭上の街灯からの黄色い光の下でテーブルに寝転がった自分の写真を撮り、気が変わる前に送信した。

ほぼ即座に返信が来る。運転席でだらしなく座ったアダムの写真。**お前に何をするか想像が止まらない。**

ノアの顔がほてった。**休憩があと十分しかないんだからエロい話は禁止。**

アダム：つまらねえ。

笑顔を隠そうとして、うまくいかなかった。

男と出会ってたちまち恋に落ちる人たちのことが、ずっと理解できずにいた。男とは、ノアにとってひとつの手段だ。射精して、さよならする。どれだけ記憶を封じていても、虐待を受けた年月はノアの男性への態度に影響を、いい方向にではなく、及ぼしてきた。刻みこまれた巨大なトラウマを性倒錯やアンバランスな心でくるみこんだ塊、それが彼だ。毎回のように、自分をゴミのように扱う相手を選んでしまう。そのほうが、必要なものだけ得てさっさと背を向けやすい。

それなのに今、アダムがいる。大富豪の道楽息子という仮面をかぶった純正の殺人者。そのどの部分にも魅力なんかないはずだ。だがアダムの持つ強引さこそ、世界の重さでつぶれそうな時のノアになくてはならないものなのだ。アダムから言葉で煽られて限界に追い詰められると、ノアの脳は最高の形でぐずぐずになる。

そう、ノアはすっかりアダムにのぼせきっていたし、まだつき合ってたったの二日だ。それは問題だろうか？　自分でも驚くが……そうは思えなかった。今のところは。

十時十分、見覚えのある白いローバーがアダムの運転で駐車場に入ってきた。車は何台でも乗り放題らしい。まあアダムの資産なら、車や保険の金額なんか気にする必要もないのだろう。

ドアを開け、ノアは助手席にとび乗った。どうかまっすぐアダムの部屋へ帰れますように、そこならありがたい豪華なシャワーの水圧とマッサージジェット水流にありつける。車の革シートに汗まみれのまま座るのが申し訳ないくらいだった。

身をのり出してきたアダムに、ノアは警告する。

「言っとくけどぼくは今ニオうよ、フライドポテトとか――」

シャツをつかまれて前に引かれ、全身がぞくぞくするようなキスの後、アダムが唇に囁いた。

「フライドポテトは好物だ」

そのキスに身を任せながらも、ノアは誰かの視線を感じる。

「いいねえ、夕飯とショー」と笑いにあふれた低い声が言った。

後部座席からの知らない声にとび上がったノアが見回すと、そこには、鏡写しのようにそっくりな二人の見知らぬ人間がいた。

「二人いる?」とノアは呟く。

不気味なほどそっくりな二人。表情に至るまで。

そろってジーンズとブーツ姿で、Tシャツからはタトゥの彩りがのぞいている。そんなカジュアルな格好にすらおしゃれな金持ち感が漂うし、何よりカットに千ドルも取られそうな流行りの髪型だ。

「へえ、数が数えられるんだ」と片方が言った。

「今回の相手はお利口なんだあ」と片方が笑う。

アダムはもううんざりだというように鼻から息を吐き出した。「黙れ。だからお前らはつれてきたくなかったんだ」

左側のほうがニヤついて、わざとらしく無邪気な目つきをしてみせた。

「よせよ、お前にできた特別なお友達に会ってみたかっただけさ。グラム、ですっかり話題だぜ」

さっとアダムの視線が向いた時には、ノアにもこの二人は彼の兄たちらしいと見当がついていた。頭の中をあさって、下調べの中身を思い出す。双子。アディだかアヴィだかそんな名前だったか。片方は服飾デザイナー、もう片方は建築家。その道でとても成功している——マルヴァニー兄弟の全員がそうだ。

「こいつらは俺の兄貴で、エイサとアヴィだ。性悪どもだが、そのうち慣れる。いずれは」

駐車場から出た車がハイウェイとアダムの部屋がある方角へ向かったので、ノアはほっとした。

「お前らは家でおっことす」とアダムが一方的に言い渡した。

「やーだね。お前が最近かまけてる副業の話をしようじゃん？」

ノアが見つめていると、アダムはバックミラーへ目をやって兄たちにしかめ面を向けた。

「副業？」

「お前がカリオペにたのんでるアレさ」

ぎょっと、ノアはアダムを見る。アダムがコンソールに手をのせて手のひらを上にした。ノアはその手を取って、指を絡める。男と手を握ったことは——一度もない。まったく。

「カリオペはおしゃべりだな」とアダムが呟いた。

エイサの笑い声は深く、どこか音楽のように響きわたった。

「ま、カリオペは父さんに言っただけで、その父さんがアティカスに言ったもんだから、アティカスからオーガストに、果ては俺まで流れてきて、当然俺はアヴィに言ったわけ。知らぬはエイデンばかりだけど、あいつはああだからな。いつもはぐれもの」

アダムはうんざりした様子で首を振った。どう見ても初めてではないのだろう、この手の……どう言っていいかわからないが、つつき合いは。兄弟愛というのはノアには縁遠いものでしかなかったが、もし大家族で守ってくれる誰かがいたなら人生はどうなっていたのだろうと、ふと思う。しかしきっと、父親の餌食が増えただけだろう。

「てめえらには関係ない話だ」

「へー、でもお前は殺そうとしてきたその彼氏を見逃がしてやったよな。我が家の秘密を知られてんのに。ならうちらにも関係はあんだろ。まァそこは見逃してやる。一家そろって檻にぶちこまれかねない話だけどな」

ノアの口がカラカラになる。「誰にも言ってない。父さんの正体を知らなかったんだ。覚えてなかったから……」

言葉が途切れた。

「何を？」とアヴィが聞いた。

アダムは今にも血管が切れそうな表情をしていた。兄たちの詰問に激怒しているようだが、彼らの態度ももっともだ。ノアは一家の秘密を知っている。なら、こちらも秘密を明かすのが筋だろう。

ノアは溜息をついた。

「ぼく自身も、父の被害者だったことを。記憶を封じていたんだと思う。アダムに動画を見せてもらった後、歪んだフラッシュバックみたいに記憶が戻ってきて……あの時、ほかにもいたんだよ。それも、何人もいた。見物してた。参加もした。撮影もしてた」

「撮影？」

その情報に驚いたように、アダムが聞き返した。

実際、ノアも驚いていた。勝手に口をついたことだが、アダムに反問された途端に事実だとわかった。連中は撮影していた。

「うん、撮ってたはずだ」

「手が要るか？」

アヴィがたずねる。陽気な外面が剝がれ落ち、たちまちのうちに本性を偽らない時のアダムと同じ、死んだまなざしがむき出しになる。

「まだいい」アダムが答えた。「連中の規模や構成を調べて、標的を定められたら……父さんに相談する」

エイサがうなずく。「一家合同作戦はまだやったことなかったな」と無機質に呟いた。

「それ一体どうやってんの？」とノアはたずねた。

「何を」アダムが眉を寄せる。

「パチンと消すみたいに。たった今まで普通の人間みたいな顔だったのが、次の瞬間にはまるでスイッチを切り替えたみたいだ」

双子で視線を交わしてから、エイサが肩をすくめた。

「訓練だねえ。父さんに引き取られるとすぐ、正常な真似の練習をさせられる。俺たちにはさ、恐怖や不安、悲しみという感情表出がない。その手の感情が欠けてる。だから、模倣を叩きこまれるんだ。真似をこえて……信じこむように」

「でも、ほかの感情なら感じることもあるわけ？　幸せとか？」

ノアは体をねじって双子を振り向いた。アダムにもほかの感情があるのなら、その中に愛もあるだろうか。

双子はじっと顔を見合わせて、どうやってか無言で議論しているような不気味さを漂わせていた。しばらくしてアヴィが答える。

「ああ。幸せ、悲しみ、嫉妬、怒り、驚きは感じるよ。サイコパスってのは、何も感じないって意味じゃない。普通の人間のようには愛着でつながり合わないってだけだ」

「そう」ノアの声は我知らずがっかりしたものになった。「……お父さんはどうやって感情を模倣する方法を教えたの？」と続けて聞いて、アダムの愛着の欠如については考えないことにする。

アヴィとアダムが――不穏な感じではないが――黙りこんだのをよそに、エイサはその話題に乗り気のようだった。

「ある教授がいてさ――モリー・シェパード博士って言うんだよ。父さんが母校に寄附をした縁で会った人だ。招待されて講義に来た。彼女は三十年間、俺らみたいなサイコパスの研究を続けて、自分の息子を被験体にしてる。そこからもらったヒントとテクニックで父さんは俺たちに……人間を真似るやり方を教えたわけさ」

「すごく興味深い、話だね」ノアはなんとか返事を見つけて、アダムの手をぎゅっと握りしめた。「でもそんなに色々話していいの？」

またもやエイサとアヴィが、含みのある視線を交わした。

「今さら別に。お前はもう知りすぎてるだろ。大体うちの親父は、家族を守るためなら何でもするからな。自分の実験を守るためなら。つまり裏切りゃ、お前は父さんに殺される」

エイサがあんまり軽く言い放ったので、その脅迫文がノアの脳に刺さるまで少しかかった。

「……そう」としか、ノアには言えなかった。

答えが聞きたくないのなら質問はするな。ノアの父はよくそう言っていた。今思えば、じつにお利口《りこう》な忠告だった。

13
Adam

兄たちが軽く投げた脅しに、アダムの血は煮えくり返った。ノアを怯えさせるつもりか？怖がらせて。追い払おうと？

まるで彼の荒ぶりを察知してなだめようとするかのように、ノアが親指でゆったりとアダムの手の横をなぞった。事実、感知できているのか。ノアの超常能力。ノアには過剰なまでの共感力があり、一方のアダムは共感能力がゼロ。それは駄目なことか？　アダムには二人の調和の証のように思える。ノアもそう思ってくれるだろうか。

「うちの末っ子を怒らせちゃったかもよぉ」アヴィは愉快そうだ。「お前が新しいオモチャを怖がらせたから」

エイサがニヤついた。「アティカスが言ってたじゃん、今度のはいつものと違うって」

「バレバレだよね。アダムが玩具を家にお持ち帰りしたことなんかあったっけ？　ってか誰かと二回会ったのも久々？　なのにほら見てごらん、この子のためにキリキリしちゃってさ。たかが——どんだけだっけ、この一週間で？」

二日だ。たった二日。だがもっと長く感じる。百万年も前にノアと出会っていて、それからずっと離れ離れになっていたかのような。そして今、ノアは戻ってきた。あるべき場所に。アダムのそばに。

この先もそうあるべきだ、たとえ誰が二人を引き裂こうとしても。ただ、アダムはその思いを胸に秘めた。兄弟を恫喝してはならない。

たくさんある父の掟の一つ。家族と敵対してはならない。だが、先に背を向けたのが相手だったなら？　今のはまるで、双子がノアを脅しつけ、心をくじいてアダムとの人生を諦めさせようとしているようではないか。ノアがいなくなることを思うとアダムの顎に力がこもっては抜け、こもっては抜けて、体中が何かで……焼かれているようになる。ノアが去ることなどありえない。許さない。ノアはアダムのそばにいるべきなのだ。どれだけ間違っていようと。どれほど狂っていても。どんなに独善的でも。ノアはアダムのものだ。

ノアの指が撫でるのをやめ、アダムの手をきつく握りしめて、溺れかかっていた憤怒の大渦から彼を引き戻した。

エイサとアヴィには双子の薄気味悪いつながりがあるのだから、わざわざ口に出してしゃべっていたのは、アダムを怒らせてノアに嫌がらせをするためだ。兄弟のじゃれあい、父がそう呼んでいたやつだ。それがあるほうが正常な家庭に見えるとも言っていた。兄弟は互いをからかうもの。兄弟はけなし合うもの。

アダムの兄たちは、いい加減その口をとじたほうがいい。でないと、ハイウェイの横に放り出されて帰りの足を自分で調達する羽目になる。自業自得だ。事情を聞けば父もわかってくれるだろう。自分たちでＵｂｅｒを呼べばいいのだ。

ノアが首をのばして、アダムの兄たちをじろりと見た。

「ぼくを脅かしてるのかアダムをからかってるだけなのかよく知らないけど、ここでぼくが『わあ怖い』と言えば、こんなつまんない話は終わりにしてくれる？」と二人の間を手で示す。

双子がきょとんと顔を見合わせ、それからあっけに取られてノアを見つめた。

今回はアダムのほうからノアの手を握りしめ、笑顔にありったけの……ノアへの賛美をこめる。ノアは、あちこちが脆くて柔らかい。肌も、顔立ちも、抱きしめられるととろけたようになるところも、アダムに支配された時に茶色の目がうっとりかすむところも。だが決して腑抜けではない。簡単に尻尾を巻いたりはしないのだ、命が懸かっていてさえ。アダムと生きるなら、それは必須だった。

「そんで、ノアの件についてはどこまでわかった？　ざっくりまとめろ」とアヴィが言った。

アダムの肩が下がり、たぎっていた緊張感が洗い流される。現時点での情報を双子に共有し、つけ足した。

「ノアが加害を覚えている男の一人は、父親の親友だったゲイリー。今、ノアが働いているストリップクラブのオーナーだ」

「自分に手を出した男のとこで働いてんだ？」とエイサが聞き返す。

ノアがうなずいた。「働き出した時はまだ思い出してなくて。トレーラーを停められる場所がほしかったんだよ。ゲイリーはぼくを見て驚いてたようだったけどね。随分久しぶりだったし。今思えば、ぼくが子供時代のことを覚えてないかどうか探りを入れられた。覚えてなかったから、最後は折れた」

「うまくやったな。そんなふうに懐に飛びこむとは。いい度胸だ」アヴィは不承不承感心しているようだ。「働くようになってから、そのゲイリーについて何かわかったか？」

アダムがちらりと見ると、ノアの顔は半分影に隠れていた。答える気がなさそうだったのでアダムが説明を引き受ける。

「昨夜そいつの家に侵入して、収穫は鍵が一本、それと暗号化されたハードディスク半分、こいつはカリオペが解読中。今のところそこまでだ。鍵の正体をカリオペが追っかけてるけど、望みは薄いかな」

「ハードディスク半分？」とエイサ。

「クローン途中で邪魔が入った。ダウンロードに三時間近くかかる量で」アダムは答えて、バックミラーの兄たちへ視線をくれた。

「あーそりゃ随分児童ポルノを溜めこんでやがるな。キモ」アヴィが呟く。「邪魔って？」

「見知らぬ客」ノアだ。「見たことのない男だった」

「コーナン・グリービーという男だ」アダムは説明しながらノアの手を握りしめた。「カリオペがすぐにつきとめた。逃げ隠れしてる男じゃない。市の青少年向けプログラムに関わってて、しかもゲイリーとつながってるってことは、こいつも俺たちのリスト入り確実だろうな」

何のリストかは言うまでもない。

「この手のクズは至るところに入りこんでる」ノアがどこかうつろに呟いた。

「今夜、ゲイリーに疑われている気配はなかったか？」遅ればせながら、アダムはそうたしかめる。

ノアが首を振った。「いつも以上には。またバックパックについてしつこく聞かれたよ。ぼくからは、あの小屋のことを聞いてみた」

さっとノアへ目を向け、アダムの口元がこわばって鼓動が増す。

「危ない真似だぞ」

ノアは肩をすくめた。「さりげなく聞いたよ。ゲイリーは何年も前に山小屋は売ったって、元は父親のものだったって言ってた。でも大嘘だろう。まだ所有してると思うよ」

「覚えてる限りで何人だ」アヴィがノアに聞いた。

「ん？」

ノアがまたアヴィを視線で振り返ろうとする。

「相手の男どもだ。何人覚えてる？　四人？　十人？　三十人？」

ごくりと音を立ててノアが唾を呑み、アダムは兄に口を閉じて引っこんでろと言いたくなったが、答えるかどうかはノアにまかせなくては。ベッドの外ではノアがルールを決める、それが約束だ。

やっと口を開いたノアの声は張り詰めていた。

「よくは覚えてないんだよ。……思い出したくないんだ」と言い直す。もっと思い出せ、と言われる前に先手を打つように。「父とゲイリーは間違いなく……ぼくに手を出してたけど……ほかにも見物人がいた。二人か三人。悪夢の中では、ぼくは誰かにさわられてる。指示を出す声。きっとじかに顔を見れば、そいつが……じかに参加してたかどうかわかると思う」

「それにだ、そいつらがたとえノアにさわってなくたって、どうせどこかで別の子供に手を出してるさ。ツケは払わせる」とアダムは断じた。

「カリオペはほかに何か言ってた？」とエイサが甘ったるく聞く。

あとは、もしかしたらノアはウェインの実子ではなく本当の家族がどこかにいるかもしれないと。アダムとしては忘れてしまいたくもあった。聞き流しておくとか。本当の家族がいたら、ノアはアダムを置いてそっちに行ってしまうかもしれない。

だがそこまで独断的にはなれなかった。ノアが実の家族とめぐり合う芽を摘みたくはない。ただ下手な夢を見せたくもない。まずはノアのＤＮＡサンプルを採って、いずれ言えるようなことが出てくれば話す。

「関わった連中を突き止めて、報いを受けさせてやる」とアダムは誓った。

「うん。わかってる」

ノアがアダムのほうを向いて励ますような笑みをくれる。

「じゃあ突き止めたら俺たちもまーぜて」とエイサが言った。

アダムは返事をしなかった。兄たちの手を借りるのに抵抗はないし、ノアが考えているとおり児童虐待犯が何人もいるなら、どうせその手が必要だ。


双子の家に二人を送り届けてから、アダムの家へ向かった。双子が降りた後のノアは口数が少なく、話を仕切る二人がいないせいか、助手席でもぞもぞしたり緊張を見せていた。アダムとの関係を思い直すような何かを双子に言われたのか？　ノアが去ってしまうとか心変わりするなど、思うだけで喉をナイフに潰されたようで、唾も通らない。ノアはアダムのものだ。彼だけのものだ。ノアが同じように思ってくれなかったら、自分が何をしでかすかわからなかった。

エイサはノアのことを、アダムお気に入りの新しいオモチャと呼んだが、それは違う。「お気に入り」など、これまでアダムには一つもなかった。人間にも物にも愛着などかけらもない。家族とのつながりを保っているのは、それが社会的にあるべき姿であり、一家で同じ目的を共有しているからだ。結束することで全員が安全になるし、父の実験も続けられる。

ずっと、自分が愛着を抱く日が来るなら、それは家族に対してだろうと思ってきた。家族のことは守るし、失えば嘆きもするが、彼らを失ったとしても、ノアが目の前から消える時のように心を切り裂かれはしない。

いわゆる常識に従うなら、こんな執着ぶりをノアにわずかも知られるべきではない。出会ってたった数日で――殺すと脅されてから二週間のストーキング期間は別勘定で――相手の虜《とりこ》になっているなんて、言っていいことじゃない。だがアダムはもう言ってしまったし、今後の望みもはっきり伝えた。伝えたはずだ。自分がアダムにとってどんな存在か、ノアは知っている。理解したはずだ。そして感じているはずだ。もしかしたらノアには重すぎただろうか。兄たちに会って、ついにノアにもアダムの奥底の本性が見えてしまったのだろうか。

ロフトに戻るまでハンドルを握りしめて関節を白くしながら、アダムはこっそりノアをうかがっていた。ノアはもうアダムの手を離し、膝の上で両手指を握り合わせ、助手席側の窓から飛び去る世界を見つめていた。怯えている様子はないし、悩んでいるようでもなさそうだが、車内にはさっきまでなかった緊張感が張り詰め、二人の間の空気は密度を増してさわれそうなくらいだった。それがアダムの原始的な衝動を刺激し、生存本能にスイッチが入る。ノアの存在はもうアダムの生存に欠かせない。

ガレージに車を停め、アダムはノアの側のドアを開けた。ノアはアダムの手を取って、気後れした、緊張しているような笑顔をくれた。アダムの腹の底のねじれた固さがどこかゆるむ。エレベーターに乗るとノアがまた指を絡めてきて、こみ上げてきたくらくらするほどの安堵がアダムの息を奪う。だがその安堵もすぐに、ノアを征服してアダムにとってどんな存在なのか知らしめなくてはという激情に染まった。

エレベーターのドアが閉じるや、アダムはノアを壁に押し付けて両手で顔をつかみ、動き出す箱の中でキスを奪った。ノアの驚きの声を呑みこみながら、アダムの野生の部分はどんな力でつつけばどんな声が引きずり出せるのかとそそられている。ノアの体から力が抜けた瞬間が伝わってきた。全身をアダムにゆったりと預け、あらゆるキスを許す。

ノアは、こうだ。弱くもないし脆くもない。意見も言えないおどおどした柔弱な小ネズミなどではない。だからこそ、この完全服従はこの上なく甘かった。おかげで不埒なことをしたくなるし、組みしいて喘ぎを、呻きを、悲鳴を上げさせたい。ノアを侵食したい――すべての一片に至るまで。彼らの境目が溶けてしまうまで。

「こんなにお前がほしい」唸って、ノアの顔を離すと、耳朶をなぞるように歯を立てた。

「シャワーが先。そしたら好きにしていいよ」

息を切らせて約束したノアは、アダムの口に舌を突きこんで十分以上にお返しをしてくる。

二人でエレベーターからもつれ出し、廊下に出て、アダムは手当たり次第の壁にノアを押し付け、ノアのどこか、どこだろうとキスをして舐め回し、いたぶりながら、鍵をポケットから出す間だけ中断する。部屋に入るとドアにノアを押し付けて、閉じこめた。

「お前の中に入りたい。今」

ノアが呻く。「シャワー……」

その喉をアダムの手がつかんだ。「今だ」

どん、とノアがアダムを突きとばす。

「駄目駄目、駄目だって。まずシャワー。ヤるのはその後。交渉の余地なし」

ふくれっ面になったアダムを見てあきれてから、微笑んだ。

「一緒にシャワー入る？」機嫌をとって、ゆるいキスをする。「背中を洗わせてあげようか」

返事を聞く前にもう服を脱ぎはじめ、ノアは足取りの後ろに服を点々と、不思議と色っぽく残していく。パンくずのように、アダムはその服を一つずつ拾い集めて洗濯かごに放りこんでから、バスルームに入ると、ちょうどシャワーの下にたどり着いたノアが目をとじて顔にしぶきを受けるところだった。

　アダムはゆっくりと服を脱いでいったが、焦らしているわけではなく、ただノアから目を離す時間すら惜しいのだ。裸になると突っ立って下唇を噛みながら、ノアの肌を流れ落ちる湯を、筋肉の曲線を濃密になぞっていく流れを目で追いかけた。ノアの体は引き締まっているものの、アダムがこれまで遊んできた金持ち小僧どもの割れた腹筋やムキムキの二の腕とは全然違う。ジムではなく労働で作り上げられた肉体が、限りなくアダムを惹きつける。

　後ろに立つと、ノアがちらっとアダムを振り向いた。睫毛に雫が留まり、のぞいた舌が唇の水滴を味わう。アダムも味わいたい。ノアの顔を包んでその欲に身をゆだねた。

　そそられるままキスの中に唸りをこぼし、回した手でノアの尻を引き寄せ、腰に当たる固い昂ぶりを感じる。

　ノアがキスを打ち切り、ボディタオルをアダムに突きつけた。「手伝って」

　息が上がったような声に、アダムの鼻息も荒くなる。

「無駄な時間だ、どうせまた俺にドロドロにされるのに」

　拗ねてみせてからまたノアの唇をとらえ、鬱血するほど強く吸い上げて、傷ついた唇をねぶった。

　ノアがそらせた首をさらす。「はいはい、口だけじゃないとこ見せて？」

　アダムは笑ってノアをくるっと回し、引き寄せた。ノアが彼の肩に頭を預け、体を洗われながらふわりと目をとじる。

時間をかけて、泡だらけのタオルでノアの肌を探索し、粗い布地で乳首をこすりながら逆の乳首を指でいじめて、腹をかすめ、タオルごしに屹立を包み、ゆっくりとしごいた。

「アダム……」

呻き、顔を傾けたノアが、我を失う自分をアダムの前にさらけ出した。

その耳元に唇を押し当て、肌にタオルを這わせて体のあらゆるくぼみと丸みをたどってから、アダムは屹立をノアの尻の曲線に押し当てた。

「お前のせいだろ？　でなきゃ今ごろベッドでお前を二つ折りにして指を奥まで突っこんで、俺が入る場所を隅々までこすってほぐしてた」

ノアのまぶたが揺れ、唇が半開きになって息が上がる。いつも、とても反応がいい。

「お前がほしくてこんなに俺が固くなってるのがわかるだろ？　今すぐ入りたくてたまんないよ。犯して、刻みつけてやる。俺の匂いを染みこませて。誰にでもわかるくらい……」

「何を？」とノアが囁く。

その喉をアダムの手がつかみ、絶妙な力で締め上げられて、ノアが切れ切れに啼《な》いた。

「お前は俺のだって。俺だけのだ。お前のすべては俺のもんだって」

ボディタオルを落とし、泡だらけの手でノアの勃起をつかむ。

「いいだろ？　好きだろ？　俺のものになるのが」

言葉がほしい。ノアの本音が。だが返ってきたのは固いうなずきと乱れたすすり泣きだけだった。その声がアダムの欲望を直撃する。本当はノアをいたぶって気持ちよくさせてやりたかったが、もうシャワーブースの壁に押し付けてこの場で突っこんでしまいそうだ。

「俺のがほしいか?」甘い声をかけながらノアの耳たぶから雫を舐めとる。「突っこんでほしいか? 中をいっぱいにされたいんだろ。ねじ伏せられて、犯されたいか? 根元まで入れて。俺の全部で」

ノアの腰が動き、アダムのゆるい拳の中に突きこんできたが、望むような刺激が与えられずに苦しげな声を立てる。その喉元にかかる手を、アダムは血の脈動が指に伝わってくるまで締め付けた。

「ほら聞いてんだ、答えろ」

耳元で唸る。無慈悲な声で。

ノアの体が震えた。

「そうだよ……ああ……ぼくが何をほしいかわかってるだろ。焦らさないで、もうヤれって」

切れ切れの声。アダムは息を吐き出し、さらにほんの少し喉を絞める。

「ちゃんと聞かせろ。お前から言え。そうでないと駄目だ。言えよ」

「犯して。いっぱいにして」そう発しながら、ノアはまたアダムの拳に腰を突き上げてくる。

「追い詰めて、懇願させて」

その喉元に、アダムは歯を立てた。

「そうなりたいのか。懇願したいか？」

答えはない。かぼそい呻き声だけ。

もう我慢できずにアダムはタイルに両膝をつくと、尻に嚙みつかれてノアが小さな痛みの声を上げた。歯の痕を、アダムの舌が舐め回す。

「脚を開け」

何のためらいもなくノアがすぐさま従ったので、アダムの胸に低い唸りがこもった。睾丸を指先でいじってから、尻を左右に開く。ノアの体がこわばっている。また嚙みついて、そこを舌で優しくなだめた。

「俺を入れろよ、ベイビー。お前を食わせろ」

今回は、さわるとノアの体はたやすくほどけた。その隙にアダムはノアの中心に顔をうずめて入り口を舌で焦らし、しゃぶる。ノアの脚が震え出すまで。

指先を差し入れると、ノアが「ああ」と呻いた。

腰を押し返そうとしてきたので、アダムは指を抜いてまた立ち上がった。ノアが追い詰められた悲痛な声を上げるが、さっさとシャワーを止めてノアを外に引きずり出す。タオルで適当に二人の体を拭うと、ノアの尻をピシャッと、手形が残るほど強く叩いた。ノアが呻く。

この反応も、いつかとことん追求しなくては。

「ベッドに行け。今すぐ。せいぜい走れ、捕まえたらその場でヤるからな」

ニコッとして、ノアが駆け出した。アダムは五つまで数えてから全力で追いかけ、ベッドに着いた瞬間のノアにタックルし、マットに組み伏せる。胸元を手で押さえつけながらベッドサイドテーブルのローションに手をのばす。ノアの脚を開き、しゃがんでその姿を眺めてから、濡らした二本の指を穴にねじこんだ。

どちらを期待しているのかわからない——ノアの肉体の従順さか、侵入への抵抗か。上からかぶさり、頭の横に置いた手で体重を支える。ノアは顔をそむけて壁を向きたがったが、アダムは許さなかった。

「俺を見ろ」

ゆっくりと顔を戻したノアが見上げてくる。表情のあまりの無防備さに、アダムの息が奪われる。

「お前を感じるぞ」

ぶるっと震えたノアは、腰を押し返してアダムの指を受け入れながら、シーツを握りしめた。もう待てない。ノアに入りたい。

起き上がったアダムは、はたと止まった。ノアが眉を寄せる。「どうしたの」

「コンドームはどうする」

ちらりとしのび出したノアの舌が、下唇を舐めた。

「ぼくは陰性。予防内服《PrEP》してる。そっちは?」

アダムはうなずく。声が張り詰めた。「同じだ」

「……じかに、ほしい。膜ごしじゃなくて」とノアがやっと言った。

「ありがたい、俺もだ」アダムはベッドの端に行くと、自分のペニスをローションで濡らし、指で招いた。「来い」

何を求められてるか気付いたノアが目を見開いたが、抵抗はせず床に立つと、片足を滑らせ、アダムを向かい合わせにまたいだ。肉棒をつかんで自分の後ろに押し当てる。

ノアの肉体の熱にきつく包まれていきながら、アダムは唸りをこぼした。

14
Noah

アダムにこじ開けられながら、ノアは鋭く息を呑んだ。固いペニスの先端が、まずはきつい筋肉の輪を越え、ゆっくりと止まることなく押し上がって思考を灼く。目をきつくとじ、チリチリとした痛みに体をひくつかせながら、力を抜こうとした。

熱い痛み以外のものに意識を向けようとする。足裏のフローリングの感覚、尻肉をきつくつかむアダムの手、ノアの肉体がなじむまでこらえているアダムの固い呼吸。

ふと目を開けると、凝視されていて、激しい視線に息を奪われる。こんなふうにノアを見てくれたのはアダムが初めてだ。強烈そのもの。ほぼ他人のはずなのに、このままでは「好き」なんて言ってしまいそうで、気をそらそうと、ノアはアダムにキスをした。

アダムは、ノアは自分のものだと断言したし、目つきもそう語っていた。そうなるしかないのだと、二度と逃さないと宣告する目だ。もう永遠に。怯えるところだろうが、そういう気持ちはなかった。ただ……心が押しつぶされそうにはなる。だって、もし心変わりをされたら、きっとノアは死んでしまう。誰もいないのだ。彼にはアダムしかいない。

どうかしてる話だ。ろくにお互いを知りもしない二人。それでもノアはアダムに所有されたかったし、アダムの心を、情熱を、その凶暴さまでも欲する。そして、心の奥底にある根源の理由は——ノアがアダムを求めてしまうのは、彼がノアのためならわずかの後悔もなく世界すら焼き尽くす男だからだ。

それを思って、ノアのペニスが雫をこぼす。アダムの保護欲は重い。そんな彼が守りたいのはノアであって、それだけでノアの心が最高に素晴らしく痛むのだ。アダムの首筋に顔をうずめ、愉悦に目をくらませながらアダムに貫かれて、全身が痙攣する。

「ヤッて。激しくして」とせがんだ。

アダムが唸り、ノアの膝を下からすくって立ち上がったので、さらに深くまで入ってくる。こんなにみっちり満たされるなんてありえないくらいに。

背中が壁にぶつかり、ざらつくレンガが裸の肌に食いこんでノアは呻いたが、一瞬後にはすべてがかき消えた。何ひとつ考えられない。ねだったとおりのものをアダムに与えられる。容赦のない突き上げで思考など吹きとび、快感だけに堕ちる。

「あっ、ああ、そこ、それ――」

自分の喘ぎが聞こえる。アダムの突き上げに合わせて己のものをしごき出したが、一度突かれただけでもう、もたないとわかった。

「そろそろイくぞ」アダムがノアを見つめて唸る。

「ああっ、イッて、イッて」うかされた声。「お願い、もう、ああ、感じさせて。中でイくとこ、感じたい」

「懇願しろよ」アダムが命じた。「聞かせろ」

ノアの首がのけぞる。追い詰められすぎて羞恥心などもうない。

「イッて、もう、むり、ちょうだい、もうほしい……おねがいアダム、おねがいおねがい――」

突きこまれ、揺すり上げられて、互いの額を合わせたかと思うと、ノアの奥でアダムのものがドクンと脈打った。それで十分。ノアは二人の間に絶頂を放ち、さらにしごいて、極まった刺激でしまいに全身が痙攣した。

「俺に脚を巻きつけろ」

アダムが支えの手をずらして、ノアを腕で抱きこんだ。何とかしがみつくノアをかかえてベッドまで戻り、マットレスに下ろしながらかぶさって、ノアに確かめる。

「大丈夫か？」

ノアはうなずいた。「うん。たぶん。アダムは？」

アダムはニヤッとしてノアの鼻先に、頬に、まぶたにキスを落とした。どのキスも優しく、ノアの心を締め付ける。

「ああ。このままお前の中にずっといたい」

「ぼくもそれでいいけど」ノアは賛成した。「でも、そのうち腹が空きそうだな」

ふうと溜息をついてアダムが己を引き抜くと、体の内が空虚になって二人の距離を意識する。

アダムにまたキスをされるまで。

「あれ本気？」と、数分してから、ノアはたずねた。

「お前の中にずっといたいってやつか？　もちろんだ。永遠の永久にずっと」

「そっちじゃない。ぼくを、自分のだって言ったやつ。あれ本気？　それともそういうじゃない……単なる、そういうアレ？」

アダムは頬杖でノアを見下ろし、眉を寄せた。

「そういうアレ？」

「そう。すごく盛り上がるし、それは本当に。ただもし本気じゃないなら……ただのゲームなら、今言って。それでもぼくはかまわないから」嘘だ。「何だろうと。ぼくに飽きるまでこのノリが続くなら――」

「やめろ」アダムがノアの口を手で覆った。「ゲームなんかじゃない。俺はゲームなんかしない。本気じゃないことを言ったりしない。ってか、俺がお前を見ながら思ってることの半分でも聞いたら、お前は悲鳴を上げて遠くに逃げ出すだろうよ」

喉で鼓動がトクトクと鳴る。ノアはアダムの手を口から引き剝がした。

「どんなこと？」

言ったら本当にノアが逃げ出さないかと迷うように、アダムがノアの表情を探った。

「たとえば、お前と俺の体を一つに縫い合わせたいとか。お前の肌の中に住みたいとか。お前が逃げようとしたら手錠でラジエーターにつないでしまおうかとか」

ノアは、心ならずも笑顔になっていた。「ラジエーターなんて持ってないだろ」

「俺はこんなふうでいたくない」

「どんなふう？」ノアは眉を寄せた。

「こんな」アダムが不満そうにこぼす。「イカれた。独占欲のカタマリ。俺の脳ミソの働き方が規格外なのは知ってるが、これまではどうでもよかったんだ。この世界に産み落とされた理由はわかってたから。俺みたいな人間が世界の秩序には必要だって、父さんに言われてる。バランスを保つために。でも、お前といるとこんな気持ちになるなんて、そんな誰かに会うなんて、考えもしなかった」

「ぼくはその独占欲、好きだよ」

アダムがせせら笑う。「ベッドに鎖でつながれても言えるかよ」

ノアは片手を上げてアダムの頬を包んだ。

「きみのベッドになら悪くなさそう」

アダムの眉間にしわが刻まれ、ほとんど苛まれるような顔になった。

「俺は、お前を逃がさないぞ」

「逃げようとなんかしてないだろ。でもそっちだって逃げられないよ。ぼくに飽きても、捨てたりなんかさせない」

「お前に飽きるなんてことは決してない」とアダムが誓う。

ノアは首を振った。

「そんな約束は不可能だから。ぼくらは他人同士だ。ぼくのこと何も知らないだろ」

「お前が俺のものだということは知ってるよ。わかってる。俺の奥底の、物事の正誤も世間的な出会い方もどうでもいい部分が、それを知ってる。俺はお前を選んだ。お前がほしい。お前だけだ。俺の脳ミソはお前がいいと言って、もう取り消しは効かない。お前は閉じこめられたんだ。俺と一緒にな。死ぬまで」

ノアの胸の中で鼓動がドキドキと轟く。

「誰かに選ばれたのなんて初めてだよ。ほとんど誰も、ぼくには目もくれないし――」

「ありえねえだろ」アダムが首を振る。

ノアは薄い微笑を浮かべた。「半分はぼくのせいだけど。人目につかないようにしてきたから。里子が目立っていいことなんか何もない。そういうものだから」

「俺のせいだな」

それは問いかけではなく、単に己の罪を総括してみせただけだ。罪悪感を抱く能力はないが、抱くべきだということは理解しているというように。

ノアは息を吐き出した。

「ぼくの人生最悪の事態はもっと前に起きてたし。運良く忘れてこられただけだ。この先も運が続くかは怪しいけどね。この頃は悪夢やフラッシュバックを見るし。今んとこクスリと酒で遠ざけてるけど、きっとそのうち駄目になる。そしたらぼくがどんな人間になるのか、自分でもわからない。だから下手な約束はしないほうがいいよ」

アダムが頭を下げて、ノアに優しいキスをした。

「サイコパスまみれの家で育つとどうなるかわかるか？　俺たち全員、他人のイカレ具合には慣れっこになる。俺の心配はいらないと思うね」

どの要素が先の未来に何を及ぼすか、ノアにはわからない。アダムは彼に飽きるかもしれないし飽きないかもしれない。今のところすべてはリップサービスにすぎないのだ——二人で関係維持の努力をしたりそれを実現できるまでは。見合い結婚から始まって添い遂げる夫婦だっている。アダムとノアも、倒錯的なセックスの共有とネジが外れた者同士の共感から生まれた関係を、維持できないとは限らないだろう？

「おなか空いた」

ノアは張り詰めた雰囲気をゆるめようとした。

「ギリシャ料理は？　二十四時間営業でデリバリーしてくれるところがあるぞ」

「いいね、おいしそう」とノアはうなずいた。

はね起きたアダムが裸足で階段をペタペタ下りていった。携帯電話を探しにいったのだろう。

ノアはごろりと転がってアダムの枕に顔をうずめ、深く息を吸った。あのトレーラーと比べて、なんたる贅沢。


アダムのベッドにあぐらをかいて、互いに食事を分け合った。料理はよりどりみどりで、店のメニューの半分くらい注文したように見える。満腹で皿を片付けた後、ベッドに横たわって暗闇の中、ノアはアダムの太腿に頭をのせ、指で髪を撫でられていた。

「聞いてもいいか？」

静寂を破ったアダムの言葉に、ノアはビクッとした。満腹と今しがたのオーガズムですっかりぼんやりして、眠りと覚醒の狭間にいたのだ。パチパチと目を開けて、暗闇を見透かそうとする。月のない夜だったし、下のキッチンからの光さえロフトの影に呑みこまれていた。

「いいよ」もそもそ呟き、アダムの空いた手を取って指をいじる。

「どうやって俺を見つけたんだ」

鼓動が早まった。遅かれ早かれアダムは興味を抱いただろうが、それでも答えに詰まる。自分の調査能力を隠す理由はないけれど。

「気にするほどのこと？」

「そりゃもちろん。俺たちは念には念を入れて痕跡を消してる。見逃しがあるなら参考にしたい」とアダムが説明した。

ノアは溜息をついた。

「そっか。ただ、ぼくにはほかの人にはない手がかりがあったから……きみを見たんだよ」

長い沈黙。

「何だと？」

「逃げてくきみを見た。父さんの死体を見つける前に。よく見えたわけじゃないけど。正面のドアを開けっぱなしにしてったろ。ぼくがそれを閉めようとした時、きみがポーチを下りてくところで。肩ごしに、きみは一瞬、振り返った」

「肩ごしのチラ見だけで俺を見つけられるわけがない。お前は十歳だったろ」

アダムは息を呑んだようだが、まだ疑ってもいる。

ノアはそっと笑った。

「警察もそう考えてたよ。何時間もぼくを尋問して、情報を引き出そうとした。ぼくの証言が穴だらけで困ってたよ。犯人は子供だって言ったのに、信じてもらえなかった。あんなに痕跡のない犯罪現場は子供には無理だって」

そこでアダムが何も反応しなかったので、ノアは首を振った。「今、悦に入ってるね？」

「少しだけな。ああ。俺の丁寧なお仕事が評価されたと聞けてうれしいよ。兄貴たちには考えなしだと思われてるもんでね」

その言葉の裏には隠れたエピソードがありそうだったが、つつくにはまだノアに心の準備が足りない気がした。

「で、俺の顔もろくに証言できないところから、どうやって倉庫の対決まで漕ぎつけた？」

「最初は、全然。八年間は生きるだけで必死だった。里親制度ってひどいもんでさ。きみを責めたよ。一体誰なのか、どうしてあんなことをしたのか、ずっと考えてた。ホームレスの子供か、父さんの昔の教え子かもとか。ジャンキーかなとか。警察に行って捜査がどうなってるか聞いた。でもその頃には迷宮入り扱いで。問い合わせてもなかなか連絡すらもらえない」

どうしてこの話をすると腹がうつろになるのかわからなかったが、アダムに指を絡められると涙が出そうだった。

「続けて」とアダムが促す。

ノアはふうっと息をついた。

「警察は、銀行と食料品店の防犯カメラ映像を持ってた。見たいって刑事にたのみこんだんだ。彼女は、どうせ顔が映ってないから無意味だって、横顔と後ろ姿しかわからないと言った。でも最後には折れてくれて。十年前の事件を解決したい欲に負けたんだろうね。銀行の映像は役立たずだったけど、その後、きみを見たよ。食料品店の防犯カメラ映像で。着替えて顔も見えないようにしてたけど、きみだとわかった。歩き方でピンと来たんだよ」

「俺の後ろ姿を見つけたからって、そこからどうたどり着いたかまだわからないんだが」

「ジャケット」

「ジャケット？」

「そう。覚えてない？　ぼくの家では着てなかったから、逃げてすぐ着替えたんだろ」

「ああ、黒いフーディーを、道に隠しといたバックパックに詰めこんで、撮影現場でもらってきたジャケットを着たよ。でも同じやつが何百枚も売られてるだろ」

「うん。そのデザイナーのブティックまで行って聞いたよ。レジの女の子に十年以上前のクレカ払いの記録を見せてくれってたのんだら、イカれてんのかって顔されて。でもぼくが粘ったもんだから、二十年もそこで働いてる店長を呼んでくれた。彼もきみと同じことを言ったけど、ジャケットの映像を見せたら、一目でこれはコピー品だと言った」

「ふざけんな、違えよ」

その言い方に、ノアはニヤニヤした。

「それが心配？　デザイナーズブランドの偽物を着てたなんて思われるのは心外？」

「単にその店長はドアホだって言ってるだけだ」とアダムが拗ねた。

「ま、とにかく」ノアは続ける。「どうしてコピー品だと思うのか店長に聞いたら、ジャケットの背中に入ってる赤い線を指したんだ。売り物にはその赤い文字は入ってなくて、このバージョンはパリのショーの後で変更されたんだって。ブランドとデザイナーの間でモメたとかで」

「うげ」

「ね。かぼそい手がかりだとはわかってた。でもぼくにはそれしかなかった。そのパリでのショーの写真を探し集めて、それにまた何ヵ月もかかったけど、写真の中にきみを見た瞬間、わかった。こいつだって。父さんを殺した犯人。でも警察に行っても無駄だともわかった。だって、アダム・マルヴァニーだよ？　大富豪トーマス・マルヴァニーの息子。殺人犯だなんて告発できるわけがない。どうかしてると思われるのがオチだ。ってか、自分でも頭がおかしいんじゃないかと思ったし。それできみを嗅ぎ回った」

アダムがノアの手をぎゅっと握る。

「どのくらいつけ回した？」

「半年かそこら。きみが本当に行ったところとＳＮＳに投稿されてる場所が大きく食い違っていると気付くには、十分だった。あれ、うまいよね。カリオペ？」

「そう。彼女、アリバイをこしらえるのが上手でさ」

「追っかける前から、父さんを殺した犯人なのはわかってた。一ヵ月後には、シリアルキラーかもって気がついた。まさか一家ぐるみでやってるとは思いもしなかったけど、父親が手を回して隠蔽してるかもとは疑った」

「お前、凄いな」アダムが感心した。

「そんなんじゃない。諦めが悪かっただけだよ」

「諦めずに、殺人事件を解決しようと粘る警官はたくさんいる。でもお前はついに解き明かしたんだ。ジャケットの手がかりで。ただ……うちの父さんには黙っててくれ。向こうから聞かれるまでは」

「ん。いいよ」ノアは顎がきしむようなあくびをした。「もう寝ていい？」

「ここまで来るなら」

身をくねらせて、ノアはアダムの隣までずり上がる。「これでいい？」

「んー、横向きで」

あきれ顔をしながら、ノアは言われたとおりにしてやる。「抱っこして寝たいってはじめから言えばいいのに」とアダムをからかった。

耳のすぐ後ろにアダムがキスをする。声は低い。

「朝になったら、目覚まし代わりに突っこむんだ。この体勢がいいだろ」

その宣言にノアの股間が熱を持った。

「それは大歓迎……だけど、昼にしよう?」

「明日次第だ」

15
Adam

ノアの呼吸が間延びして小さないびきが聞こえてからも、アダムは長い時間起きていた。ノアに突っこんで起こしたい、と言ったのは本音だが、それだけでもない。説明できない以上、カリオペにＤＮＡ鑑定をしてもらう髪の毛は、何も聞かれずこっそりくすねるほうが簡単だ。幸いぐっすり眠って気付かないノアから髪を数本抜くと、小さな袋に入れてベッドサイドテーブルにしまいこみ、上掛けで二人をくるんで一緒に眠りへ落ちた。

二度目の目覚めの時、太陽はもう高く、ノアの体はまだアダムに寄り添っていた。アダムはノアの喉元に顔をうずめ、手のひらで尻の丸みをたどって、萎えているペニスを包み、起こさず勃起を誘う程度に撫でた。起きるのはまだ後でいい。

自分自身をノアの尻にゆったりと擦り付けながら、ノアを愛撫する。眠っていてさえ、アダムにいいところをさわられるたびに吐息や小さな喘ぎが洩れるのが可愛い。手を離してさっとローションをつかみ、濡らした指を尻の間へ滑らせ、唸りながら二本の指を中へ差し入れると、締めつけてくる隘路に抜き差しした。ノアの耳たぶを歯でもてあそび、指を抜いてローションを塗ったペニスを濡れた穴に押し当て、滑らかなひと突きでぬくもりに包まれた。

はっと驚いたノアの喘ぎが、低い呻きに変わる。後ろにのびた手がアダムの腰をつかんだ。

「おはよう」

アダムは囁き、ノアの頭を振り向かせて深々とキスをし、じれったい動きで抜き差しをくり返す。

「あ、は……」

ノアがかすれ声を絞り出す。眠りがまだまとわりついた声。重たげにとじかけたまぶた。

アダムはノアの屹立に手をかぶせ、突き上げに合わせてしごきながら、切れ切れの息や呑みこむような声で絶頂の度合いを測り、動きを調整する。

引き伸ばしてとことん味わうつもりだったが、ノアの喘ぎが苦しげな啼き声に変わってアダムの拳へ小刻みに突きこみはじめると、そんな余裕もなくなった。

「アダム！」ノアが呻いた。

アダムはクスッと笑って、己を引き抜くとノアを仰向けにひっくり返し、膝をすくい上げて、ほとんどノアを二つ折りにしながら荒々しく突きこんだ。激しく、深く犯す。二人とも呻いた。

あっという間にイキそうだ。締め付けてくる熱さがあまりにもいい。

「自分でしごけ」と命じた。

言われたとおりにノアが、もう工夫も何もない手つきで己をしごき出す。目は二人の肉体の交合部分に釘付けだった。どうしてかそれがアダムに火をつける。ノアが、自分の中にアダムの一部が消えていくところから目が離せないでいるとか、アダムに負けないくらい夢中になっているとか。

「イケよ」

命じて、アダムはノアの屹立に目をやる。ノアの表情が苦しげで何かをかかえこみすぎたようなものになると、アダムはその顔をピシャリと二度ひっぱたき、喉元を手でつかんだ。

「考えるな。俺の声だけ聞いて、そのとおりにしろ。ほらベイビー、聞かせろよ、お前がよがり啼く声は最高だ」

ノアの目が朦朧《もうろう》とかすみ、唇が半開きになる。

「ああっ、そこ、もっと、もっときつく絞めて。おねがい、もっと、アダム、イキそうイッちゃうおねがい――」

アダムは唸りを上げ、ノアの望みをかなえる。首を絞める手に力をこめ、己の欲望に溺れて衝動のまま腰を叩きつける。血が火のように燃えたぎり、快感が渦巻く。

ついにノアが叫び、自分の拳にほとばしりをこぼした。アダムも上り詰めていて、数回の乱れた突き上げの後で深々と沈みこみ、精液でノアを満たした。最高だ、永遠に飽きない。

崩れて、ノアの首に顔を押し当てた。

「おはよう」ノアが息の切れた笑いをこぼした。「座り仕事じゃなくてよかったよ。もう、ヤバい」

「首に浮かびかけのあざで困るような仕事でもなくてよかった」アダムは首の痕にキスをした。

「すごく、興奮した」

ノアがアダムに腕を回してゆるく抱きしめる。

アダムはハグをされたことがない――父親指導の学習体験以外では――が、ノアの腕の中にいるのは気に入った。というか、とにかくノアのすべてがお気に入りなのだ。

「今日は何時から仕事だ？」聞きながら体を離してノアを見つめた。

「五時。どうかした？」

「シャワーの時間までにお前の中に何回出せるか考えてた」ニヤッと笑う。

ノアが赤面した。「その前に何か食べさせて」

アダムは溜息をつく。

「わかったよ。シャワー、それから朝飯。次がセックス。それから昼飯。次にセックス。それから二度目のシャワー。で、仕事」

「とりあえず食事とシャワーの部分は賛成。あとは交渉次第」ノアがあきれた。

アダムはふくれっ面になった。「そんなだとお前をベッドに鎖で縛り付けるぞ」

ふんと鼻で笑ったノアが、アダムをよいしょと突き放す。

「バカ言ってら。おなかペコペコだよ」

ナイトスタンドの上でアダムの携帯電話が振動した。無視しようとしたが、見るとカリオペからだ。

「ハロー、カリオペ。ご機嫌いかが？」アダムはわざとらしく挨拶した。

今回、前置きなしで本題に入ったのはカリオペのほうだった。

『あの変態の山小屋を見つけたよ。ノアのにらんだとおり、売却なんかしてなかった』

昨夜夕食の注文をしてから、カリオペにも一報を入れたのだが、まさかこんなにすぐ山小屋を見つけるとは思わなかった。彼女を見くびるといつも思い知らされる。

「どこにある？」

『町から四十五分くらい。いつでも好きに使えるくらいの近さ』

「キモいな。鍵のほうはどうだ？」

爪がキーボードを鳴らす音。

『まだ何も。金の流れを洗ってるとこ。何か出てきたら知らせるよ』

「山小屋の住所を送ってくれるか？」

『もう送信済みさ、桃尻ちゃん』

「さすが、愛してるぜ」

通話を切ったアダムは、ノアが愉快そうに見ているのに気付いた。「何だ」

「彼女のこと本当に好きなんだね」

アダムははたと止まった。

「ああ、だな。改めて考えると、俺は大抵の人間が好きだよ。とても興味深いからな。車のボンネットを開けてエンジンの仕組みを観察するようなもんだ。ある程度よく見れば、その人間を動かす力学と部品が見えてくる」

「ぼくの部品も？」とノアが聞いた。

アダムはじっくりと彼を見つめた。

「お前は、柔らかだ」

むっとしたノアの顔を手で包む。

「悪口じゃない。お前はキャンディのようだ。甘くて。柔らかい芯を、固い殻が包んでいる」

ノアは鼻を鳴らしたが、どこか拗ねたような、アダムが何もわかっていないと言いたげな顔をしていた。

「俺が倉庫で出会った頬に星座のある男、それが本当のお前だ。育ちが違えば、柔らかくて優しいままだったかもしれない。だが環境のせいでお前は自分を殻で守り、少しでも嫌な思いをすれば、自分の脆さを見せないよう相手を突き放してきた。愛情に飢えながら恐れてもいる。愛を求めているが、失うのが怖くて人を近づけられない。人生で味わってきた痛みを消すために感受性を殺しているが、そのせいで……接触に不感症になり、性欲を満たすために乱暴な行為をほしがる」

ノアの顔から血の気が引いていた。口を開いた時、ほとんど泣きそうに見えた。

「マジか。サーカスで霊能力者のショーができるよ」

アダムはノアを引き寄せ、鼻と鼻をつき合わせた。

「俺はお前の部品が好きだよ。お前の固いところも柔らかいところも、好きだ。お前にも俺の部品が見えるだろ？　家族にも見えないところまで、お前には見えてるはずだ。見通されるのは悪いことじゃない、相手を信頼できるなら」

ごくりと、ノアが唾を飲んだ。「信頼してるのか、ぼくを？」

「してる。お前は?」

ノアはうなずいた。「してる」と詰まったような声。

「よし。なら何の問題もない」

何分か経ってから、ノアが聞いた。「カリオペは何だって?」

「山小屋を見つけた。町から四十五分のところにある」

「じゃあ行こう。すぐ行こう。中を見ないと」

「行くよ。だがお前はまずシャワー、飯は途中で買う。カリオペから場所も聞いた」

ノアはこくこくとうなずきながら、怯えているようにも見えた。

「うん。行かなきゃ」

ほかにどうしていいのかわからなかったので、アダムはのり出してノアの額にキスをした。

人生最悪の日々との再対面に行く人間に、どんな言葉がかけられる?


「カリオペってどんな見た目の人?」

出発した車内で、ノアが朝食のブリトーを頬張りながら聞いた。

アダムは肩をすくめる。「さあ。見たことない」

頬に食べ物を詰めこんだままノアが固まる。シマリスみたいな顔だ。「むふ?」

「そう。父さんはカリオペが何者か知ってるけど、俺らは知らない。そのほうが安全なんだ。彼女がね。家族がいて子供がいて下手すりゃ孫もいるかも。何歳なのかもどんな見た目かも、本名すら俺は知らないよ。知ってるのは、ロマンス小説とファンコポップドールにハマってるってことだけ」

ノアは眉をひそめる。「でもハードディスク渡したんだろ？」

「いや、受け渡し地点に置いてきただけだ。後で彼女が回収する」

「気になって待ち伏せしたりはしないの？　どんな人か見たくない？」

アダムは鼻で笑った。「あー、やらない。父さんからこの秘密には手を出すなと言われてる。絶対に。父さんに言われちゃ駄目なのさ」

もぐもぐと、ノアはしばらくブリトーにかぶりついていた。

「でもさ、それって危険じゃない？　自分が？　彼女の見た目を知ってるほうがこっちの身は安全になるんじゃないの？　リスクの共有とかそういうやつ」

アダムは肩をすくめた。

「言ったとおり、カリオペとうちの父さんは友達なんだ。父さんは彼女の正体を知ってる。彼女のほうは父さんの試みを理解している。父さんの究極目標をね。思うにカリオペは昔、誰かを失ったことがあるね。義務感を抱いてこの計画に参加してるんだ、不正義を正すとかそんなアレで。父さんはとても……用心深く、秘密の共有相手を選んでるから」

「ところが今じゃぼくもその秘密を知ってるわけだ」

　ノアの声はおののいていた。

　その手をアダムがつかむ。

「誰にもお前に手出しはさせない。うちの家族には、なおさら。いざとなりゃ俺はどこにいくつ死体が埋まってるか知ってるしな――文字どおりに。もしあいつらがお前に手出しするつもりなら、その前に俺を排除しないとならないし、兄貴たちがどう考えてようが、俺は替えのいない存在なのさ。父さんは絶対に研究サンプルを処分なんかしない」

　ノアは包み紙を丸めて足元の空き袋に放りこんだ。

「それがきみ？　研究サンプル？」

「父さんはそういう言い方は、まずしないけどね。あの人にとっちゃ俺たちは……自分の創造物だ。俺たちをフランケンシュタインみたいにあれこれいじくり回して、社会に有用な存在にした気でいるわけさ。シェパード博士は、息子を深く理解して社会の脅威にしないためにサイコパスを研究したけど、うちの父さんは、その脅威を飼いならして正しい相手に向けさせようとしてるんだ。ただそれを実現するために俺たちは自分の本性と、社会的に適した姿とを自在に切り替えられなきゃいけない。父さんの財産のおかげで俺たちの二重生活が成り立つってわけさ」

「養子にしたのは、全員を道具に育てるためだったたってこと？」

ノアが、不安よりは好奇心をにじませて聞いた。

「〝花を装う裏では蛇であれ〟」アダムは引用した。ノアのきょとんとした顔につけ加える。「シェイクスピアだ。その中の、マクベス。司法制度の歪みを正すためには、俺たちは世界中から無垢に見えなくちゃならない」

「蛇のタトゥを入れてるのはそこから？」

「兄弟全員入れてるよ。お高くとまったインテリのアティカスまでな。最初の殺しの後、父さんに入れさせられるんだよ。俺たちが目的を見失わないように」

「それ、嫌だとは思わない？　父親にそういう目で見られているの」

アダムは首を振った。

「全然。父さんは俺たちを愛してるよ。自分の創造物が誇らしいんだ。芸術品と呼んでるよ。俺たちをこね上げて、こんな殺人者に造り上げた。俺たちが、遺伝的欠陥から生じた社会のほころびではなく必要悪なのだと、心から信じているのさ。俺たちにはほかの誰にもできないことができる。あえて言うなら、父さんのほうが苦しいんじゃないかと思うことはあるな。俺たちを見つけ、救い、導き、訓練し、愛を与えて……でも決して、父さんが俺たちから愛されることはないからね。とにかく、父さんの愛と同じ情は返らない」

「まったく愛を感じないわけ？」

アダムはちらりと、ノアの張り詰めた表情を見やった。

「人間が感じるような愛はね。そういう回路がない。もし俺に共感力や罪悪感、良心があったとして、それは同じ俺だろうかと考えることはある。でもきっと父さんの言うとおりなんだろう。俺や兄貴たちには、この社会での役割がある」

黙りこんだノアは、腕組みして窓から外を見た。アダムが何かまずいことを言い、まずいことをしたようだが、原因がわからない。ノアを悲しませてしまった。アダムの過去を哀れんだか、アダムや兄たちが普通の育ち方でないことに動揺したのか、だがノアの人生だってさして変わるまいに。

「俺は何をやらかしたんだ？」とアダムは聞いた。

さっと、ノアの視線が向けられる。

「えっ？　別に何も」と早すぎる答えを返した。

「たのむ、俺に嘘をつかないでくれ」

ノアの目は悲しげだった。「嘘じゃないよ」

また嘘だ。

「何がまずかったのかわからないと、俺には直せない。たのむ、いいから教えてくれ」

ノアが口を開け、とじて、ごくりと唾を飲み、頭を振った。己と葛藤するように。

「ぼくを、愛することはできないんだよね」と口走る。

ああ。そこか。

アダムは腕をのばしてノアの手をつかんだ。

「俺には愛がどんなものかはわからない。共感や罪悪感も知らない。ただこれだけはわかる──俺はお前を抱きたいし、お前のそばで戦ったり、お前のために戦ったり、仲直りしたりイチャついたり、裸で一緒にギリシャ料理を食ったりしたいんだ。それじゃ足りないか？」

ノアはパチパチとまばたきしてから、横を向いた。

「うん。そうだね。足りるよ」

それでもまだアダムはしくじった印象を拭えなかったが、そろそろ道が悪くなってきた。ハイウェイを下りてから走ってきた二車線の舗装路が土の道に変わり、やがてその道すらほぼ消え失せて、車の往来のくり返しが刻んだタイヤ跡がかろうじての目印になる。

父のローバーの車体を木の枝がビシバシと叩いていく中、アダムはどこかで道を間違えたかもと疑っていた。だが、突如として到着した。目前に、あの山小屋。木々の円に囲まれた不毛な空き地の中心部に。

木々は、小屋から一様の距離を取って遠巻きにしており、まるで近づくのは危険だと、木ですらその小屋の毒を察知しているかのようだった。

「中まで一緒に来る気か？」とアダムは確認した。

ノアがさっと目を合わせてくる。

「行かないと。見届けなくちゃ。ほかの連中の正体を知る手がかりがあるかもしれないし」

アダムはうなずきはしたが、いきなりノアのたたずまいが固くこわばったのが気に入らなかった。ノアにニトリル手袋を手渡し、防犯カメラがないかざっと見てから車を降りると、当然のように堂々と入り口へ向かった。

入り口のドアには、鍵が三つついていた。深い森の山小屋に、二つも錠前を追加するどんな必要が？

二人は目を見交わして、ぐるりと周囲を回った。窓は黒く潰されている。中に何があるにせよ、人には見られたくないのだ。

入れそうな場所はすべてチェックし、鍵をかけ忘れた窓でもないかと確かめたが、ゲイリーの野郎は慎重なケダモノらしい。アダムは拾った石でガラスを割ると、手を入れてかけ金を外し、窓を開けて丁寧に破片を払った。

先にアダムが入る。ガツンと臭気に当てられて、ひるんだ。汗、酒、ニコチンの臭い。なけなしの光でもそこが寝室の類だとわかった。

手を貸してノアを入れ、唇に指を当てて静かにするよう伝え、耳をすます。静寂しか聞こえなかったので、壁の明かりのスイッチを入れた。

くっきりと傷が走るヘッドボードの前に置かれたむき出しのマットレス、その上には汚れたキルトがかかっていた。傾いたベッドサイドテーブルには灰皿がのせられ、ドレッサーの引き出しは二つともない。ドレッサーから外された鏡が椅子にのせられ、ベッドに向けてあった。

アダムは首を振ると、ついてこいとノアに合図した。向かいの閉じたドアは残し、まずはキッチンとリビングを見て回る。ありきたりだった。パントリーは空っぽでカウチはへたれているが、三つの錠前と黒塗りの窓を必要とするほど後ろ暗いものはない。

「お前は入らないほうがいいかもな」

閉じたドアの前に戻って、アダムはそう告げた。ドアの外側には錠前が――複数――付けられていたが、どれも施錠されてはいない。

ノアは大きく唾を呑んだが、肩を怒らせると口元をキッとこわばらせた。

「いやだ。開けて」

押すと、そのドアは自然に大きく開いた。心の一部では、ここにも汚れたマットレスくらいのものしかなければいいと思っていたが、そうはいかなかった。不潔でむさくるしい小屋そのものとは裏腹に、この部屋だけは清潔で、少年が夢見る子供部屋そのものだった。

中央に、車の形のベッドがでんと据えられている。空想の町をめぐっていく道を描いたラグが敷かれ、ミニカーが散らばって、脇のおもちゃ箱からはぬいぐるみやゲームがあふれている。だがその子供らしい部屋の中で、異質なものが二つあった。ベッドの上の拘束具と、部屋の四隅に設置されたカメラ。

ノアの反応は即時だった。胃の内容物が廊下にとび散り、体が激しく痙攣する。アダムはノアの肩をつかんだ。

「ノア。俺を見ろ」

ノアの目は朦朧としたまま、鮮烈な記憶の中にとらわれているのだろう。ゆすってもぐらぐら揺れるだけだ。やむなく、横面を強く張った。

ノアが混乱した目でアダムを見る。どこにいるのか、何が起きているのかわからないように。

「ベイビー。いいか、よく聞け。俺の声と、呼吸に集中しろ」

ひたと凝視して、ノアがアダムの深呼吸を真似る。

「お前は外に停めた車で待っててくれ。できるか？　俺はここを掃除するから」

ノアはどこから湧いたか不思議がるように、足元に広がる吐瀉物を見下ろした。記憶がないのか。

「行け。俺もすぐ行くから。約束だ。ほら、キーを持ってけ」

ノアが手を出そうとしなかったので、アダムはつかんだ手にキーを押しこむと、その金属片を拳に握らせた。

「行け。ほら」

ノアを表に出すと、アダムはその場を片付けにかかった。カウンターにペーパータオルがあったのはありがたいが、この小屋の様子だと掃除用の買い置きではあるまい。

吐瀉物を拭い終えるとゴミ箱の袋を取り替え、使ったほうの口を結んで、持ち帰るために窓の外へ落とす。だがアダムはまだ中に用があった。

映像を探したい。ここでゲイリーが撮影したなら、どこかで編集もするはずだ。自宅は撮影場所から遠すぎて面倒だろう。

小屋中を調べた。丹念に、順を追って、今度はすべての棚まで開けて。リネン棚に見せかけた中に、装置を見つけた。高層ビルにあるような小洒落た仕掛けだが、もっといい画質を期待したいところだ。

ハードディスクごとかっぱらうしか手がなかった。複製はおろか、中身をダウンロードする手段も持ち合わせていない。これらの材料で参加者の残りが特定できるよう願おう。長引く前にゲイリーをぶっ殺したい。

獲物を手に、アダムは車まで戻って後部にゴミ袋とハードディスクを放りこんだ。ノアはただ座って前を凝視し、膝の上で両手を絡め、頰に涙をつたわせていた。

アダムが運転席に座るとすぐに、ノアが呟いた。

「ごめんなさい」

アダムは眉を寄せる。「え？　何がだ？」

「ゲロ撒き散らしたから？　パニックになったから？　その全部かな？　ゆうべ初めてセックスした仲なのにゲロの掃除なんかさせて。ひどいよね」

そこに何の関連があるのかとアダムはきょとんとして考えたが、さっぱりわからなかった。

「このまま帰って、お前は今日は仕事に行くな。ゲイリーがどう思おうがもういい。ハードディスクのどこかに俺たちの探し物があるだろ。なけりゃあいつを細切れに削いで連中の名前を吐かせるだけだ。お前は店にはもう戻るな」

ノアが口を開こうとしたが、アダムは首を振った。

「譲歩の余地はない。あそこには二度と戻るな」

「でもぼくのトレーラーが……」

「俺と一緒に住めばいい」

ノアが首を振った。

「嫌だ、トレーラーは手放さない。一緒に住むことになってもだ。絶対に。これも譲歩はできない」

その声にまたパニックがにじんだので、アダムは目を見張った。

「わかった。今日は具合が悪くて休むと連絡しろ。お前のトレーラーはレッカー会社に言って父さんの家に運ばせとく。あそこには十四台の車と船が三隻入ってるガレージがあるから、ちっちゃいエアストリームのトレーラーくらい増えてもいいだろ。だが、トレーラーがあの場所を離れたらお前もあそこと縁を切れ。それでいいな?」

ノアが一気にしぼんで、すべての気力が流れ出したようだった。

「ん。わかった。いいよ」

16
Noah

町に戻る道中、ノアは吐いて、三回アダムに車を停めさせた。毎回、助手席に倒れこんだノアに、アダムは子供の世話をするママみたいにセンターコンソールから取ったウェットティッシュを甲斐甲斐しく渡してくれた。ちょっとおもしろかったかもしれない。ノアがこんな……何だかわからないが、こんなふうでなかったら。

記憶の蓋を押し戻そうとしても無駄だった。まばたきでもすれば最後、あの部屋に、あの連中に囲まれているところに引き戻される。記憶をせき止めていたダムがついに崩壊し、ノアは溺れていた。

逃げられない。さわってくる手、痛めつけてくる男たち、自分の悲鳴と、そこにかぶさる笑い声……四方から押し寄せ、まるで、すべての鏡に怪物が待ち伏せるミラーハウスに閉じこめられてどれが本物の怪物かわからないかのようだ。

あの部屋の臭いがする。現在のではなく、過去のあの部屋の。染み付いた煙草の臭い、汗、饐えたビール、男物のコロン……セックスの臭い。あの頃知っているべきでなかった臭い。間違っている。狂っている。誰も味わうべきでないおぞましい経験。

だがそのどれよりも——知らない男たちや痛みよりも——ノアの心をズタズタに引き裂くのは、父親の声だった。まずは甘くなだめすかし、オモチャやアイスクリームを約束し、後には叱り、泣きやまないノアに激怒した。

どうやってすべてを押しこめてきた？　どうやって。ノアの脳のどんな魔法の仕掛けがこの記憶に何年も蓋をしてきたのだろう。いつ頃から忘れていったのか。どうやればその蓋を戻せる？　戻さなくては。涙が止まらない。むせび泣きや嗚咽《おえつ》ではなく、ただどうしようもなく頬を濡らす涙。

部屋に戻ると、アダムはノアに病欠の連絡すらさせなかった。アダムが電話をかけ、相手が誰だかわからないが、ノアは具合が悪いから休むと一方的に言い渡した。ノアの服を脱がせ、ベッドに寝かせたが、かたわらの毛布の上にノートパソコンを置くと子供に見せるようなカートゥーンアニメを流した。ノアは自分が子供になったような気がした。あの子供のような。いたぶられて痛めつけられるために、父親から差し出された子供。

どうしよう。あの子供は彼だ。ノア。父親にそういう行為をされて。ほかの連中にもされて。父がそれを撮影して。今もどこかにその映像がある。誰かが見ている。胃が痙攣したがもう吐くものすらない。それでもアダムはベッド横に金属のゴミ箱を置いていった。気を使って。

あれが自分に起きたことだと、前からわかっていたし、予告のようにちらちらと見えていたし、動画を見てからはその空白を自分で埋めた。だがそれはノアには――ノアの脳にとってはリアルではなく、ただの出来事であって、外宇宙の存在のような抽象的でしかないものだった。存在するとわかっていても実感がない。

それが今や、ノアはその中に放り出され、酸素もなく自分の記憶を漂いながら、ただもう死んでしまいたかった。

ノートパソコンの画面に集中しようとした。『ダックにおまかせ』だと、ぼんやり思う。だが意識はアダムの声に向いていた。アダムは階下で電話をしていて、彼が階段に近づいたりキッチンへ戻るたびに波のような強弱がつく。怒り狂った彼は誰かを相手に、ゲイリーを拷問して求める情報を聞き出すのとカリオペがハードディスクから何か発見するのを待つのとで、どちらが正しい戦略か激論していた。

話は行ったり来たりで、アダムの怒りは煮えたぎり、声のボリュームがどんどん上がっていく。そしてアダムはいなくなった。バタンとドアを叩きつけ、別れの一言もなく、ノアをひとり置き去りに。

そうなるだろうと、どこかで思っていた。こんなものと関わりたがる人間なんかいるわけない。同情できる心を持ち合わせているノアですらうんざりだ。だが、アダムにはそんな感受性すらない。ノアの気持ちを、彼を理解できない。まさに不可能。アダムのせいではない。

静寂の中、ノアの脳内で声——笑い声、命令——だけが膨れ上がり、叫び出しそうになった。ベッドカバーを剝ぐと、下着姿でペタペタと階段を下り、いかにも薬剤が保管されていそうなところへ向かう。バスルーム。急がなくては。アダムがいつ帰ってくるのか、すぐ帰ってくるのかもわからないし。薬棚を乱暴に開けたが、風邪薬とコンドームの箱しかなく、がっかりした声が洩れた。引き出しにも洗面台の下にも何もない。

次はキッチンへ向かい、片っ端から引き出しと棚を開けていった。冷蔵庫の上の棚は残して。あれは最後。アダムはどこかに酒をしまっているに違いない。冷凍庫を開けたノアは勝ち誇った声を上げた。高級ウォッカの瓶。新品だ。さっそく蓋を開けて大きく二口流しこみ、胃までヒリつく刺激を味わい、これで記憶に元どおり蓋ができるよう祈った。

瓶をかかえてベッドに戻り、冷え切ったガラスを抱きしめてアニメの続きを見る。『ラグラッツ』とか『ティーンエイジ・ミュータント・ニンジャ・タートルズ』みたいなお気楽なものしか見たくない。

酔いが回ると、子供時代のアニメが何だか楽しくなってきた。またマンションのドアが開いた時には、ノアはすっかりベロベロに酔っ払っていた。謎のガサガサ音をつれて階段を上ってきたアダムが、ウォッカのボトルを見て足を止める。

「兄貴のストックを見つけたな」

ノアは肩をすくめた。体が鈍い。「どの兄貴？　なんか、二十人ぐらいいるし？」

アダムがニヤつく。「アーチャーだ。我が家の放蕩ギャンブラーさ。当人はそんな自分がご自慢なんだ」

ベッドにレジ袋を二つ置き、ノートパソコンを脇によけて座った。

「どのくらい酔ってる？」

ノアは親指と人差し指を二、三センチ離してみせた。「かーなり。置き去りにされたし？」

非難の響きにも、アダムは動じもしなかった。

「怒り狂ってたからな。目の前が見えなくなるくらいに。コントロール不能だったし、お前に余計なストレスを与えたくなかったから、ガンガン音楽を流して車でひとっ走りしてきた。それから父さんに電話して、お前をどうすればいいか聞いたよ」

「どうすればいいか？」

オウム返しにする。不穏に聞こえるのは脳が酔いどれているせいだけだろうか。

アダムが溜息をついた。

「お前を……というか。お前のために？　こんな時、どうやって助けていいのかわからないんだ。助けたいのに」

心からの言葉に、ノアの目に涙があふれてきた。

「なんて言われたの？」

アダムがせせら笑う。「カスみたいなことばっかりさ。記憶の復元がどうとか、訓練されたセラピストと一緒に対処しろとか、俺にはお前の今の状況を扱う資格が備わってないとか」

ノアの胸の中で、心臓がぶるっと身をすくめる。「えー……」

アダムも鼻で笑った。「マジで、えーだろ。だからもう切って、カリオペにかけた」

ノアは頬の涙を拭う。まだ枯れないなんて。

「カリオペは何て？」

アダムが携帯電話を取り出すと、リストがあるらしく、読み上げた。

「カリオペから聞いた。お前を。毛布で……ブリトーみたいに？　くるむ。大好きな食べ物を買う。抱きしめてほしいようなら抱きしめる。そうでなきゃ放置。お前が一日中ベッドから出ないで泣いてるならそうさせておく、ただし一人で立ち向かわせてはいけないって。だから店に寄って、速攻で帰ってきた」

ノアの胸がぎゅっと締め付けられる。アダムは、人間なら苦しんでいる相手のために何をするものなのか、二人の人物に電話で聞いてくれたのだ。それこそ……ロマンティックじゃないのか？　ノアなんかにわかるわけもないけれど。でも甘い仕種じゃないだろうか。

「袋の中身は何？」

アダムの顔が少し明るくなった。

「何が好きかわからなくて——」ベッドの中央で袋を逆さまにする。「全種類ちょっとずつだ」

ベッドの上、二人の間にキャンディの山が出現して、ノアは小さな笑い声を立てた。おびただしいチョコレート——安いものからノアには手の届かない高級品まで——、ロリポップキャンディ、指輪《リング》キャンディ《ポップ》、トゥイズラー、魚型グミ。子供なら夢の光景だ。

「好きなのがなければ何がほしいか言ってくれ、一時間以内に配達させる。何でもだ。腹が減ってたら、何でも、どこからでも取り寄せるよ」

「これでいい。こういうの好き。魚グミは別だけど。それは全部あげる」

態度で見せようと、ノアはチョコレートバーをつかんで包装紙を剝き、一口食べた。驚いたことにいつの間にか腹が空いていて、甘さが染み渡る。

アダムはノアの膝からウォッカの瓶を取り上げて、だが片付けはせず、自分も一口あおってから二人の間に戻した。

「酒でごまかそうとするなって説教しないの？」とノアは聞いた。

「しないよ。それでのり切れるなら、その間のお前は、俺が守る」

ノアの心が締め付けられて、顎が今日何千回目かの震えに襲われる。

「ありがと」

アダムはうなずいた。少しして、しゃべり出す。

「俺は小さい頃、両親に虐待された。父さんに引き取られる前だ。散々でね。ネトフリのドキュメンタリーなみにヤバいやつだった。だがその頃でさえ、俺は周りとは違うとわかっていた。

ほかの子は悲しんで怯えたり泣いたりしていたからな。俺はただ、怒りに満ちていたよ」

「細かく覚えてる？」

ノアはたずねた。アダムのために心を痛めつつ、今のノアのような苦しみを感じられない彼が妬ましくもあった。

「遠い昔のことみたいにぼんやりとな。だが特に何も感じない。感じられないんだ。俺はそういう作りになってない。だがお前は違うし、だからお前の対処法に口出しする気はない。な？」肩をすくめ、アダムはつけ足した。「それに俺は、厄介事は殺して解決するからな。偉そうなことは言えないだろ」

またもや、ノアはこんな状態なのに微笑していた。少しだけ。

「ピザたのんでもいい？」

アダムが目を合わせる。「お前を笑顔にできるなら、シカゴまで飛んでルー・マルナティーズにピザを食いに行ってもいい」と断言した。

どうやってか、ノアは笑いながらむせび泣いていた。脳がこの、別々なのに同じ感情を一度に浴びて混乱している。

「ズボン穿きたくないな……」と絞り出した。

アダムが顔を寄せてくる。「そいつはよかった。脱いでるお前が好きだ」

キスできる距離まで近づいたが、アダムはさわっていいか迷うようにためらった。ノアがその顔を包んで間隙を詰め、唇を合わせて軽やかなキスをする。アダムはほっとしたようだった。ノアもちょっとほっとした気分になる。

「こんなふうになって、ごめん」

「謝るな。お前はここに、俺のそばにいつもいればいいんだ」ノアの顔をじろじろ見て、アダムはニヤッとする。「たとえ鼻水とゲロまみれでも」

別に腹も立たない。今のノアは、見た目もにおいもひどいに違いない。

「このままぼくに、ウォッカだけでなくキャンディとピザまで詰めこめば、きっと朝までにまたぼくのゲロを掃除することになるけどね？」

「何だってするさ」

そう約束し、アダムはボトルを一口あおると、携帯電話のアプリからピザを注文した。

「下のでかいテレビで見ようぜ。毛布を持っていこう。お守りのウォッカも」

アダムはキャンディを袋にまとめ、ノアに持たせたら階段から落ちるかもと、毛布もかかえた。いい気配りだ。手すりにしがみつくノアの足はへろへろだった。

一階に下りるとアダムがまたカートゥーンアニメをつけ、ノアをブリトーみたいにブランケットでぐるぐる巻きにして、カウチの端に座ると、おいでと膝を叩いてノアを誘った。

昨夜のように寝っ転がったノアの膝枕にされるつもりらしいが、かわりに、ブリトー巻きのノアはアダムの膝の上までもぞもぞと這っていった。アダムは意外そうな顔をしたが、胸元にノアが頭を預けると、顎を乗せてノアをかかえこんだ。

「こうしててもいい？」

おずおずと、ノアは確かめる。アダムは決してノーとは言わないだろうけれど。

「最高だよ」


翌朝、燦々と陽光の照る部屋で目を覚まして、ノアは呻いた。ちょっとでもさわったら頭が卵のように割れそうだ。寝返りを打ちたいだけなのに、シーツからバリバリと自分を剥がさないとならなかった。

隣では裸のアダムが、うつ伏せで頭を枕の下につっこんで寝ていた。どうして、どこでアダムが脱いだのか、ノアの記憶はゼロだ。体重分のピザを食べたあたりからろくに記憶がない。

ノアはまだパンツを穿いていた。アダムとセックスのようなことをしたなら、アダムの側だけですむ行為だったか（あまりありそうにない）、終わった後にパンツを穿き直したかだが、昨夜の酔っ払い状態ではそれはもっと考えにくい。

単に、アダムは裸で寝るタチだとか。なら大賛成だが。着衣でもかっこいいが、裸となると……芸術品なみの裸体だ。

つい、なめらかに広がる背中を撫でて、背骨に指先を滑らせ、見事な尻の隆起を追って産毛《うぶげ》に包まれた太腿まで撫で下ろす。それをくり返した。アダムにさわるのが好きだし、アダムのイカれた脳が、同じく頭のイカれたノアこそ自分のほしいものだと、どうしてか一目で決めこんだ事実で胸がいっぱいだった。

昨日は人生最悪の一日だったが、アダムが怪物を追い払ってくれた。とりあえず、今のところは。今は何やら鮮明な、目覚めれば終わる悪夢を見て、恐怖の余韻だけが残る感じだ。終わってはいない。いつかそのうちノアは自分の過去を直視しないとならないが、それは今日じゃない。今日はただ、この安らぎを楽しみたかった。たとえひどい二日酔いでも。

起き上がると、アダムの脚の間に膝をつき、覆いかぶさった。アダムは身じろぎもしない。その胸元に手を忍びこませ、ノアはアダムの肩の間に頬を押し付けた。二人の肌のぬくもりが溶け合って、何時間もずっと腹に凝っていた氷塊を溶かしていく。ノアはそのままそこで、アダムの背の規則正しい上下動と安定した鼓動に誘われながらまどろんだ。

しばらくうとうとしていると、アダムが起きようとする動きを感じる。アダムの手が上がって頭の上から枕を外し、顔に当たる陽光に目を細めた。枕を放り出し、両腕を背に回してノアの尻をつかむ。

「おはよう……」

眠りが絡みついた、しゃがれたアダムの声が好きだ。

ノアはアダムの肌の、届くところにあちこちキスを降らせた。「おはよ」

ノアの尻を軽く握りしめてから、アダムはごろりと横倒しになり、ノアを隣に転がり落とす。ノアがムカつくより早く唇がキスに覆われ、ゆっくりと深く、歯磨き前にするには不適切きわまりないキスを仕掛けられた。昨夜の後ではノアにはもうどうでもよかったが。

「気分はマシになったか？」

アダムがたずねて頬に、それから耳と肩にもキスをした。誘惑のキスでもなく、特にこの先を求めるキスでもなく。

ノアはおずおずとうなずいた。

「うん。多分」

「よし」

アダムがごろんと仰向けに戻ると、力をこめて伸びをしたので、ノアの耳にもパキパキと関節の鳴る音が聞こえるほどだった。

「一緒にシャワーを浴びて朝飯を食うか。俺がパパのところに行く前に」

「父親のところには行かないと駄目？」

ノアはたずねる。ざわつく気持ちがこみ上げていた。

「昨夜キャンディを仕入れるついでに、あのハードディスクを引き渡しといた。彼女は今朝、中身を確認した。予想どおりひってえ中身で、ただ……最近のなんだ。カリオペは被害者の特定を急ぎながら、行為に加わった連中の顔を抜き出して顔認識プログラムにかけている。父さんは、問題なくこいつらの身元を特定できると見ている。連中を抹殺する前に大まかな方針を決めたいみたいだ。これまでこんな多人数を一度に標的にしたことはないからな。慎重にいかないと関連に気付かれるかもしれない」

　ノアは、また恐怖で金縛りになるかとかまえたが、その時はやってこなかった。ピザの食べ過ぎとウォッカの飲み過ぎによるぼんやりとしたムカつきがあるだけだ。

「ぼくも一緒に行きたい」

　アダムは横向きに身をよじり、片手で頬杖をつくと、もう片手をノアの腹にのせた。

「え？　駄目だろ。またトリガーになるかもしれないぞ」

　ノアは荒々しく首を振った。

「大丈夫。平気だ。そいつらの中には……ぼくの時と同じ相手がまだいるかも。あの手の衝動は歳を食ったからって消えるものじゃないんだし、十何年も平気だったたから、警戒心も麻痺してるだろうし。きみも前にそう言ってた」

　正しい答えを探そうとするように、アダムがノアの顔をじっとのぞきこんだ。

「うちの家族が全員集合なんだぞ。つか、エイデン以外の全員が。俺の家族六人と対面する心がまえはあるか？」

　ノアは肩をすくめ、アダムを真似て頬杖をついた。

「ぼくがきみのものなら――言葉どおりきみだけのものなら、どのみちいつかは会うわけだよね」そこでふと、別の考えに殴られたようになる。「気を変えたなら別だけど……」

アダムは眉を寄せ、身をのり出して互いの額を合わせた。

「何があろうと俺の気は変わらない」

ノアは仰向けにぼすっと倒れる。「ぼくのメンタル崩壊にまでつき合わされる予定じゃなかったろ」

「それを言うなら、殺人一家の養子になる予定だってなかった。兄貴のアーチャーをあちこちのバーから引きずり出すとも、双子を変態プレイのクラブから引っ張り出すとも、ネズミの細胞再生やら量子力学についての退屈な講義を拝聴する羽目になるとも思っていなかった」アダムが言いきった。「俺は、お前を選んだんだ。お前がいい。メンタル崩壊やら丸ごと。俺にもメンタルがヤバい時があるってお前にもそのうちわかるさ……俺のは、死体が転がって終わることもあるからな」

「そうなって当然の相手だけ、だよね?」とノアはたしかめる。

アダムはうなずいた。「掟は絶対だ。破れば、父さんは誰だろうと俺たちを処分するよ。一度でも一線を越えたら戻れないというのが持論なんだ」

「処分? 殺すってこと?」

さっきまでの氷のような冷たさがノアの腹に戻っていた。

父親が一方的に取り決めた掟とやらを破ればその父に殺されるというのに、アダムはまるで気にしていないようだった。

「俺たちが社会に有用なのは、掟に従っている間だけだ。その掟に背けば信頼を失う。それはもう怪物だ。父さんは適切な対処をするだろう。兄貴たちもそれを手伝う」

「マジで」

アダムがニヤッとした。

「それでもまだうちの家族に会いたいか？」

どうだろう？　エイサやアヴィのような態度を取ってくる相手にさらに四人も会いたくない思いも強いが、それでも知らねばならないのだ。誰がノアに、そしておそらくほかの子供にも、あんな醜行をしたのか、暴かなくては。

そのためにマルヴァニー一家の前に立って集中砲火を浴びねばならないなら、ノアはそうするだけだ。彼はアダムと離れる気はないし――決してないし、そのアダムにサイコパス殺人一家がもれなくセットでついてくるのなら……そういうことだ。

17
Adam

アダムとノアが家を出た時にはもう正午を回っていた。二人ともそこそこの二日酔いで、朝食がブランチに延期された。もっともノアはアダムより重症だ。サングラスをかけ、パティオの日陰でも外さず、ブラックのコーヒーを持て余している姿はそれこそサイコパスじみていた。

周囲から二人にチラチラ視線が向けられていたが、アダムがマルヴァニー兄弟の一員だと気付いたからか、見るからに二日酔いの二人組が目立つせいなのかはわからない。どちらにせよ誰も寄っては来なかったし、アダムはひたすらノアに何が必要なのかだけを優先した。

どうやらノアに必要だったものは、身長よりうず高く積まれたパンケーキと生焼けに近いギトギトベーコンだったらしい。アダムはシロップ浸しで粉砂糖のかかったフレンチトーストを注文したが、自分の食事を楽しむより、恐るべき量を平らげていくノアを眺める時間のほうが長かった。

「どうしてぼくをじっと見てるんだよ」

ついにノアから、疑いの口調で聞かれた。パンケーキを積み上げたフォークが口に向かう途中で止まっている。

アダムはニヤついた。「お前を見てるのが好きだからかな？」

ついつい、というようにノアが微笑をこぼした。「今日のぼくはボロボロだろ」

「それでも可愛いよ。全然」

そう返すと、ノアの頬に赤みがともった。「サイコパスってみんな口説くのが上手いわけ？」

ノアの聞き方からして、冗談は半分だけのようだ。

「知りたいか？　イエスだ。だからよくシリアルキラーがどれほどいい人だったかって周りが語るのさ。俺たちは、人間のふりがとても上手なんだよ。でもそれはただの模倣だ。ほとんどの場合は口からでまかせ。ただし、今は本音で話している。お前の顔全体の作りが好きなんだ。その茶色い目、そばかす、口元。見てると幸せになってくる」

「いやいやちょっとやめろって」ノアが笑いながら顔を半分手で隠した。「恥ずかしい」

「だな。顔が赤い」

アダムは後ろにもたれて、ノアをさらによく眺めた。

ノアがサングラスを外してテーブルに置いた。周囲から向けられる携帯。見るからに恋に落ちている二人の姿を撮らずにはいられないのだと、アダムは悟る。

人を愛する能力が自分にあったならと、願った。もし誰かを愛せたなら、相手はノアに決まっている。ノアしかいない。だができないのだ。アダムにできるのは、ノアを守り甘やかして、たっぷりのパンケーキとオーガズムを与えることだけ。

それで足りるのだろうか。ノアが心変わりしないよう祈る。だって、決して、アダムはもう彼を手放さないのだから。手放せない。ただそれはもうノアにも警告した。届いたことを願うしかない。

「またインスタのフォロワー爆増とタグ爆撃を覚悟しろよ」

周囲のアマチュアパパラッチへ目をやらないようにして囁く。

「どうして毎回ぼくがヘロヘロできみがイケてる時にばっかり撮られなきゃいけないんだ？」

「第一に、お前はどんな時もイケてる。第二に、俺には、沈没したお前をメシにつれ出す趣味があるからさ」

「太ってご機嫌になってもぼくを嫌ったりしないよね？」

アダムはまたニヤッと笑いかけ、ベーコンを一枚丸ごと口に放りこんで咀嚼し、答えた。

「二人で一緒にぶくぶくになろうぜ」

ノアが笑う。「悪くないけど、きみのファンが嘆くよ」

笑みを消して、アダムは顔を近づけた。

「そんな奴らはほっとけ。お前以外クソくらえだ。大事なのはお前がどう思うかだけだ。だから、心変わりはしてくれるなよ。いいな?」

そこにはまぎれもない脅しがこもっていたが、答えるノアの目は澄んでいた。

「ぼくはどこにも行かないよ」

アダムは、また後ろに寄りかかる。「よし」

食事を終えるとアダムが支払った。行き先に向かう車内で、ノアはローバーの音響システムと携帯電話を接続し、八十年代の音楽への愛を披露して、アダムもその手の曲に詳しいとわかると喜んだ。

「父さんが八十年代の曲が好きでさ。自分がそれを聞いて育ったから、俺たちもそれで育てられた」とアダムは説明した。

ノアがにっこりする。

「ぼくは養母のレスリーが八十年代かぶれだったんだ。服もメイクも。金髪を頭のてっぺんでウェーブさせてね。卒業アルバムの自分の写真とそっくりに。彼女からポップミュージックとかロックバンドについて色々教わった。マイケル・ジャクソンとかティファニー、ポイズン、ボン・ジョヴィ。あの家にいるのは楽しかったよ。いつもパーティーみたいで。朝ごはんにケーキ、思い立っては海を目指して車でお出かけ、学校をさぼって家のカウチで映画鑑賞」

「そこにずっといられなかったのか?」

ノアは窓の外を見た。

「彼女が死んだんだ。オーバードーズで。薬物中毒だった。オキシコドン、モルヒネ、フェンタニル。双極性障害だったのを、ずっと誰にも言ってなかった。自己判断で服薬してたみたい。ぼくも彼女の不安定さに気がつけるような年齢じゃなくて、十二歳とかで……単におもしろい人だと思ってたんだよね、ほら」

アダムはノアの手を取って握りしめた。ノアの父親を殺したことで、アダムは本当に彼の人生を悲惨なものにしたのだ。一家の父トーマスは今後、巻き添えにした周囲への影響にもっと目配りするべきだろう。親が怪物でも子供に非はない。

アダムの実家の前に車が止まると、巨大なガレージと広大な庭つきの壮麗な豪邸を前に、ノアの目はこぼれ落ちそうになっていた。

「ここに、一人暮らし？」

アダムはクスッと笑った。

「今はな。一時期は俺や兄貴たち、超優秀な三人のナニーと四人の家政婦、シェフが一人、マーシャルアーツの指導者、たまに来る武器の専門家、一度なんかはプロのナイフ投げまで住んでたよ」

「きみのお父さんによる殺し屋育成全寮制学校だね」とノアが感心する。

アダムはこれまでそういう視点で考えたことはなかった。まぎれもなく非常識な生い立ちではあるが、ノアも今しがた言ったように、そういうことは後にならないと見えないものなのだ。

「ま、そんなところだな。ああ」

ノアの手を取って、玄関扉を開ける。十歩も行かないうちにノアの足取りがのろくなり、顔をきょろきょろ振りながら、丸天井や瀟洒な家具に目を奪われていた。

アダムは彼を引きずりながら進む。

「こんな大きなところにノックもせず受付も通らないでただ入っていいなんて、すごく変な感じ。電気代いくら？　迷子にならないコツとかある？　ショッピングモールみたいな地図とかないの？　ハリポタの小説みたいに？　怖くない？　だってここに知らない人が住んでたって何週間も気がつかないいんじゃない？　いや怖いよね？　お化け出そう。ここ幽霊出る？　見たことある？」

あふれ出すノアの言葉にアダムは笑ったが、返事は必要ないようだったので答えなかった。

「二つもプールがあるの？　一軒の家にプールが二つとか何のため？　お父さん一人で住んでるんだよね？　朝起きてプール見て『いやこっちの気分じゃないな』って別のプールに行ったりするわけ？　キッチンも二つ？　庭にもキッチン？　外にオーブンって一体何すんの？　プールサイドで七面鳥でも焼きましょうって？　あれってゴルフコース？」

アダムは笑い声を立てた。「ボウリング場もあるぞ。射撃場も」

「聞きたくない」とノアが溜息をつく。

「いつでも家の施設を好きに使えばいい。俺の家でもあるわけだし」

ノアは首を振った。「いやいや、無理。ここ広すぎて。ドキドキしちゃうよ。迷子になったら出口を探して一生廊下をさまよいそう」

アダムはノアに腕を回して、大きいほうのプールを二人で眺めた。「お前がこんなに変わってるって、今さら知ったな」

ノアが首をひねってアダムを見上げる。

「きみのお父さんは射撃場を持ってて……自宅に……なのに、変なのはぼく？　この金持ちのクソガキめ」

「それが俺だからね。俺のお仕事だ。アダム・マルヴァニー、トーマス・マルヴァニーの甘やかされた末息子。元モデル、今じゃ道楽な遊び人。俳優や金持ちのガキと寝ちゃ車で事故って、くだらないことに大金をバラまく」

「まったくしんどい人生だね」とノアが混ぜっ返す。

返事をする前に声が響き渡った。

「アダム」

父の声にさっと向き直る。ノアをかかえたまま一緒に。

父はテーラードパンツと白いオックスフォードシャツという姿で、まくり上げた袖から力強い腕がのぞいていた。五十歳をこえても、じつに粋なのだ。銀メッシュの黒髪、灰色の目、日焼けした肌。ノアに目を据えた瞬間、その動きがはたと止まった。

「父さん。ノアだよ」

トーマスはさっとノアを眺めてから、アダムを見た。「人をつれてくるとは聞いていない」

「アティカスには言ってある。大体、そこらの誰かってわけじゃない。ノアだ。ノアのことは言ってあるだろ」

父はまた苛ついた目をノアに向けてから、踵を返した。

「行くぞ。もう十分に時間を無駄にした。一時間前に来るはずだっただろう」

アダムは立ちすくみ、まばたきして、父の失礼な態度にあっけに取られていた。一体何だ？　さっとノアに視線を向けると、ノアは雑な扱いを受けて悲しそうだが、予想の内だという顔をしていた。それでも、腰を抱いたままのアダムの手を握り返してくる。

「部屋に入ったほうがいいと思う。それともぼくはここで待ってようか？」

「いや。お前には一緒に来る権利がある。父さんがどういうつもりか知らないけど、それは父さんの問題で、俺たちとは関係ない」

会合はいつも一階にある鍵のかかる部屋で行われ、ドアのキーパッドでのみ開けることができる。兄たちはすでにそろっていた。エイサとアヴィが大きなテーブルに腰をのせ、アーチャーとオーガスト、アティカスは椅子に座っていた。ホワイトボードには数枚の写真。顔写真だ。

すべての視線が、入ってきたノアに集中した。驚いた顔は一つもなかったから、ノアをつれてくることはアティカスによって周知されていたようだ。

「ほほう、招待客同伴が許されることになったのか?」アティカスが問いかけた。「お前は、ケンドラをつれてくると言えば大反対しただろう。我々は三年間交際していたのに」

「ケンドラなら俺たちを暴露番組に売り飛ばして、全員逮捕だったな」アダムはピシャリとはねつけた。「大体、ノアはもう俺たちのことを知ってる」

アーチャーが、値踏みする目でノアをじろりと眺め回した。「にしてもどうかねえ? どうしてこの他人が俺たちの秘密を洗いざらい知ってんだ?」

「ぼくが手がかりをつなげる名人だからさ」とノアは答え、負けずに冷えきったまなざしをアーチャーへ返した。

「こいつは他人じゃない」アダムはカッとして言い返す。

「知り合って一週間足らずだろう。ならば他人の範疇だ」オーガストが粘着質に述べた。

アダムの肌がざわめき、腹に集まってきた熱が外側へふくらみ出す。

「何週間も前から知ってる」

「何週間もストーキングしただけだろう」オーガストが指摘した。「交流とは見なされない」

「ぼくのほうがストーキングしてた期間も含めれば、二年近くの知り合いになるけど」とノアがふてぶてしい目で言い返した。

アーチャーが鼻を鳴らす。「二年だあ? てめえ二年も付きまとわれてて気がつかなかったとか。そんなやらかしをなし崩しでなあなあにする気か?」

「もう十分だ。この男たちの特定作業に取りかかるぞ」と、らしくもなく苛々している様子の父が割って入った。

「やっぱりね、末っ子ちゃんは人殺したって許されちゃうもんね」とエイサ。

「きみたち全員が人を殺してのうのうとしてるだろ?」とノアが皮肉る。

アヴィがくくっと笑った。「俺らがこんなやらかしをしたら一年間はお掃除係さ」

憤怒がぐつぐつと滾り、アダムの全身がほてり騒ぐ。「その口をとじないとカーペットにぶちまけたお前の血の掃除をすることになるぞ」と脅した。

「アダム、もういい!」父が怒鳴る。

アダムはぎょっと父を見た。怒鳴ったところなど見たことがない。

「あいつが始めたんだ」ボソボソ言い訳する。アティカスめ。

父、トーマスが険しい表情で片手を上げた。

「このボードに関すること以外はもう発言を禁じる」

ふっくらした革張りのオフィスチェアにどさっと座って、アダムは膝の上にノアを引き寄せた。それを見たアティカスがうんざりした唸りをこぼし、まるでノアに嫌がらせをされているように——逆だろうが——ノアを目で刺していた。

「これは今のところ特定できた参加者だ。コーナン・グリービーは、カリオペによれば以前から我々の探知網にかかっていた」そこで父が言葉を切ってアダムに厳しい目を向ける。「そして、この男はポール・アンダーソン」

「おまわりさんだ」とノアがうつろに呟いた。

「え？」アダムは聞き返す。「覚えてる男か」

ノアがぎくしゃくとうなずき、声を震わせた。

「いた。制服姿で。何度も父さんに、言うことを聞かないとおまわりさんのポールに牢屋に入れられるっておどかされたよ」

アダムの憤怒は肌の下でうねり、血肉を得て、檻でうろつく狼のように怒りのはけ口を求めている。

トーマスがうなずいた。「今では刑事になっている。じき警部に昇進するそうだ」

押し出した息だけが、ノアの唯一の反応だった。まるでトーマスの言葉に腹を殴られたかのように。その痛みをいくらかでも腕から吸い取ろうとするように、アダムはノアを抱く手に力をこめた。

「警察関係者が深く関与しているのなら、ペドの集まりが摘発されずにここまで来たことも理解できる」とアティカスが述べた。

「警官《サツ》を殺せっての？」エイサが聞いた。「リスク、エグいよね？」

オーガストが肩をすくめる。「刑事は危険な仕事だ。予期せぬことがつきものだし、逮捕者からの復讐もあり得る。犯罪現場を演出すれば、狙いどおりの捜査誘導は可能だろう。刑事の死は、一般人の死よりはるかに偽装がたやすい」

「一方のコーナン・グリービーは有力者の友人が多い。市議会委員、地方検事、大司教などだ」

「左下の男は神父」ノアが呟いた。「ぼくに神父様と呼ばせてた……最中に。ロールプレイ好き。襟カラーを着けてた」

「なんたることだ」

トーマスが一言こぼして、その男の頭上にペンで〈神父〉と書き入れた。

「これで刑事と神父、有力者にコネがある青少年スポーツ指導者がそろった。俺たちが考えてたより根が深かったんだ。わかるよね？」アダムは父に問いかけた。「これは問題だろ」

アーチャーがひょいとこちらへ体をひねった。「お前が持ちこまなきゃ、俺たちの問題にはなんねえんだけど？」

「そのとおり、我々は、貴様の彼氏の御用聞きではない」アティカスがさらに付け加えた。

「この問題は却下されるべきだと考える」

アダムは椅子からとび出し、ノアをかかえたまま猛スピードでアティカスに突っこんだ。ノアがアダムの前にばっと立ちふさがり、胸を押し戻そうとしたが、兄への突進をやめないアダムの勢いで数歩よろめき下がる。

アティカスはもう何年も、殴られて当然の態度を取ってきた。スカしやがって。そのアティカス当人はやはり椅子から立ち、アダムに飽き飽きしたかのように落ちつき払って眼鏡を外している。

「アダム。アダム！」ノアが叫んだ。「止まれって！」

アダムは止まった。ノアを見下ろし、顔を歪めて小鼻を膨らませ、胸で喘ぐ。その頬をノアが包んだ。

「やめるんだ。ただの挑発だよ。わかるだろ？　釣られちゃ駄目だ。深呼吸して、ベイビー」

アダムは深々と息を吸い、吐き出すと、ノアの手の涼やかさを体で呑み干して、煮えたぎる憤怒のほてりを冷ました。苛立ち程度に萎えるまで。

「ほーらだから言ったじゃん？」エイサが、アダムではなく周囲に向けて言い放った。

「何がだ」アダムは唸る。

「ノアには超能力があるって」アヴィが嘲り口調で言った。「どうやってかお前のブチ切れを止められるって。ってかとにかくキレっぱなしにはさせない」

「つまり、ノアに嫌な態度をとってたのは何かのテストのつもりってことか？」

聞き返しながらアダムの怒りが復活しそうになる。

父が片手を上げた。

「お前の最悪の部分に、ノアがどう対処するのか見定めなければならなかった。エイサとアヴィは大丈夫だと言ったが、私は試す必要があったんだ。ほかの者たちにあえて挑発的な態度を取るようたのんだのは私だ」

　そしてまっすぐにノアを見る。

「失礼な態度をとったこと、心から申し訳なかった。どうか許してもらえないだろうか。きみに会えてとても光栄だ」

　ノアはぐるりと部屋を見回し、最後にトーマスへ視線を据えた。

「こちらこそ、皆さんに会えて光栄ですよ」

18
Noah

　その場がひとまず落ちつくと、アダムは椅子に戻って膝にノアをのせた。ノアは周囲からのじっとりとした視線を感じる。ノアを見ていないのはアダムの父親、トーマスだけだった。彼はノアの抱いていたイメージとまるで違っていた。新聞や雑誌で写真を見たことはあったが、こんな若々しさや洒脱ぶりまでは伝えきれていなかった。

とても三十代前半の子供がいる年齢には見えないが、全員実子ではなく養子だからそれはそうか。全員を、殺人者として育て上げた人。

ノアは、テーブル中央のブーメラン型の装置を押すトーマスを見つめた。近未来っぽい謎の3D映像が浮かび上がるかと期待したが、それはただのスピーカーだった。

『あなたの隣にいつでも、こちらニコニコ託宣所でーす。本日のご用は？』

声がサラウンドで陽気にさえずった。

「やあ、カリオペ」エイサとアヴィが唱和する。

『やあやあ、子供たち。アダムにちゃんと空港で拾ってもらえたようだね。みんなは今バットケイブにいるのかな』

ノアの唇がピクッと上がる。『バットマン』の秘密基地《バットケイブ》より、ここのほうが快適だ。書きこみ可能なツルツルの白い壁もあり、コンピューターの画面がいっぱいに並んでいるし、別の壁沿いには長いバーカウンターまで設置されている。どうやらこの秘密部屋によく長時間こもっているようだ。

「今すぐに情報を調べてほしい。できるかい？」トーマスが聞いた。

『たかだか人間どもの前で私の能力を疑うとはどういうおつもり？』カリオペが憤慨した真似をする。

ノアは目を大きくしてトーマスを見たが、ほっとしたことに彼はクスッと笑っただけだった。

「それは失礼を。ほしい情報があるんだ」

椅子がくるっと回る音がはっきり聞こえてきた。

『準備出来。どーぞ』

「ノアが、ポール・アンダーソンと神父の顔を識別した。神父の名は記憶にない。ポール・アンダーソンとウェイン・ホルトとゲイリーを複合検索して三人の接点を探してくれないか？何かあるはずだ。野球のチーム。祈りの会。社交グループ」

カチカチカチと音が鳴って、カリオペが答えた。

『うーん？　ヒットなし。でも断酒会みたいなのは記録が残らないからね』

トーマスは目に見えて落胆していた。

「今、神父の写真を送った。ウェイン・ホルトが教鞭を執《と》っていたカトリック学校の卒業アルバム写真と照合してくれ。私の勘ではそこにいる」

『少々お待ちくださいな』とカリオペは言ったが、保留に切り替えたりはしない。全員で黙して座り、爪がキーボードをはじく音を聞いていた。ほかの音といえば背後で流れているＫ‐ＰＯＰだけだ。カリオペの子供がＢＴＳ好きなのか、カリオペ本人の趣味だろうか。トーマスのみぞ知る。

昨日のメンタル崩壊もあったし、今日はもっとボロボロに擦りきれる覚悟で来たノアだが、殺人者の群れの中に座っていると、ついぞ知らなかった謎の安心感に包まれていた。これならいけるかもと、手がかりが埋もれていないか記憶の奥を用心深く掘り下げてみたほどだったが、確たるものはつかめない。

　おまわりさんと神父さんは印象に残りやすい。服装からもわかるし、ノアのような子供たちを守ってくれるはずの人々だ。

　だがほかの連中……ゲイリーは、善行など縁のない人生を送ってきた男だ。ポール・アンダーソンや聖職者との接点などありそうにはない。もっとも、ノアの父は尊敬される教師でありながらゲイリーと親友だった。きっと児童へのおぞましい陵辱行為を撮影しあって、裏切らない保障にしていたのだろう。もしくは単に、行為を反芻して楽しむためか。

『見ーつけた』カリオペが勝ち誇った声を上げた。『パトリック・オハラ神父……マジか、トーマス、こいつ元校長だってよ』

「さもありなん」オーガストが述べた。「この種の男は、どうしたわけか常に人の上に立つ」

「そして周囲からは『尊敬すべき立派な社会の一員』と評される」アティカスが重ねる。

「被害者はそうは言わないさ」ノアは苦々しく呟いた。

『今の誰？』カリオペだ。『知らない声だね』

　エイサがけけっと笑った。「ノアだよ。バットケイブにお客様がおいでさ」

「そうなんだよ。こういうのアリになったらしいや」とアヴィ。

『やあやあ、ノア！』

ボロいトレーラー住まいの冴えないノアではなくセレブにでも会ったかのように、カリオペが叫んだ。

「ど、どうも」ノアの顔が上気する。

「ノアは素晴らしい進言をくれた」トーマスが言った。

そうだったっけ？　覚えがないが、そうなら喜ばしい。トーマスは会議室のテーブルに腰を預けていた。双子のそばだ。

「カリオペ、オハラが被告になった訴訟がないか調べてくれ。非開示の可能性が高い。教会というのはこの手の問題をひた隠しして、金で処理する癖があるからな。何も見つからなければ、ホルトのいた学校及び、オハラが所属していた学校に対しての訴訟記録を」

またもや全員で、カリオペの猛烈なタイピングに聞き入る。

『オハラに関しては特に何も。ただし、その市の大司教区に対する訴訟が一つある。記録は封印済み。でも原告が成人なんだよね、子供じゃなくて』

「名前はわかるか？」トーマスが聞く。

『ジョサイア・スミスフィールド』

「彼についてはどこまでわかる？」

『二十歳、高校中退、麻薬で二回、窃盗で一回の逮捕歴。リハビリ施設に二度入所。キタ！』叫ぶ。『ジョサイアの入ったリハビリ施設さあ、このセント・アンソニー、ホルトの学校と同じ教会が運営してる。そんでソーシャルワーカーがどこのどいつだと思う？　オハラさ。児童心理学の博士号と教育の学士を持ってるんだ。このクズ野郎、何十年もかけて、無防備な子供たちの人生に入りこみやがったんだよ』

カリオペの声は震えていた。

よくわかる。ノアも体の内側がぶるぶると震えていた。小さな子供たちを食い物にすることに人生を費やすなんてどんな怪物だ？　それを撮影して仲間と見せ合うような怪物か。

ノアは汗ばむ手をジーンズの太腿で拭いた。「だけど、この原告は……パターンに当てはまらない。この手の連中は――いわゆる〝偏向型〟の犯人だよね？　なのに、成人相手にオハラが何をほしがる？」

『その指摘いただき』カリオペが言って、またキーボードを鳴らした。『ノアに金星一個あげちゃう！　このジョサイアはどうやら一九九七年にセイクレッド・ハート校でオハラと出会ってる。オハラは教区の司祭で、ジョサイアの親からの献金記録が八十年代までさかのぼれる。そんでオハラに目をつけられたのかも。大人になってリハビリ施設でオハラの名前を見て、ノアみたいに昔の記憶を取り戻したとか？　それで何もせずにはいられなかった？』

「そいつから話を聞けないか？」アダムが聞いた。

さらにタイピング、そして失望の音。

『駄目だね。三年前に死んでる。記録では、首吊り自殺』

ノアの胃がキリキリとよじれ、今日初めてのパニックの泡がはじけて、逆流する吐き気を抑えきれなかった。ギリギリでゴミ箱にとびついて、朝食を戻す。すぐさまアダムがそばについて背中をさすった。落ちつくまで何時間もかかった気がしたが、きっとほんの何分かだろう。

やっと嘔吐《えず》きが止まると、横にアダムが座り、足をV字型に投げ出した。ノアは立つ気力もなく、アダムの広げた脚の間に座って、抱擁に包まれる。

誰も時間を無駄にせず、ホワイトボードへ向き直った。

「そのまま探してくれ。彼だけではないだろう」トーマスが告げる。

「考えがあります」ノアは手の甲で口元を拭った。全員が目を向けて待つ。「連中のターゲット層になる幼い子供たちは——ショックな記憶を押し込める傾向があるよね？　何週間か前、記憶が戻りはじめた時に読んだんだ。幼児期にトラウマ体験がある児童は、その悪影響で、後年に薬物濫用や怒りの暴発といった問題行動を取ることが多い。なら対象年齢層に対して、ジョサイアのように、刑務所とリハビリ施設のクロス検索をしてみたら？　その全員が被害者ではないだろうけれど、ある程度は絞りこめる。ぼくよりよく覚えてる人が、そこにいるかも」

『検索はできるけど、名前一個の検索より時間は食うよ』

「その青年は本当に自殺としていいのだろうか」いきなりアティカスが発した。

トーマスがそちらを向いて眉をひそめる。

「つまり」

「ホルトの罪は児童レイプにとどまらない。あの男は殺しもしていた。餌食《えじき》にした子供を殺していた。全員ではないが、かなりの数を。それがホルトだけではなかったなら？　この連中が、口封じに子供たちを始末していたとしたら。沈黙を拒否した子供や、ジョサイアのように後から思い出した者たちを」

トーマスは苦しげな顔になった。

「カリオペ、わかっただろう。行方不明や不審死の子供を、検索条件に足してくれ」

アーチャーがゴホンと咳払いをした。「ついでに小児性愛犯の登録とオハラの関係者のクロス検索もするといいな。被害児童の中には、加害者になるヤツもいるだろ」

ノアの内側が濁って凝結する。自分が傷つけられたのと同じことを、ほかの子供にしたいなんて、とても思えない。だがあの男たちにされたことは、ノアを変えた。記憶の戻らない頃でさえ、それに引きずられていた。巨大な穴が心に空き、決して満たせず、ドラッグでも酒でも乱暴なセックスでも埋められなかった。ずっと自分など無価値だと……薄汚いと思って生きてきた。魂に、自分にしか見えない汚れがへばり付いているように。

それでもトーマスの言葉とおりだ。衝動を抑えきれない人間は、社会への脅威となる。被害者から加害者への一線を越えてしまえば、その怪物がかつていかに哀れな子供だったとしても、同情より人々の安全が優先だ。そうでなければ。そこを許せば、連鎖が続いてしまう。

「何かわかったらすぐに知らせてくれ。たのんだ、カリオペ」トーマスが言った。

『アイアイサー、船長』

カリオペが返して、通話が切れた。

皆は出口に向かいはじめたが、トーマスはノアに近づき、床から立たせようと手を差しのべた。ノアはその手をつかみ、手のひらの硬さに気付く。博士がどうしてこんな荒れた手を？

アダムは自力で立つと、ノアの肩ごしに顔をつき出した。

「お前は兄たちと行きなさい。私はノアと二人で話したい」

「何で」

アダムが警戒と疑心をにじませる。

ノアも同じ感情と、それ以上の思いも感じていた。アダムや兄たちをまとめてもかなわないほど、トーマスが怖い。サイコパスを育てて訓練した男ほど恐ろしいものなどないだろう。まるでライオンの調教師を前にしているようだ。気が狂っているのか、それとも己の能力に不可侵の自信があるのか、それがわからない。一体どちらのほうが怖いだろう。

「それはだな、ノアがこの家の一員になるのであれば、何を覚悟するべきか教えておきたいからだ」

「どうして俺が一緒じゃ駄目なのかわかんないし」とアダムが拗ねた。

トーマスが首を振る。「ふくれ面をするんじゃない、アダム」ノアへと続けた。「プールサイドで話さないか？　気持ちのいい天気だ」

心臓が靴のあたりまで急降下したが、ノアはただうなずいた。

二人きりになると、トーマスはノアへ目を向けてうっすらとした笑みを浮かべた。

「私が怖いかね」

「怖いです」

ノアは正直に白状する。

トーマスが小首をかしげた。

「だが息子たちのことは怖くない?」

「ええ」

「興味深いね。どうしてだ?」

たずねながら、トーマスはノアに座るようプールサイドのテーブルを示した。

「彼らは、あなたの許可なしには何もしないから。ぼくに何かするなら、あなたの命令の上でだ。だからあなたが一番怖い」

トーマスがクスッと笑う。「きみは賢いね。いいことだ」

インフィニティ・プールの青い水へ彼が目を向けたので、ノアも真似して、あふれてどこかへ消失する水を眺めた。

「息子がきみを愛することはない。きみはそれを理解しているね」

質問ではなかったが、ノアは質問として応じた。胃に穴が開きそうだ。

「ええ、知ってます」

「どうして自分を愛せない相手と一緒にいたいと思うのか、私に教えてくれないか？　財産目当てでないのはわかっている。きみたち二人を観察させてもらった。きみは、息子に心からの愛情を抱いている。だから聞きたい。きみがあの子から得られるものとは何だ？」

その口調には一切のとげがなく、純粋な好奇心にあふれていた。まるでノアを新たな研究対象に加えたように。

ノアは溜息をついた。あらゆる言葉を尽くしても足りないくらい、複雑なことだ。説明可能な部分だけを語るしかないだろう。

「アダムはぼくを守ってくれる。世話を焼いてくれる。ぼくのためなら人を殺すし、自分の命も賭けるでしょう。アダムは、ぼくを見ている。これまでぼくのことをまともに見た人なんか誰もいなかった」

トーマスはうなずき、ノアの言葉をじっくり噛みしめているようだった。

「きみの世話を焼く、と言ったが。昨日私に電話をかけてきた後、あいつはどうしたんだ？　きみはセラピストと話をするべきだと勧めたら、アダムは私に怒り狂っていたが――話はそれるが、きみはそうするべきだよ。だが、昨夜はどうなった？」

ノアはつい笑顔になっていた。

「アダムは、ウォッカのボトルをかかえてべろべろになったぼくを見つけると、下の階につれてって、ブランケットでぐるぐる巻きにして、ずっと抱きかかえてくれたんです。一緒にカートゥーンアニメを見て、ピザを食べて、酔っ払った」

トーマスが驚きの音をこぼした。

「あの子が、独力で？」

ノアは首を振る。「いいえ。カリオペに何をすればいいか聞いて。でも、誰かに聞くほど真剣になってくれたのはすごいことだと思う。そうじゃないです？」

「ああ、そう思うよ。きみは大人だな、ノア。私はきみにも息子にも、別れろというつもりはない。一言でも言おうものならあの子は暴発してしまうだろうしね。だが、この一家に加わるというのは、単に家の秘密を明かさないというだけでなく、それを隠蔽する側に加わるということだ。嘘発見器も騙すほど堂々と嘘をつけるようにならなくてはならない。自衛の訓練も必要になる。射撃、格闘、その手のものだ。きみが心配でアダムが集中できなくては困る。素早い決断や行動力が求められるし、決して、何があろうとためらいは許されない。この家では、誰もが己の責任を果たす」

「わかってます」

ノアは重々しく宣言した。実のところ心の中では、自衛の訓練を受けられると聞いてかなり浮かれている。アダムと離れていても安全だと思えるようになれたら、とてもうれしい。

「アダムは、いつかぼくに飽きると思います？」

ノアは唐突に、言葉を少し喉に詰まらせながら聞いていた。サイコパスたちの世界で自分の重要さを信じて疑わないトーマスの、異様な自信を分けてほしいくらいだ。

「思わないね。むしろ逆だな。きみもいずれ、息子の執着は子供が子猫に抱くようなものだと知るだろう。子供は大喜びして子猫に夢中になり、可愛がろうと必死になるが、どれほど脆い存在なのかよく理解できてない。アダムの執着によってきみが潰されずにすむよう願うよ。はっきり言うが、そんなことになったらあの子が立ち直れる気がしない」

ノアは考えこんだ。

「アダムがどんなふうに感じているのか、ぼくにはよくわからない。ぼくを愛せないのは知ってます。あなたも言った。でもぼくだって、愛がどんなものか知らない。いつもそばにいたいと思うこと？　守りたいと思うこと？　大事にすること？　優しくすること？　アダムとぼくはお互い……何をしてほしいとか、言葉にして伝えてる。ぼくらのどっちも自然にそういうことができないから、言葉で言うしかなくて。でもこれって、愛とどこか違いますか？　これまで愛されたことがないから、本当にわからないんだ」

「息子がきみに夢中になったわけだ」トーマスが呟いて、景色に視線を戻した。「そして正直に言うならば、私も愛がどんなものなのかわからない。当たり前だが」

「どうしてです？」

トーマスの強いまなざしがノアをその場に貫きとめる。

「秘密を教えようか？　息子たちも知らないことだ」

ノアはうなずいた。胸が苦しい。

「私も、誰からも愛されたことがないんだよ」

19
Adam

アダムのロフトに戻ると、ノアはすぐ歯を磨きにバスルームへ向かい、アダムのほうは財布とキーをテーブルに放ってから、細く開いたバスルームのドアを凝視した。ノアのために自分に何ができるのかはわからない。ノアのストレスが日ごとに増しているようだが、その原因はアダム自身だ。

戻る車中で、父と何を話したのか徹底的にノアを問いただした。ノアはすべてにすらすらと答えたが、行きよりも沈んで見えた。アダムは帰る寸前、父親に引き留められて、ノアから目を離すなと、今日は大変な日だったから気持ちに気をつけてやれとも言われている。

バスルームから出て中の電気を消したノアが、アダムへ近づき、腕をアダムの首に絡めた。アダムも抱き返しながら、腰に両足を巻き付けて首筋に顔をうずめてきたノアに驚いていた。手を下げてノアの尻を包み、かかえ直して、奥へ運ぶ。

「これは何をしてるところだ？　俺たちは一体何をしてる？」

ノアがアダムの首に鼻を擦り付ける。「きみはぼくをベッドに運んでいくんだよ」

「ベッド。いいねえ」からかいながら、アダムは階段へ向かう。「で、そこで何をするんだ？」

「まったりエッチ」と言ってノアがアダムの顎をキスでたどる。

「何だって？」

笑いながら聞き返し、アダムはノアに抱きつかれたまま、のたのたと段を上った。

「ぼくの中に入ってきてほしいけど、乱暴なのはイヤ。気分じゃないから。とろとろにして。正常位で、たっぷり見つめ合って、いちゃいちゃして。ロマンティックにヤッて」

一連の説明にアダムはふふんと笑ったが、ノアがほしがるなら何だって与えてやりたい。上まで行くとノアを立たせ、唇を求めながら互いの服を脱がせた。ノアに荒っぽくするのも好きだが、それはノアの求めるものを与えて、跡形もなくなっていく彼を見るのが楽しいからだ。だがノアがゆっくりがいいのなら、そうしてやれるし、この肉体に沈みこむ想像だけでもう半分勃《た》っている。

二人とも全裸になると、ノアをベッドに横たえ、アダムもそれを追って覆いかぶさり、またゆっくりと、深く、とことんまでキスをした。ノアとのキスに捕らわれていく——柔らかな唇、ちろりとしのび出しては戻っていく舌、喘ぐ息遣い。

いつしか合わせた体をゆっくり揺すっていて、互いのペニスが擦れ合う刺激が背骨でパチパチとはじける。こんなにセックスを楽しめるのはノアとだけだ。アダムにとってセックスは常に一つの手段であり、自慰よりも手間のかかるオーガズムでしかなかった。

だが、ノアのすべてがたまらない。アダムに合わせてくねらせる腰とか。距離を詰めたいと尻をつかむ手とか。体を重ねながら早まっていく息遣いとか、アダムが焦らすと不満げにこぼれる息とか。

アダムはキスを打ち切る。

「まったりがいいんだろ。だからそうしてる」

「まったりはね、のろのろとは違う」とノアに文句を言われる。

アダムはクスッと笑い、髪をつかんでぐっとノアの首をそらせ、首元から肩までをさらけ出させた。

「どうしてほしい、ベイビー?」

「口でして」

「それならまかせろ」そう約束する。アダムはノアの体をずり下がると、乳首を片方ずつ舐めて、優しく歯で引っ張った。「ここか?」

「もっと下」

　ノアが喘ぐようにこぼす。

　アダムは微笑し、脇腹に噛み付くと、ノアが爆笑して身をよじりながら逃げた。くすぐったがり。いいことを知った。

「ここでもないか？」

「うん、ハズレ。でも近くなった」

　ほてってしずくをこぼすノアの屹立をやりすごして、アダムは脚の付け根のくぼみに頬ずりし、陰毛でくすぐったい思いをしたが、ノアの不満げな呻きで報われる。逆も同じように愛撫した。

「違ったか、ベイビー？」

「焦らすなって」

　ノアの膝をぐいと肩あたりまで押し上げ、親指を使って入り口を広げ、舌を這わせる。ノアは長く低い呻きを上げて、アダムの髪を両手でつかみ、自分の中心へ強く引き寄せた。

「ああっ、ヤバい、そこもっと」

　望みをかなえてやる。飢えたようになめしゃぶり、ノアの叫びを貪る。アダムは顔を上げてローションを探した。チューブがコツンと額にぶつかる。

「ほら。さっさと続きをする」とノアが要求した。

「イエス・サー」とアダムは笑った。

指を濡らし、屹立に口をかぶせて、二本の指をノアの奥に差し入れる。誘うように吸い付く中の熱さに陶然となった。またもノアがアダムの髪をつかみ、しゃぶられながらアダムの下で身をよじっている。気持ちよくさせつつ、イカせるほどではない口淫。ノアをイかせるのは、貫きながらだ。

「もう準備は十分、こっち来て」

ノアが命じ、アダムの肩にぐっとくいこませた踵でさらにせかす。

這い上がっていくと、アダムはノアと額を合わせた。

「俺に手綱を握られてないと随分エラそうだな？」

言いざま、ひと突きで己をノアの中に沈める。

不意打ちにノアが上げた悲鳴は、中をかき回されると、呻きに変わった。

「これがほしかったのか？」ノアの唇をキスで貪り、もぎ離して言葉を重ねる。「たまらなく気持ちいいよ、お前の中は。今日ずっとお前に突っこみたくて仕方がなかった。二階につれこんで、俺が育った部屋の壁に押し付けてお前をファックし、家族全員一階にいる家で、お前の中にぶちこんでやりたかった。これってロマンティックか？」と呟く。

ノアはアダムの腰に両腕を回し、鈍い爪を背中に立てた。

「わかんない。でも、燃える」と宣言する。

興奮をかき立てられたのはアダムもだった。ノアの熱い締め付けは麻薬のようで、飢えが治まらない。膝をマットレスにくいこませて、それを支えに突き上げると、ノアの喘ぎの音量がはね上がる。

「これが好きかベイビー？　奥を突かれると気持ちいいか？」

「すごく、いい。もっと」

「聞かせろよ。わかってるだろ」唸りながらアダムはノアの耳たぶに噛みつく。

「お願いアダム、もっとして。これじゃ足りない。もっと激しく突いて、何度もして。イカせて」

ちっ、ノアがまだ正気を保っているのが気に入らない。アダムは手をついて、二人の間に空間を作った。

「自分でしごけ」

命じて見下ろし、ノアの中に出入りする己の肉棒と、それにリズムを合わせてしごくノアの手を見る。

「いいぞ、それでいい、ベイビー。もっとよがれよ。ああ、自分でするお前、最高にそそる」

首をのけぞらせたノアが唇を半開きにして、手を早めた。絶頂が近そうだ。アダムの限界を突き崩すあれが、もうすぐ来る。

「ほらベイビー、もっとできるだろ？　俺のモノが中でビクビクしてお前に種付けするのを感じたいだろ?」

「ああっ、それ、それして。おねがいアダムおねがい、中でイッて、感じさせて。ああっもうイキそう、きもちいい……」

来た、これだ。うわ言のような言葉。中毒みたいにこれが聞きたい。

「お前は誰のものだ?」

「アダムの」ノアが断言して、パチッと開いた目でアダムを見つめた。「きみだけの。いつまでも。ずっとだよ」

不意打ちのオーガズムにいきなり襲われて、アダムは乱れたリズムで突きながら達し、ノアの奥深くに熱を注ぎこんだ。

幸いノアもほとんど遅れず、二回突きこまれると喘ぎながら二人の間で達し、次の瞬間、その上からアダムが倒れこんだ。

「これは〝まったりエッチ〟でいいのか?」

やっとまともに頭が動き出すと、アダムは聞いた。

「わかんない。でも、すごく盛り上がった」と笑って、ノアがふううと息を吸いこんだ。「もう二度と動きたくないよ。郵便は転送してもらっていい? ぼくはこのベッドに住むから」

アダムを震えが貫く。奇妙な感覚に包まれていた——不思議なぬくもり。

「お前はとっくにここに住んでる。わかってるよな? いいだろ? ここがお前の家だ。トレーラーからお前の持ち物を運んでこよう」

言いながら起き上がろうとする。

ノアがクスクス笑って引き戻した。

「荷造りに走る前に、精液が乾くまで待ちなよ。ぼくはどこにも行かないから」

「今はそう言ってるけどな……」とアダムは凄む。

ノアが去っていくかもと思うだけで、息が奪われる。たしかに知り合って間もないが、アダムの一部がノアの何かを嗅ぎとっているのだ。DNAに刻印された何か。魂の片割れ《ソウルメイト》などアダムは信じていないが（自分に魂があるとは思えないし）、ノアは彼にとってのソウルメイトだ。

「いつまでも言ってあげるから」

ノアがそう約束し、不思議と心地いい手つきでアダムの髪に指を通す。

子供の頃のアダムは愛情を受けたことがない。与えられもしなかったし、必要ともしなかったが、なで回すノアの手が今はとても好きだ。まるで、アダムにふれることで自分を安らがせているような手。

「お前をラジエーターに縛り付けておけたらもっと楽なんだよな」

「ぼくの知る中で、犯罪行為をロマンティックに語れるのはきみだけだよ」ノアがニコッとした。「それと前も言ったけど、ラジエーター持ってないだろ？」

アダムはノアが呻くくらいの勢いで上から倒れこんだ。「ささいなことだ」

数分して、ノアがたずねた。

「今日はこれからどうしたい？」

「どうだろ。デートでも行くか？」デートなんて概念はアダムにとって上級微積分と同じくらい縁のないものだが。「カップルってそういうことするんだろ」

「それって、映画に行くとかそういうやつ？　ポップコーンを買って、手をつないだり……？」

アダムに劣らず、ノアにとっても未知の概念のような口ぶりだった。

「映画に行ってもいいぞ」アダムはノアの胸の中央で手を重ね、顎をのせた。「でも明かりが消えたらまたお前をヤリたくなっちゃうかもな」

ノアの顔に邪悪と言えそうなくらいの笑みが広がる。「ポップコーンを奢ってくれるなら、後ろの列でしごいてあげるよ」

デートというシロモノも悪くはなさそうだ。

「よし、決まりだ」


翌日、アダムとノアは正午に目を覚ました。映画館デートは楽しかった。二人して映画の内容はさっぱりだが、人のいる映画館でゆっくりと相手をしごくというのは、お互い初めてその楽しさに目覚めた性癖で、次のデートでも追求する気満々だった。

パジャマのズボンを腰に浅く引っかけた格好のアダムはカウンターに寄りかかり、半分寝ているノアがチェリオを口に運ぶところを眺めた。砂糖をかけずにシリアルを食えるなんて、まだ信じられない。ハニーナッツのチェリオですらないプレーンのやつをだ。変わっている。砂糖なしでどうやって生きていける？

アダムは、コーヒーだと言い張れるギリギリ少量のエスプレッソが入った、キャラメル風味のクリーマと砂糖の混合物を口に運んだ。彼の生命維持には砂糖が必要だ。

その時、二人の間のカウンターで携帯電話が震え出して、どちらもぎょっとした。ノアが顔を近づけて相手を確かめ、名前を見てほっと息をついた。

「カリオペから」

「出てくれ」とアダム。

ノアはスワイプで通話に出て、スピーカーにした。「どうも、カリオペ」

『ハァイ、ノア』

普通の挨拶にすら、この上なくゾクゾクしているようなカリオペの反応だった。

アダム相手にこんな態度は取ったこともない。ノアはみんなのお気に入りになったようだ。当人にその気もないまま、アダムの人生に関わる全員をすっかり魅了してしまった。アダムは微笑し、オレンジジュースを飲みながら、ノアに話をまかせた。

「どうしたの？　何かわかった？」

聞きながらノアがシリアルを一口食べ、ポリポリと音を立てる。

『神父のことでもあなたのお父さんのことでもないんだけどさ、けど……どうやら、あんたたちがゲイリーのとこから持ち出した鍵の正体がわかったと思う』

ノアが驚いた目でさっとアダムを見てから、電話に戻った。「本当？」

『ん、かなり深くふかーく掘り返さなきゃならなかったけどね。十年分ぐらいさ。こんだけ時間を食ったのは、どうもその鍵がゲイリーのものじゃないからだね。多分、あなたのお父さんのだよ』

「父さんの？」

『そ。トーマスに言われたように関係者全員を複合検索してたら、お父さんの遺言書が見つかったの』

「父さんの遺言書？」

ノアはわけがわからない様子で聞き返した。

カリオペが間を置く。

『……そう。でも彼はすべてをゲイリーに残した……あなたを含めて』

「え？」

『あなたの後見人にゲイリーを指名してたの。ただゲイリーは前科もあって、あと……生活態度のせいで、子供を引き取るには適格じゃないと裁定された。それで、あなたは養護システムに組みこまれて里子になったってわけ』

　話を呑みこもうと苦労しているノアを、アダムはじっと見つめた。

「なあ、養護システムがろくでもないのは俺も知ってるけどさ、もしゲイリーが後見人になってたら、あいつは誰にも守られてない十歳児で一儲けを企んだと思うぞ」

　ノアがうなずいて、咳払いをした。「じゃあ、その鍵の中身も、今はゲイリーが持ってるってこと？」

『それが違うの。この鍵は、シュア・ロック・ストレージって会社の小さな貸し倉庫スペースの鍵でね』

「貸し倉庫の中身なんかとっくに期限切れで競売行きじゃない？」

『普通そう思うよね？　でもそうじゃない。この遺書には、わずかな持ち物と息子をゲイリーに譲るって項目以外にも、謎の但し書きがあってね。自分の保険金の一部でこの貸倉庫の料金を払いつづけること、鍵はゲイリーが保管すること、もしゲイリーが死んだら貸し倉庫の中身は警察に引き渡すことだって』

　どうやらノアの父親はゲイリーにぞっこんだったらしい。あの二人、一体何なんだ。愛し合ってでもいたのか？

「その倉庫の住所を俺に送ってくれるか？」

カリオペの溜息。

『もう送ってある。でも用心してね、携帯のGPSによれば、ゲイリーは昨日あの山小屋に行ってるけど、二十分しか滞在してない。何か怪しみ出してるかもよ』

「俺はいつも用心深いよ」

アダムはそう軽口を叩いたが、そう言いきれないのはお互い承知だ。通話が切れると、彼はノアを見つめた。

「ドライブ気分か？」

ノアがうなずく。「うん。当然。行こう」

携帯を確認すると、たしかにカリオペから住所が送られていたが、それだけではなかった。〈極秘〉マーク付きのメールが来ている。開くと、DNA鑑定結果へのリンクがあった。ノアのDNA鑑定結果、それとユーザーネームとパスワード。

アダムはノアへ視線をとばした。「着替えてきてくれ。俺は父さんにメールするから」

ノアは眉を寄せたが、うなずいた。

寝室から、ノアが借用する服を探し回る音が聞こえるまで、アダムは待った。ノアの私物を引き取ってこなくては。貸し倉庫の帰り道に寄るか。

階段へもう一度視線をくれてから、ダイニングのテーブルに置き去りだったノートパソコンを開いた。さわるのは何週間かぶりだ。携帯で済ませるほうが楽なのだ。

もらった文字列を打ちこむと、ノアの遺伝子情報と先祖の割合がパーセンテージで表示され、並んだボタンを押すと、データベース内で該当する血縁者が表示された。三人いる。全員女性だ。この三人は姉妹で、どうやらノアの母方のいとこのようだ。

メキシコシティ在住。

ノアには家族がいる。外国に。

アダムは喉の詰まりを飲みこんだ。もしノアが彼を置いていったら、いると知らなかった家族のところへ行くことに決めたら、どうしよう？　こうしてデータベースに情報が登録された以上、誰でも照会できる。いきなりノアに連絡が来て、新しく見つかった家族の存在を知るかもしれない。

くそ。その情報を閉じ、カリオペのメールに戻った。


特急でノアのＤＮＡ鑑定をさせたよ。料金はあんたのクレカにつけたけどいいよね。結果から、ジョセフィーナ・ヘルナンデスの名が出てきた。彼女にはフアナとベロニカという姉妹がいて、このフアナの息子が、二歳の時に行方不明になってる。ノアの母親はフアナだと見ていいだろう。彼女は現在テキサスのキリーンに住んでる。夫と三人の子供と一緒に。ノアには家族がいるよ。

テキサスは国内だし、メキシコシティよりははるかに近い。それでもノアを失うかもしれないという思いが、上に戻って着替えをするアダムにずしりとのしかかる。ノアに言わなくては。彼は知るべきだ。だが秘密にしておきたいという衝動もある。ノアの母親はもう過去を乗り越えた。新たな人生と新たな家族を得ている。なら、ノアはアダムのものだ。

ぼすんと、ベッドの端に座りこんだ。

ノアがくるりと向き直ってシャツを掲げた。

「ついでにぼくの服を取りに寄らないと。きみの服を着るとちびっ子に見えちゃう」反応を見せないアダムに眉を曇らせる。「どうかした？」

アダムはコホンと咳払いをした。「カリオペが、お前の父親について引っかかったことがあって。それを調べていた」

部屋を横切ってきたノアが、アダムの広げた膝の間に立った。

「それで？　これまでわかった以上にひどいことなんてないだろ？　ぼくの父親はレイプ魔で子供殺しだ。もっと悪いことなんかある？」

「あの男はお前の父親じゃなかった」

ノアが鋭く息を吸いこんだ。「えっ？」

「お前は二歳の時、メキシコシティで誘拐されたんだ。ホルトか、ホルトにお前を売るか渡すかした何者かによって。あの男はお前の父親じゃない」

ノアはアダムの前でがくりと膝をつくと、真っ青な顔で見上げた。

「そんなわけない」

「DNA鑑定の結果だ」

「は？　いつの間に」

「寝てる間に俺が抜いた髪を、カリオペが先祖探しのサイトに送って血縁がいないか調べた」

ノアがパチパチと勢いよくまばたきして、事態を呑みこもうとしていたが、苦しげな表情でたずねた。

「どうして言わなかったんだよ」

アダムは彼の顔を手で包んだ。「家族が見つからなかったり、母親から養子に出されたり売りとばされたのなら、知らないほうがいいと思った」

「そしたらずっと黙ってたわけ？」

非難の口調とまではいかないが、かなり近かった。

アダムは唾を飲む。

「そうだな、多分。知らなければ害にもならない。だがお前は親に手放されたり売られたわけじゃなかった。さらわれたんだ。お前には家族がいる。血縁。きょうだい。母親。もし連絡を取りたいなら、あっちの情報もある」

アダムの手の下でノアの顔は熱く、目はこぼれない涙で濡れていた。アダムの手を押しのけて立ち上がると、ノアは手の甲で目を拭った。

「ぼくが今やりたいのは、あの貸し倉庫の中を見に行くことだよ」

「俺に怒ってるか？」

どこかで自分はノアを裏切るようなことをしでかしたかと、迷いながらアダムはたずねた。

ノアが肩をすくめる。

「わかんない。自分の気持ちがよくわからないよ。良かれと思ってやったのはわかってるけど、でもきみに一方的に決める権利はないし、約束しただろ、ベッド以外ではぼくのことはぼくが決めていいって。きみも承知したよね？」

アダムは歩み寄ってノアを抱きしめた。腕の中で、ノアの体はこわばっていた。

「わかってる、お前の言うとおりだ。悪いと思ってると言いたいけど、思ってないんだ。お前をまた傷つける理由になりたくなかった。ああ、身勝手なバカをしたが、お前を守る最善の判断のつもりだったんだ。俺は必ず、お前を守るほうに動く」

腕の中でノアの力が抜けたが、抱き返してはこなかった。

「わかってるよ」

「俺と別れる気か？」たずねながら、思うだけでアダムの体の内側が凍りつく。

「は？　別れないよ。別れなくたって怒れるし。多分ぼくはこれから幾度となく怒ることになるだろうね、だってきみはこんなろくでもないことをしといて、それを後ろめたく思うことすらできないんだからさ」

「そのとおりだ」

アダムは認めて、頬をノアの頭頂部に押し当てた。

やっとノアの腕がアダムの体に回される。

「大事なことでぼくに嘘をついてはいけないよ、アダム。隠し事や悪気のない嘘は誰だってよくあることだけど、でもこういうことをぼくに隠すのは駄目だ。見くびられて軽く扱われてる気がするから」

アダムは一歩離れて、ノアの顎をすくい上げた。

「お前は俺にとってこの世でただひとつだけ、何よりも大事な存在だ。俺にとってこの世の中で意味があるのはお前だけだ。信じていると言ってくれ」

ノアは目を大きくしてアダムを見つめ、ごくりと唾を飲んだ。「本気で言ってる、ということは信じてるよ」

アダムはノアの額にキスをして、また引き寄せてきつく抱きしめた。

「それでいい、これから証明していく」

20

Noah

ウェイン・ホルトは彼の父親ではなかった。

貸し倉庫に向かいながら、ノアはそれを噛みしめていた。あの男のせいでとても口には出せない仕打ちを受けたし、父の――いやホルトだと上書きする――遺言どおりゲイリーに引き取られていたらもっと悲惨な目に遭わされていただろう。どれほどおぞましいことになっていたか、想像するだけで気が遠くなるのに、知った事実が思いもしないくらいに苦しい。

ホルトに何をされてもノアはそれに言い訳を見つけ、受けた傷や痛みを無視して、父から愛されていたと自分を言いくるめてきた。病的な衝動は抑えきれないものだから仕方ない、と。だがついに突きつけられた真実によれば、ホルトが大事だったのはゲイリーだけで、ノアのことなどどうでもよく、自分で虐待して他人にも好きにさせただけでなく、ゲイリーに引き渡してそれを続けるつもりだったのだ。二人にとって、ノアはただの消費物にすぎなかった。

そして今、直面する新たな事実……家族。どこかで奪われた子を怪物に売り渡された母。新たな国で新たな人生と子供を手に入れている母。自分が本当は何者かなんて、ノアは知らなかった。自分がメキシコ人かもなんて思ったこともなかった。母親がどこにいるか気にしたことすらなかった。子供の頃にはたずねたりしたのだろうか？　ホルトの適当な言い訳で、ほかの言葉もすべて真に受けたみたいに、あっさり言いくるめられたのだろうか。聞かされた答えは、ノアの暗い記憶を封じた奈落のどこかに滑り落ちて消えたのだろうか。

サイドミラーに映る自分を凝視した。ホルトにはこれっぽっちも似ていない。父親は、おとなしく温厚な教師の顔をかぶった肉食獣《けだもの》だった。いや父親などではない。くそう。ホルトの髪は薄らいだ金髪で、黒縁の厚いレンズに隠れた目は鋭い緑色だった。ノアはあの頃、学校にいるひょろっとした白人の子供たちと自分がよく似ていると感じ、自分は母似なのかと思ったりもした気がする。だがメキシコ人だったとは。選択科目でスペイン語を取ったことすらない。メキシコ系は黒髪で黒目だと思いこむほどのバイアスは持ち合わせていないが、テレビだとそんな感じだ。白い肌や、ノアのようなそばかす顔は映らない。

そんな思考を頭から振り払おうとした。どうでもいい話だ。自分の混沌の過去をほどくより、もっと切迫した問題がある。小さな子供をいたぶる連中がまだのさばっているのだ。放ってはおけない。何があろうとこの手で止めたい。

だが決意も虚しく、どうしても新たにつきつけられた現実に考えが戻っていく。どう転ぼうと、ノアはこれからの人生、世界のどこかに母がいるのだと、きょうだいがいるのだと、知りながら生きるのだ。彼らがノアを歓迎したいかはともかく。ノアが養子に出されたのなら黙っておくつもりだったと、アダムは言っていた。そうではなかったから話したのだと。

だとしても、母がノアを取り戻したいとは限らない。もう立ち直っているようだし。ノアはそんな遠い過去を掘り起こしたいのか？　母は再建した人生にノアが踏みこむことを望むだろうか？　母の家族がノアの存在など知らずにいたら？　もし母がひどい女だったら？　我慢できないような相手だったら？　ノアがされてきた仕打ちを知って、汚らしいと思われたら？

それに、アダムだ。アダムならいくらでも魅力的に振る舞ってみせるだろうし、それはもうこの目で見た。一瞬にして仮面をつけ、同じくらいあっという間に外してみせる。だが、アダムは誰かとノアをシェアすることはどう思うだろう？　ノア自身はシェアされたいのだろうか？　アダムとの歪みきった関係が紡ぎ上げた幻想の繭は、とても居心地がいいけれど。

「おい」

ノアはぎょっとしてアダムを見た。「えっ？」

アダムが小首をかしげて、細めた鋭い目でノアをじっくり観察した。

「大丈夫か」

うん、と言いたかった。うなずいて、にっこりして、アダムのようにふりをするのだ。だがノアはアダムにはなれない。ただのノアだ。

「ううん。全然、大丈夫じゃない。大丈夫じゃなさすぎて、戻り方もわかんないくらいだよ」

見ていると、アダムがその言葉を吟味し、己の中で消化しているのがわかる。心を持つ人間ならどう反応するのか分析するように。

するとアダムは手をのばし、ノアの手を取った。「俺はどうすればいい?」

ノアの目に涙が盛り上がった。

「そばにいてくれればいいよ。それでいい。母についてぼくがどうするか決めたら、それを尊重して。今はどうしたらいいのかわからないよ。こんなのたのんでもいないし、聞きたくもなかった。だって。ホルトが親じゃないなんて知りたくなかった。物みたいにゲイリーにぼくを渡すつもりだったなんて知りたくなかった。実の母がいることも、もうぼくのことを乗り越えているみたいなのも、知りたくなかった。ぼくのＤＮＡをかすめ取る前に聞いてくれてたら、嫌だって断ったかもしれないのに」

アダムの視線がさっと道へ戻り、またノアを見た。

「俺は言い訳をする気はない。お前に確認するべきだった。全部俺が悪い。だが、本当の自分が誰なのかわかるかもしれないと言われても断ったと、お前は本気で思うのか?」

ノアはその問いを深々と考えこんだが、答える前にアダムが続けていた。

「だってな、俺たちが何をしに行くところなのか見ろ。俺たちは今、かつてお前をレイプした男たちの情報を求めて貸し倉庫へ向かっているが、それは、連中がまだのうのうと同じことを続けているのをお前が放っておけないからだ。自分がボロボロになろうと、吐いて痙攣して心が壊れそうなほど恐ろしい記憶に苦しめられようが、つらい物事から逃げたりしない。それがお前だ」

頬を涙がつたったが、ノアはすぐにそれを拭った。

「過大評価だよ」

「お前が自分を過小評価してるだけだ。ガン首並べた殺人鬼どもが、みんなお前に感心したんだぞ。それどころか、うちの父さんにまで一目置かれた。どんだけありえないことか知らないだろ。父さんはお前が気に入ってる。それも本気でだ。人間嫌いの双子がお前のことはすげえと思ってる。理想の一家とはとても言えないウチだが、お前さえいいなら、俺たちはお前の家族だ。でもだからってお前に自分の家族に近づくなとは言わないよ。お前がそうしたいなら。別に今すぐ決めなくていい。時間制限はない」

「アダムはそれでいいの？　ぼくに家族がいても？　母親とか……きょうだいとか……」

長い時間、アダムは沈黙していた。

「もちろんだ、と言うべきなのはわかってる。普通の人間なら、お前が幸せならそれでいいと言うんだろう。俺だってお前に幸せでいてほしい。だが俺の中の勝手な部分が、お前を独り占めしたがってる。俺にも家族がいるし、たよりになる味方だが、根っこでは俺は常に孤立してる。俺の脳はそう見なしているんだ。とにかくお前に出会うまではずっとそうだった。俺にとっての守って戦うべき家族とは、お前のことだ。ほかの誰でもない。もしお前が家族に会いたいなら絶対に止めないし、彼らの前ではお前が望むような振る舞いをできるよう全力を尽くす。だが俺の独占欲は、いつだってお前の一番になりたがってる……一番で唯一に。きっとこれは変わらない」

「ぼくの一番はきみだよ。必ず、いつもきみを選ぶ。きみだってぼくの家族だ。それに、きみの家族といると安心できるんだよ。これまで感じたことがないくらい安全な気分になれる。ただ、母のことを知りたい気持ちもあって。ちょっと怖いけど」

アダムは車を貸し倉庫の前に停め、ギアをパーキングに入れた。

「今すぐ決めることはないだろ。とりあえず今は、お前の親父が遺言に書き残すほど大事なものの正体を見にいくかどうか、そのドアを開けるかどうかだけ、決めてくれ」

ノアは貸しスペースのドアをくいいるように見つめた。「ここまで来たんだし……」

「そうだな。ただ、俺だけでもできる。俺と兄貴たちに後を任せてくれてもいい。俺たちの手はとっくに血まみれだし、普通の人間なら耐えられないようなものも見てきた。いざとなれば、ペド連中の群れをすり潰すぐらい何でもない」

ノアの胃が重く沈んでいく。たのむ、と言うべきだ。苦しいところはアダムにやってもらえばいい。

だが、アダムの言うとおりなのかもしれない。ノアはそういう人間ではないのかもしれない。

「中を見にいこう」

例の鍵はあっさり回って、カチッと鳴った。シャッターがきしみながらアダムの手で上がり、その向こうには……二つの収納ボックスがあった。その二つだけだ。ガランとした、ほかに何もない空間に。

ノアは頰の内側をぎゅっと嚙んでから、たずねた。

「持っていく、それでもここで見てく？」

アダムの視線が何かをとらえたように隅へ動き、一瞬ノアは、誰かがそこに立っているような奇妙な感覚に襲われていた。

ゆっくりとそちらを見て、アダムの視線を上まで追うと、心臓が止まった。小さなカメラがあり、光が点滅している。

「どこかに接続されてるか、ただのハリボテか、どっちだろう？」

「もうどっちでも関係ないな。この箱の中身には見張るだけの価値があるということだ。一つ持って、車の後ろに載せてくれ」

「これからどうするの？」

「父さんの家に戻る」

秘密基地《バットケイブ》に戻ると、一気に安心できた。ここでは誰の手もノアに届かない。ゲイリーなんて絶対に。

だがもう以前の暮らしには戻れない。戻るつもりもなかったが、選択肢をつぶされたと思うと吐きそうだ。身バレしたスパイよろしく、最後まで戦うしか生き残る道はない。ゲイリーを殺さなくては。それ以外、ノアは安全でいられない。それでも駄目かもしれない。さっきの監視カメラ映像が誰に送られているのか――ゲイリーが最有力候補だが――わからない以上。

トーマスが合流し、オーガストとアティカスも加わった。双子とアーチャーの姿はない。残る兄弟の一人、エイデンについては謎だった。トーマスと七人兄弟の写真が家のあちこちに飾られているが、エイデンの姿は大学卒業の頃から見当たらない。

いかにも事情ありげだが、想像もつかない。新聞記事ではエイデンは疎遠になった息子とされており、ティーンになってから養子になったため大家族になじめていないという扱いだった。裏がありそうだが、ノアに首を突っこむつもりはない。成り行きに影響することでもないし。とりあえず、今は。

アダムとノアは会議室のテーブルの上であぐらをかいて、目の前には例のファイルボックス。トーマスやほかの兄たちは立っていた。トーマスのうなずきを受けて、それぞれ箱の蓋を取る。

ノアは眉を寄せた。中には、たくさんの写真が雑に入っていたが、予想していた場面のものではない。キャンプか何かの写真のようだ。バスケットボールやサッカーに興じる少年たち、桟橋で日光浴しているだけの写真もあった。誰もがほがらかな笑顔だ。日付のスタンプは一九八〇年七月。

そんな写真が何百枚とある。広げた中の一枚が、ふとノアの目を引いた。十人の水着姿の少年が湖を背に、互いに肩を組んでいる。うっすらとした既視感。

ノアは溜息をついた。「こっちはサマーキャンプの写真。そっちは？」

アダムのほうも劣らずとまどっていた。

「何だこれ。銀行口座の記録か？　小切手のコピーと。金の記録と、何かの訴状？」

トーマスがアダムの箱から取った一番上のファイルをアティカスに渡すと、アティカスは椅子に座って書類に目を通しはじめた。二冊目のファイルを渡されたオーガストは、目当てがあるようにパラパラめくり出す。

やがてノアは知りたくなった。

「何を探してるの？」

オーガストが眉をひそめる。「どういう意味だ」

「すごい勢いでめくってるから。何を探してるのかと」

「何も探していない。読んでいる」

読んでいる？　どうやって？　こんな速度で読めるなんて人間業じゃない。

トーマスがノアに微笑を向けた。

「息子は瞬間記憶能力の持ち主でね。一瞬見ただけでも読めるんだ」

その情報を、ノアは嚙みしめる。「わあ……」

オーガストは人に感心され慣れた様子でニヤリとしただけだが、アティカスのほうはうんざりと鼻を鳴らしていた。オーガストに才能が劣ると見られるのが嫌なようだ。兄弟ってこんなに負けず嫌いなものなのか、それとも殺し屋一家だけがこうなのか？

写真を置きかけた時、一枚が目に入った。ノアは細めた目で凝視する。とりわけ、中の一人を。この目。

「これ、父さ――ホルトだ。ホルトが写ってる」その写真をじっくり見て、さらに知った顔を見つける。「ゲイリーもいる」

「こいつらサマーキャンプで出会ったのか？」言いながら、アダムが写真を取って裏を見た。

「〈一九八〇年、ニュー・ホライズンで〉」

「サマーキャンプという響きではないな。薬物中毒のリハビリ施設のような名だ」とアティカスが手元から顔も上げずに呟く。

トーマスが例のブーメランのボタンを押し、カリオペにハローとさえずる隙も与えず言った。

「カリオペ、ニュー・ホライズンという名の共同生活プログラムを探している。一九八〇年前後に活動していた。ホルトとゲイリーの両名が参加している」

皆でカリオペの作業音を聞きながら、ノアは顔をしかめて写真を見つめ、またひっくり返して、はっとした。

「これ……神父？　オハラ神父じゃない？」

　アダムが、髪がふれ合うほど近くに顔をつき出す。写真は粒子が粗く、目当ての男は背後に控えて様子を見守っているだけだ。

「そのようだ」とアダムも断じ、その写真をトーマスへ渡した。

『オーケーイ、サマーキャンプじゃなかったよ』カリオペが割って入った。『でもわかった、青少年のための新たな地平線《ニュー・ホライズン》プログラムは、一九七四年に創設されて……今も活動中』

「プログラムの目的は？」とアティカス。

　さらにタイピングの音、そして、はあっという溜息。

『リハビリを目的とするプログラムで――』

「ほらな」アティカスが得意げにかぶせた。

『でも麻薬やアルコールじゃない。これは教会主催の、未成年の性犯罪者を受け入れる更生プログラムだ。刑務所のかわりにここに入るわけ。そいつらがこのキャンプにいたってことは、裁判でそう決められたからだよ』

「これまでの身辺調査で出てこなかったのは何故だね？」

『記録が封印、もしくは抹消されてると出ない』カリオペが答えた。『未成年者の犯罪記録は、その先の人生を守るためによく秘匿されるのさ』

「調べられるか？」とアダムが聞いた。

カリオペから鼻で笑われた。『あるとわかったからには、できるとも。でも五分じゃムリ。また連絡するよ』

別れの挨拶はなかったので、ノアは自分の箱に戻った。写真の下から出てきたのはアルバムで、表紙は淡いピンクと青のパッチワークのクマだ。手が震えた。全身の細胞すべてが、このアルバムをアダムに渡してしまえと叫んでいる。

かわりに、ページをめくったノアは、自分の写真と顔をつき合わせていた。

五歳にもなっていないだろう。あの山小屋にあったスポーツカー風のベッドに座っており、Tシャツと短パン姿だ。カメラを見上げた目は虚ろで、その中にある荒涼とした苦痛に、ノアはめまいがした。

写真の下に一言書かれていた。ぼくらの子。

手から落下したアルバムがテーブルにぶつかり、部屋中の注意を引いた。ノアが拾い上げるより先にアダムが奪って、さっとカバーを開くとペラペラめくり、目を通しながら顎をピクピクこわばらせていた。

「何の写真？」ノアはぼんやりした声で聞く。

「想像どおりのだ」

アダムは答えて、アルバムを父親に渡した。トーマスからそれをひったくりたい衝動を、ノアはこらえた。これ以上の辱めを？　ノアの悲劇を皆に見せないとならないのか？

トーマスは苦々しげにアルバムを開いて目を通した。アダムと同じように、だがもっと手早く。

「見せて」とノアは震える声を出した。

トーマスが悲しげな微笑を返す。「駄目だ。いいや。きみが見るものではない」

ありがたい気持ちもあったが、自分の最悪の場面を彼らだけが見て自分だけつまはじきにされるのにイラッとした。

「奴らの顔を見なくちゃ、誰なのか思い出せないよ」

トーマスが目をとじた。苦悶の顔だった。

「きみの顔しか写っていないんだ。お願いだ、立ち向かいたいのはわかるが、これを見てしまえば忘れる方法はない。今は……きみを守らせてくれ。こればかりは」

アダムが歯をむき出して両手を震わせた。恐怖ではなく怒りで。

「こいつら殺そう、父さん。全員殺そう。俺たちが怪しまれたってかまうもんかよ。誰も生かしちゃおかない。のたうち回らせて。ズタズタにして。粉砕して、痛めつけて殺す。一人残らずだ」

いつものノアはアダムの殺人的憤怒をなだめる側だが、今回ばかりは心地よかった。そう、単に為さねばならないことだ。一人残らず惨死するべきだし、アダムの怒りを削ぎたいなんて思わない。この目で見届けてやりたいだけで。

　皆で箱の中身を確かめる間も、トーマスはそのアルバムを手から離さなかった。また写真、さらにアルバム、ほかの子供たち。一冊目のアルバムはノアのものだったにしても、彼で終わりなどではなかった。どのアルバムにも吐き気を催すような可愛らしい表紙がついている。

　ノアはどれも見せてもらえなかった。見たくもなかった。自分が悲惨な目にあったことは自覚していても、別の子供が同じ目に遭わされたと知るのは別の痛みだ。

　ノアの足のすぐ前であのブーメランが鳴った。トーマスが手をのばしてボタンを押す。カリオペの深刻な声が部屋に響いた。

『映すよ』と彼女は告げた。

　ホワイトボードの横の壁でディスプレイが光り、十代前半の少年の写真が表示された。逮捕写真《マグショット》だ。

『ウェイン・ホルト、十三歳の時、近隣の六歳の少年を暴行した容疑で逮捕。裁判官が〝ただ一回の過ち〟で若者の人生に傷を残すのはいかがなものかと考えたため、少年鑑別所のかわりにニュー・ホライズンに送られた』

「随分と巨大な過ちだがな」アティカスが嫌悪感むき出しで吐き捨てる。

『それだけじゃないんだ。ポール・アンダーソンもコーナン・グリービーも、その夏、ここに送られていた。全員が、オハラ神父の監督下に置かれた。オハラはこのプログラムの指導者だった』

何枚もの写真が画面に並んでいく。全部で十枚、同年代の男たちで、ノアと暮らしていた頃のホルトくらいの歳だった。ノアの胃がよじれる。

『ノア、この中に知ってる顔はある？』

「あるよ」ノアは目をとじて深呼吸した。「1番、6番、7番、9番、10番」

『ラファエル・ヌメズ、ジャド・ドゥニガン、ジュリアン・キーズ、デイビッド・クレブス、フィル・アームストロング。全員が更生プログラムの参加者。全員、逮捕記録は抹消済。そして全員が、児童と密接に関わる職についてる』カリオペが告げた。『手持ちの彼らの情報を全部送るよ。でも、一味の主要人物はこれで見つけたと思うね』

「全員ではないな」オーガストが付け足した。「このリストには含まれていないが、何がしかの形で関与している人間の名を三人は見つけた。彼らは映像を売っている。VHSテープ、後にはDVDで。支払い情報やメールアドレス、IPアドレスの記録がここにある。海外も多いが大半はアメリカに居住している。予想以上に大規模な組織だが、現在わかる限りではきみが名を挙げた者たちが中心だな。仕切っているのはオハラ神父だ」

『そうだろうね。興味深いことに、ゲイリーやホルトの有罪を示すものは見当たらない。かろうじて、あの山小屋とのつながりだけ』

ノアは顔をしかめて、手がかりをつないでいく。「だから、これをゲイリーに託したんだ。

ホルトは、王国の鍵をゲイリーに託したんだよ。ゲイリーが死んだらすべて崩壊するように仕組んで。どうしてだろう？」

「わかるわけがない。この二者のいびつな絆など理解不能に尽きる。だが、この男どもを全員抹殺する材料としては、これで十分と考える。そうでは？」オーガストが父親に問いかけた。

トーマスがうなずく。「ああ。だが一人を殺せば、残りは一斉に隠れてしまう」

アダムがノアと視線を合わせ、優しく微笑みかけてから、兄たちのほうを見た。

「なら一度に潰そうぜ」

21
Adam

帰りの車内、ノアはずっと窓の外を眺めて、ラジオの曲を口ずさんでいたが、会話をする気はなさそうだった。

アダムが理解しつつあるのは、ノアには物事を消化する時間が必要だということだ。人生を蝕むおぞましさの根をしっかりと正視するために。

話そうとしなくとも、ノアはアダムの手を握り、指を絡め、手のひらを合わせて、アダムが何かやらかしたわけではないと伝えてくれていた。

エレベーターの中で、ノアはアダムに抱きつき、首筋に頭を預けた。前回トーマスの家に行った時のようにたちまち熱を帯びて、部屋に入るとアダムの胸元に手をかけ、シャツのボタンを外しにかかる。

「して。今すぐ」

これは命令だ。アダムは逆らわず、ノアの手にまかせたシャツは肩から落ちて床に溜まった。もうジーンズの下で股間が目覚めつつある。

「そうかい、ベイビー？　ちゃんと聞かせろよ」

ノアの目がさっとアダムの目を見て、ちろりと出た舌で下唇を舐めた。

「犯してほしい」

アダムは獰猛な笑みを浮かべ、ノアの喉首をつかむと、背が手すりにぶつかるまで後ずさりさせた。

「俺にヤられたいのはいつものことだろ？」身をかがめてノアの唇の合わせ目を舐めた。「この口を開けて、どんなふうにヤられたいのかちゃんと言ってくれ。お前の口から聞きたい」

顔を近づけ、顎に沿って舌を這わせる。

「ゆっくり、深くされたいか？　それともわけがわからなくなるぐらい無茶苦茶にしてやろうか？」

　ノアが呻いた。

「それがいい。激しく。荒っぽくして」

　喉元でアダムが唸る。「荒っぽくって、どの程度だ」

「痛くして」ノアが懇願した。

「危険なおねだりだ」アダムはノアの耳朶をくわえて囁いた。「俺のモノを喉に詰まらせて苦しむお前の声が好きだし、息ができずに必死に太腿に爪を立ててくるお前も好きだからな」

　しっかりとノアの首を指でとらえたまま、顔を離して眺める。

「しかも泣きわめくお前は、とんでもなく可愛い」

　瞳孔を大きくしたノアが、アダムの指の下でごくりと唾を呑んだ。

「いいよ、信用してるから。やって。座るたびに思い知るくらい、深く刻みつけて。まるで事件に遭ったように見えるくらいに、やって。アダム、お願い」

　ああ、ノアの唇から発される彼の名は、どんな愛撫よりも熱い。あらゆる面で、ノアはどこまでも完璧だ。しかも彼はアダムのものだ……あらゆる面で、どこまでも。たまらなくいい気分だ、アダムにどれほど荒っぽく扱われようと、ノアはいつも信じている――必ず守られると、必ず飢えを満たしてくれると。

優しくノアの頬に、鼻に、まぶたにキスをし、唇を重ね合わせてから、耳たぶにきつく歯を立てた。

かすれ声で囁く。

「もう一度言え」

「お願い……」

「俺の名前だ。呼べ」と命じた。

その名がノアの唇に、吐息のようにともる。まるでノアの人生におけるすべての疑問への、ただ一つの答えであるかのように。

それがアダムを狂乱に駆り立て、ノアを傷つけた連中に残忍きわまりない真似をしたくなる。人が口に出すのもはばかられるほどおぞましいことを。

「俺はお前のためなら世界だってズタズタにしてやる。わかってるな?」

ノアは優しくニコッとして、甘い声を出した。「知ってるよ、ベイビー」

その笑顔に、そしてノアの笑顔に滲み出す飢えに、アダムの股間がずくんと熱を持つ。

「でもね、今ズタズタにしてほしいのはただ一つ……ぼくだよ」

もうノアを離せない。決して。永遠に。手放すなんて不可能だ。今や確実だった。アダムはノアなしでは生きていけない。それに、決して表に出せない黒く爛れた己の暗部ではもう決まっているのだ、自分と離れてノアを生かすつもりもないと。

だが、そこがまた。ノアには離れるつもりがないのだ。細胞レベルでそれがわかる。ノアは安心感に満たされ、守られていると、愛されていると感じている。それがどれほど危険な愛であろうと。

アダムはノアの喉から手を引き、顎をつかんで、濡れた下唇をなぞった。

「この口に突っこんでほしいか？　根元までくわえこんでよくしゃぶったら、ここで尻をつき出させて挿れてやるぞ」

「うん」とノアがかぼそく息を切らした。

アダムは小首をかしげ、偽りの仮面を捨て去った。

「なら自分で出せ。見せてみろ」

ノアは迷いのない手つきですでに張り詰めたアダムの勃起をあらわにし、手のぬくもりで包む。だがすぐに跪かせはしない。アダムはノアの下顎を引き、開いた口で欲望まみれのキスをしてから、膝をつけと押しやった。ノアは足元に崩れ、その息がアダムの屹立の根元の毛を揺らすほどだったが、何もしようとしなかった。鼻先をアダムの睾丸と腰骨にかすめさせただけで、待っている。

アダムはその髪をつかみ、顔を上向かせて、平手で張った。ノアの睫毛が揺らめき、目元がやわらぐ。どこまでも完璧。

「もっと強く」とノアがねだった。

本気か、と確かめたりはしなかった。ノアだからだ。自分がほしいものをよくわかって、ためらわず求める。

さらに強く引っぱたいた。アダムの手のひらが響くほど鳴り、ノアの顔に手の痕のかけらを残す。

「ああ、お前はたまらないな。いつでも俺の前で膝をつきたがってる。尻をつき出したがってる」

ノアが「うん」と揺れる息をこぼした。

二本の指をその口に突きこみ、素直にしゃぶりだした姿にアダムの股間が激しくうずく。

「俺だけだ」とアダムは断言した。ノアの呻きがアダムの肌を震わせる。指を引き抜き、ノアの頭を股間に向かって導いた。「どれだけいい子になれるか見せてみろ」

ノアは一息に根元までくわえこみ、頭を上下させて深く呑むと、口が離れそうなほど頭を引いてから、また顔を沈めた。アダムの下腹部に鼻先がふれるまで。吸い上げときつい口の熱に、全身の肌がざわつく。ノアの髪をねじって頭を固定し、アダムはその口を犯しにかかった。ノアの体からとろけるように力が抜け、アダムに使われながら顎を脱力させている。喉の奥までねじこむと肉棒を包みこむ粘膜が凶暴に痙攣し、アダムは白目になった。最高の刺激。息を詰まらせたノアが、アダムの太腿をつたい上がる手で腰にしがみつく。それでも動くのは許されず、しまいにはパニックの叫びがアダムのペニスに伝わり、爪が肌に食いこんだ。

ついに腰を引くと、膝立ちでぐらついたノアが大きく喘ぐ。上気した頬に涙がこぼれ落ち、唇から顎へ唾がつたった。アダムはノアをつかんだまま、ペニスをなすりつけてそのベタつきを広げてから、手を貸して立たせた。

「そっちを向け」

ノアは、催眠状態のように言われるがままだ。アダムはそのジーンズとパンツを、ファスナーの引っ掛かりに苛立ちをこぼしつつ、引き下ろした。

「手すりをつかめ。いいと言うまで何が何でも離すなよ」ノアの返事がなかったので、痛みに息を呑むほどの強さでその尻を叩く。「聞こえたか？」

「うん」とノアが呻いた。

アダムは手のひらに唾を吐き、幾度か己のものをしごいて、濡れた指でノアの穴をなぞった。

「痛むぞ」

「最高」とノアの囁き。

「もう少し体を倒して、そう、尻をつき出せ。いい子だ、それでいい。じゃあ俺のために脚を広げてみせな」

ノアが言われるままに見せた姿は、アダムがそれだけで達しそうになるほど卑猥だった。ノアの腰を、あざが残るほどつかむ。

今回、きつく締め付けるノアの体の熱さに沈みこみながら、鬱血するほど強く唇を噛んで息をこぼしたのはアダムのほうだった。

「くッ……」

二回、突き入れる。痛みギリギリの、擦れる刺激。引き抜かれてノアがひゃんと呻いたが、アダムは膝をついて尻の間に顔を押し付け、穴を舐めて唾を吐きかけた上で、二本の指を中にねじりこんだ。それから立ち上がって、ふたたび突き入れる。

前触れなしの侵略に、ノアは息をつまらせたが、続けて呻き声が出た。アダムは荒々しく速い動きで彼を犯し、突き上げの勢いでノアは毎回つま先立ちになる。激しさを、痛みを、求めたのはノアだ。そしてアダムはノアの望みをかなえたい——ノアにとって時にこれだけが悪夢を消す方法なのだと知っている。

ノアはひと突きごとに呻き、指が白くなるほど鉄の手すりを握りしめていた。

このままじっくりなんて、ノアがそんなことを求めないよう願う。何しろきつく包むノアの熱が、すべての動きでアダムを限界へと追い立てていく。突きこみを一瞬止めて、自分のものにもっと唾をなすりつける時でさえ。

「もうイキそうだ。イッてほしいか？　お前の欲張りな穴をいっぱいにしてほしいか？」

細い声を上げたノアが答えなかったので、アダムが尻を引っぱたくと、痛みに喘いだ。

「俺が聞いてるんだ、答えろ」

ノアが呻く。

「うん、して、そうして、いっぱいにして、おねがい、感じさせて」

それだけで。アダムは腰をつかんで突き上げ、押し寄せる愉悦の波に砕けそうな膝を踏みしめながら、ノアの中に熱を注ぎこむ。しまいにぶるっと体が震えた。

引き抜き、ノアの体をぐるりと回して壁に背を押し付け、膝をついてノアのペニスをくわえた。ノアの脚の間に指を滑りこませて滴りを逆にたどり、どろりとした穴に指を二本ねじこむ。長い、低い呻きをノアが上げ、わけもわからぬ様子で腰を揺すってアダムの口を必死で犯した。

「ああっ、あ、イく――もうちょっと、あと、あとちょっと。強くして。もっと――」

アダムは三本の指でノアの中をかき回し、性感帯を狙ってさする。ノアの膝が崩れかかった。

「ああっ、もう、ああ……ああ、アダムそれそこそれもっと、そこイイ――」

そして、アダムの舌の上にノアのものが放たれる。苦味のあるそれを最後の一滴まで飲み干し、しつこく吸い上げていると、しまいにどんとつき放された。アダムはしゃがみこみ、ニヤッと見上げる。

「気分よくなったか?」

ノアが微笑して、床に座りこんだ。

「うん。すごくすっきりした。そっちは?」

アダムは上がった息で笑った。

「ああ、俺も……いい気分だ」


「大丈夫か？」

二人は埋め込み式のバスタブに浸かり、ノアはアダムの広げた膝の間でくつろぎながら濡れた頭をアダムの胸元に預けていた。頭をことんと倒し、アダムを見上げて眠たげに微笑む。

「うん。ちょっと疲れただけ。色々あったし」

「だな。殺しが楽だなんて言うのは、大量殺人を計画したことがないやつだけだよな」とアダムがからかった。

「どうやってやるの？」

そこがさっぱりだ。普段、アダムは計画を立てる側ではない。むしろ実行役だ。トーマスがきっと考えているだろう。一気に一晩で複数人を殺すとか。手間がかかりそうだ。そして言うまでもなく、リスクが高い。

本音では、ゲイリーにナイフをめりこませる時が待ちきれない。とはいえターゲットが複数となると、期待ほどお楽しみの時間は取れないかもしれないが、あの連中を細切れにできたら気も晴れる。

「やるのは難しくない。問題は隠蔽だな」

「だねえ。二十人も死んだら大がかりな捜査になるよね？」たずねたノアが、胴回りをアダムに洗われながら吐息をついた。

「捜査になるだろうな。俺たちは慣れてるけど」

「いつもは死体を処分して、それで終わり？　逮捕の心配はしない？」

アダムの泡だらけの指が水面下に潜ると、ノアがすぐに膝を開く。だが誘いではない。ノアはただの甘えたがりで、アダムは喜んでそれを甘やかす。

アダムはふうっと息をついた。

「用心はしてる。金持ちのボンボンが殺人鬼だとはまず疑われない。ほとんどの人間にとって、馬鹿げた考えですらある」

だがノアは正しい。摘発は、これまで一家の誰も本気で案じてこなかったものだが、ノアが現れた今、二度とあんなやらかしは許されないと痛感していた。ただそれを口に出す前に、バスタブの横でアダムの携帯電話が振動する。

カリオペからだったので、通話をスワイプし、スピーカーボタンを押した。

「何があった？」

たっぷりの沈黙の後、カリオペがたずねた。

『どうしてエコーがかかってんの？　バスルーム？　まさかトイレ中じゃないよねえ、アダム』

アダムは鼻で笑う。

「本当でも言うと思うか？」

『まー言わないか。でもバスルームみたいな響きだね』

「アダムとぼくは風呂に入ってるんだ」ノアが向きを変えると、水音が鳴った。

『あらぁ。どうも、ノア』

カリオペのキラキラした声は、ノア専用のとっておきだ。

「ぼくの余命があと六日みたいな声で挨拶するの、そろそろやめない？」

カリオペの声はきらめきを失わない。

『アダムについに恋人ができたのがうれしいだけよ』

アダムはふんと笑った。「恋人がいなかったのは俺の意志だからな？　相手なら選び放題だったんだ。ノアのお情けじゃない」

ノアがニヤニヤしてアダムの頰を撫でた。「そんなこと誰も思わないって、きみを見れば」

その首を傾けさせて、アダムは肌から水を吸い取り、それからキスをする。

カリオペがコホンと咳払いをした。

『パンツの紐は締めといて』

「パンツは穿いてないんだ」ノアがまた吐息混じりに返す。

『物の例えだから』

イラッとした声だった。アダムは薄目になる。

「わかったわかった、で、どうした」

『良くないことばっかり。あんたのお父さんを捕まえようとしたんだけど、今夜はほら、何だかの夜会の日でしょ。あの貸し倉庫であんたたちが見つけた書類を片っ端から調べてあいつらが何をやってるのか突き止めようとしてたんだけど、どうも中味が半端で、ノアのお父さんが──』しまったというふうに言葉を切った。『──ウェイン・ホルトが死んだ時点までの分しかない。ただ、小屋から持ち出したサーバーからは色々わかった。とても嫌なことがね』

「だろうな、予想の内だ」アダムは陰気に呟いた。

『下回るのさ』カリオペが返す。『いいからお聞き。動画をチェックして、一巡目は単に映ってる顔を分離して、連中の身元を特定する手がかりにならないか調べてたわけ』

先が続かなかったので、アダムは促しにかかった。

「この引きはドラマチックな演出か？　ならこっちはすっかり釘付けだぜ」

深く吸う息、それを長く吐き出す音。カリオペが心を落ちつけようとしているように。

『それで次は、被害者の身元を調べに見返してみたんだ。この子今どうしてるか確認が取れてないだろ？　我が家で無事かもしれないし、ほかのホルトの被害者のようにどこかに消えちゃったかもしれない。ね？』

アダムにもたれたノアがもぞもぞした。「で、どう？　つまり、その子が誰かわかった？」

『いいえ。ちゃんとは。動画をもいっぺん見て、あの男たちが画面に映りこむ前からよく確認してみたんだよ。失踪人データベースで照合に使える顔が取れないかと思ってね。とにかく、始めから。あの子がすみっこに座って、足の上でオモチャの車を走らせる間……』

またもや深呼吸。

『ゲイリーと誰かが、画面の外でしゃべってたんだ。会話が全部マイクに入ってた』

「何を聞いたの、カリオペ？」とノアが優しく聞く。

だから、ノアがカリオペのお気に入りなのかもしれない。アダムはこれまで一度も、被害者に感情移入する人間がどんな思いで関わっているのか、一顧だにしたことがなかった。ノアとカリオペは同じなのだ。二人とも、どれほど心が削られようとも、人間の最悪の部分に踏みこむ勇気を持っている。とりわけノアは。

『あいつら、オークションで、十個の参加枠を売ってたんだよ。一晩の』カリオペが言葉を押し出した。『あの子を売ってたんだ。買い手は仲間じゃないかもしれない。それとも全員がでかい組織のお仲間なのか。その仕組みも、あいつらがあの子をどうしたのかもわからないけど、どうやら自分たちの王国を、仲間内の愛好会より随分でっかく広げてたみたい』

がばっとノアが立ち上がったので、片側の縁からあふれた湯がタイルに流れた。

「いつあいつら殺しに行ける？」と吐き捨てる。

アダムはノアを追ってバスタブを出ると、彼をタオルに包んで自分のタオルもつかんだ。

「新しい情報は助かるが、こいつらのクズっぷりはわかってたろ。だから全員殺す。一人ずつでも、まとめてでも。奴らはもうじき地上から消え失せる。俺たちは警察じゃないからな、有罪だということさえわかりゃ証拠は必要ない」

『そこじゃないよ』カリオペが答えた。『こいつらは子供を売ってるんだ。児童を売買してる。まだ生きて、助けを求めてる被害者がどこかにいるのかも。今も虐待犯と一緒にいるのかも――ノアがそうだったようにさ。この子たちのことを、どうにかして突き止めなくちゃ。この子だけじゃなくて全員』

アダムはノアの様子を観察した。肌が幽霊のように青白く、目が虚ろで、整った顔が引きつっている。

「どんな手で突き止める?」

『あんたがクローンしてきたハードディスクのデータが、きっと鍵だ。ここに詰まってるのは子供のポルノだけじゃないって私の勘が言うんだよ。きっとゲイリーは記録を持ってる。オークションの様子も録画してたんじゃないかな。死んだホルトが記録を残したみたいに。身を守る保険として。ゲイリーの家でコピったハードディスク、調べてるけどクラックできないんだよ。要塞並みにおカタい。暗号鍵が要る』

「暗号鍵?」ノアがオウム返しにする。

『そ。文字列と数字の羅列で、めっちゃ複雑なパスワードみたいなやつよ』

「その暗号鍵があればハードディスクを解読して、被害者の身元を割り出せるんだな?」とアダム。

『手間はかかりそうだけどね。ハードディスクの断片だけだし。でも暗号鍵があれば足りるかも?』

「ゲイリーを拷問して暗号鍵を聞き出してこいってことか?」

たずね返すアダムの血がぐつぐつとたぎる。ノアを傷つけた男とちょっとの間二人きりになれそうだ。

『まさしくまさしく』

「ゲイリーの家から元のハードディスクを丸ごと持ってくれれば?」とノアが聞いた。

『それもいいけど、やっぱり解読には暗号鍵が必要よ』

「俺が手に入れてやるよ」アダムは保証する。

「もう持ってるよ」とノア。

「もう?」アダムは眉を寄せた。

数時間ぶりにノアが微笑んだ。

「ん。ゲイリーがどうしてあんなに必死にバックパックを探してたのか、多分わかった。大切なのは銃やクスリじゃない、中の小さなポケットにあったくしゃくしゃのメモだったんだ。意味のわからない字の羅列だったからバッグに放りこんだままにしてある。暗号鍵は、きみのお父さんのガレージにあるよ。キッチンのベンチの下、フェイクの壁の裏」

『だからノアが大好きなのよ！』カリオペが言った。『まだわかってなきゃ言うけど』

「じゃあ俺はゲイリーを拷問できないってわけか？」アダムは拗ねた声を出した。

「今はね」ノアが呟く。「でもすぐだよ」

『いつ取ってこれる？』

アダムは髪をタオルで拭った。「今から俺が行ってくるよ」

「ぼ、ぼくたちがね」

ノアは訂正したが、顎が外れそうなあくびがそれに続く。

アダムは首を振った。

「いや。お前はくたびれてる。眠らないと。俺がぱっと暗号鍵を回収、受け渡し場所に置いて、一時間で戻ってくるよ」

ノアが下唇を噛んだが、アダムはその唇をほどかせて、キスをした。

「大丈夫だって。まかせとけ」

「ん。わかった」ノアがうなずいた。

『決まりだね。置いたら連絡して』と言ってカリオペが通話を切った。

「少し寝てろ、ベイビー。すぐ帰ってくるから」

22
Noah

ベッドには入ったし、疲れ果てていたが、眠れるわけがなかった。思考の回転が止まらない。何をしていても、カリオペの言葉が幾度となく囁くのだ。(今も虐待犯と一緒にいるのかも――ノアがそうだったようにさ)

ノアのように。

何十人、もしかしたら何百人もの子供たち。ノアのような、最悪の虐待を受けた子供たち。人生を腐食する体験だ。たとえ記憶がなくとも。そんな子供たちはどんな人生を送る? 運良く忘却できているだろうか。そのことを話せるような年齢まで生きていられただろうか? アダムと出会う前のノアのように、心がさまよっていないだろうか?

カリオペの言うとおりだ。子供たちを見つけ出さないと。そしてどうにかして、支援を受けられるようにしたり、少なくとも正義を果たしてやらなければ。ノアだって、ホルトが父親ではなく虐待者だとわかっていたなら——あの苦しみと虐待をさっさと思い出せていたら——ホルトを殺したアダムに感謝できただろう。里子暮らしは地獄だったが、それでも。たとえ何年も明日のない暮らしになっても。ホルトの死にはそれだけの価値があったはずだ。

今もホルトが生きてたらなんて、想像もできないし、あの男が死んでくれたことを思うたびにほっとする。ノアは顔をごしごしとこすった。もしあの不完全なハードディスクのクローンに何の手がかりもなかったら？　せいぜい半分しか持ってこられなかったのだ。コンピューターにはうといが、半分より全部そろっていたほうがいいことくらいはわかる。

起き上がり、ノアは上掛けを放り出した。取りにいこう。まだ鍵も手元にあるし。こっそり入って、ゲイリーが気がつかないうちに出てこられる。そうすればカリオペに完全なハードディスクを渡せる。パズルのかけらではなく。

その天啓は、下りてきたのと同じ勢いで色あせて、ノアの興奮はしなびた。ゲイリーの家に行ったところで、ハードディスクのクローン作成方法も知らないし、携帯電話以上のハイテクの扱い方なんかわからない。そこはアダムまかせだった。クローン作成というのもよく知らないが、コピーのようなものだろう。

いやバカめ、と顔が熱くなった。コピーなんか必要ない。もうゲイリーには勘付かれているのだし。ハードディスク丸ごと頂いてくればいい。ノートパソコンごと。どう考えたってもうゲイリーにはバレている——たとえあの貸し倉庫にあった監視カメラがゲイリーのものでなくたって。もうノアがコソコソする必要はないし、パソコン一台取るくらい簡単だ。ゲイリーの鼻先からバックパックだってくすねてやったのだ。

ノートパソコンを持ち出せれば、カリオペの手元にすべてそろうはずだ。たとえ被害者の子供たちの名前が見つからなくたって、虐待犯と被害者を包む暗闇を照らす何かが必ずそこにある。深く息を吸い、吐く。カリオペを真似て。やろう。たとえ愚かな思いつきでも。たとえ最低最悪の思いつきだろうとも。あの子供たちにせめてもの正義を。

携帯電話をつかみ、時刻を見た。深夜。この時間ならまずゲイリーは店だろう。ノアは携帯電話をサイドテーブルに置いて立ち上がり、ジーンズに両足を突っこむとTシャツをかぶった。携帯電話と財布をつかみ、Ｕｂｅｒを呼んで、出迎えに建物の正面へ出た。

氷のように冷えたリンカーン・ナビゲーターの車内に滑りこみ、レザーシートに肌を削られながら身震いする。会話をしたがらない運転手でよかった。ノアの胃の中はもうスズメバチの巣のようだった。

本当にやる気か？

そう、やるのだ。アダムには後で吊るし上げられるだろうが。

でもアダムはノアの主人ではないのだ。とにかく、ノアとしてはそんな気はない。それでも携帯電話を取り出すと、怖じ気づく前にメッセージを送った。

眠れないから、ゲイリーのところまでハードディスクを取りに行ってくる。すぐ帰るよ。愛してる。


送ってから文面に気付いた。最後の一言を見つめる。真実だ。アダムを愛している。口にしたことはないけれど。言わない理由はいくつもあった。知り合って間もないし。ほんの何週間かのつき合いで愛を告白するなんてどうかと思うし。

だがそれ以上に、何より、アダムには応えられないとわかっているからだった。愛してると言って何も返ってこないなんて、心が潰れてしまう。アダムのせいではないけれど。トーマスには警告されているし、ノアはそれでもかまわないと言った。そう、大局的にはまあ、かまわない。

アダムはノアを守ってくれるし、優しくして、望むものを与えてくれる——ノアがそれを明確に言葉にする限り。互いに特別な存在だと、そのことを証明するためならアダムは何でもする。ノアにだってわかっていた、二人は特別だ。何より原始的な、根源的なところで、自分にはアダムしかいないと感じている。二人は……つながっている。鮮血と病んだ心から生まれた絆であろうとも。あるいは、だからこそ。

けれどアダムは、ノアを思って胸をときめかせることもなければ、ノアの不在を寂しがることもないし、離れていて切なくなることも、近くにいると知った時の息がつまるような胸苦しさも知らない。ノアの一部はそんなアダムが羨ましくもあるし、別の部分では痛ましくもある。それは祝福で、呪いだろう。

　携帯電話の画面に目を落とし、アダムが壁紙に設定していった写真の二人を見つめた。まったく普通の、恋する二人に見えた。写真のアダムはノアと寄り添って横たわり、お互いに頭を預けながら、二人して変顔をしていた。そのアダムはとてもノアを愛せないようには見えない。心から偽りなくノアを愛しているように見えた。

　ノアはまた大きく息を吸い、吐き出した。

「大丈夫かい？」と運転手に聞かれた。

　こくんと、ノアは頭を揺らす。「ん、大丈夫。ちょっと疲れてて」

　運転手はふたたび無視モードに入り、ノアは揺れるヘッドライトの中でちぎれ去っていく世界を眺めた。本当は、アダムが彼を愛してるかどうかなんて関係ないのだ。ノアはどこにも行きはしない。アダムの脳が出さない化学物質――エンドルフィンやらドーパミンやら、とにかく恋をしていると人間に思いこませる物質と同じものが、ノアに言うのだ。ほかはどうでもいい、世界で大事なのはアダムだけだと。

　というか、アダムはそんな化学物質の影響なしでノアを選んだのだ。ただノアだと決めた。ノアを見て、自分の相手だと決定した。ノアのために殺し、ノアのために死に、家族よりも誰よりも一番に選ぶ、そういう相手だと。このほうがすごいことでは？　脳内物質が干渉しない選択。ノアは、そのほうがうれしい気がする。それはまるで愛だろう。ならばノアはこれを愛と呼ぼう。アダムは自分に可能な限りの方法で、ノアを愛している。

十五分後、車はゲイリーの近所へ着いた。ノアはＵｂｅｒの運転手に家から一ブロック離れて停めるようたのみ、徒歩で近づくことにした。家の前に車がないのを確かめ、早足で玄関まで行くと、この間使った鍵を片手にドアを開けて、堂々と中へ入る。

侵入するとまっすぐゲイリーのオフィスへ向かったが、そびえ立つ箱の山にぎょっと足が止まった。引っ越し用の箱だ。きっちりガムテープで封をしてオフィスの隅に積み上げてある。ノアの心臓がバクバクと乱れた。どこに行くつもりだ？　ゲイリーは狙われていると気がついたのか？　仲間にも警告しただろうか。

そんな迷いを振り払う。引っ越しなんて誰だってする。きっと考えすぎだ。今は目的に集中しなくては。やるべきことがあるのだから。ノートパソコンを盗むのだ。箱の山を回りこみ、ゲイリーのオフィスチェアに腰掛けると、一番上の引き出しのトレイ下にアダムが戻した鍵がまだあるのを見てほっとした。鍵穴に差しこむ。カチッと小さな音。だが開けてみると、引き出しは空だった。

は？

胃に苦い液が満ち、動悸で胸が詰まる。怒りと苛立ちにまかせてデスクに拳を打ち付けた。くそ。出遅れたのか。もうすべて無駄になったのかも——。

いいや。

ノートパソコンは持ち運びができる。ゲイリーがあれをクラブまで持っていくとはとても思えない。バックパックが盗まれた後なのだし。ならそこらにあるはずだ。アダムだって自分のノートパソコンを、いつもダイニングテーブルに置いている。

ノアは立ち上がると、箱の山をすり抜けて廊下へ向かった。部屋から部屋へと、探しながら回っていく。箱の中は見なかった。ノートパソコンを先に荷造りするやつがいるとは思えない。ただしゲイリーはそうしたかもしれない。めったに使っていないから、とかで。ああ、もう。箱の中か？　山ほどの箱の底に眠っているのだろうか。見てわかる範囲にノートパソコンはない。くまなく探し回った。ゲイリーの寝室まで調べた。どこにもない。

くそったれが。

キッチンへ向かうと、ありがたいことにまだ調理器具が残っていた。小さな果物ナイフをひっつかんでオフィスへ引き返した。一つ目の箱を切り、中に古いファイルと銀行明細だけなのを見て唇をゆがめる。その箱を押しのけて次の箱にかかった。もう丁寧にやってる場合じゃない。不要なものばかりの箱を放り出していると、しまいには紙の山とひっくり返した箱があたりに積み上がった。

ポケットの中で携帯電話が震え出し、ノアはとび上がる。振動の正体に気付くまで、心臓が口からこぼれそうだった。携帯を引っ張り出し、画面をチラ見する。アダムだ。出ようとスワイプした瞬間、カチッと銃の撃鉄を上げる音がして、ノアは凍りついた。

ぱっと振り向くとそこにゲイリーが立ち、50口径のデザートイーグルを構えていた。銃があまりにでかくてゲイリーの手が小さく見えるほどだ。ああ、でかい銃が好きなのは納得。いかにもすぎる。

ゲイリーがせせら笑った。

「てめえは昔から小汚えネズミだったよ」

「やあゲイリー」

鼓動は胸全体に轟いていたし耳の中では血がドクドク鳴っていたが、ノアから出た声は陽気で、恐怖はかけらしか滲んでいなかった。

「クラブにいると思ってたよ」

ゲイリーが鼻を鳴らす。「だろうな。携帯を落としてこっちに蹴れ」

言われたとおりにしながらノアはできるだけ平静を保ち、ゲイリーがその携帯電話をポケットにしまうのを見つめた。ノアが出なかったら、アダムは探しに来てくれるだろうか？　ノアのメッセージは読んだだろうし。もう向かっているかも。今はアダムが駆けつけるまで、ゲイリーにしゃべらせて時間を稼がないと。

「ぼくがここにいるってどうしてわかったんだ？」

「無音の警報装置さ。簡単なやつだが、とりあえずの間に合わせだ。お前が俺のバックパックをくすねて家にまで押し入りやがったから、引き払うまでひとまず仕掛けといたんだよ。新しい家はすごいぞ、もっと気の利いた警報装置がある。用心はしとくもんだ、だろ？」

「そうみたいだね」

ノアはボソッと呟いた。もし命があったら、この先二度とアダムに単独行動は許されないだろう。

ゲイリーがオフィスチェアを指した。「座っとけ」

手にしている大砲で頭をふっとばされなくてよかったが、理由がわからない。ノアはどういうわけか、恐怖と麻痺を同時に感じていた。まるで脳が、どんなにヤバいことになってるか知らせまいとまたしてもノアを隔離しているように。

ゲイリーに勘付かれてはならない。アダムが来るまで、ノアはうまく立ち回らないと。

――アダムが来るなら。

（お願いだから来ますように……）

「散らかってるけど気にしないで」ノアは軽口を叩き、余裕たっぷりでニヤついた。「ぼくが小汚いネズミなら、そっちは紙ためこみネズミかな？」

ゲイリーが二歩、部屋に入ってきた。目が憎しみでギラついていた。

「てめえは昔っから割に合わないくらい面倒なガキだったよ」

身をのり出して、ノアは前腕をデスクにのせた。

「じゃあホルトと一緒にメキシコからぼくをさらったりしなきゃよかったのに」

ゲイリーが目を剝き、口をパクパクさせてから平常心を取り戻した。

「それをどこで？　お前がくすねた書類にも記録はねえだろ。小屋のハードディスクにもだ」

「DNAを先祖探しのサイトに登録したんだ。びっくりするくらい色々わかるんだよ。ホルトが実の父親じゃなかったってこととかね。ぼくにはテキサスに住んでる家族がいるとかも調べてくれる。血のつながった家族だ。あんたたちに奪われた」

その話に、ゲイリーが間を置いた。「マジでうざい奴だなお前は。俺のバックパックはどこだ？　返せよ」

ノアは椅子にもたれて、ゆらゆらと揺れた。「どうしてさ。あんたは金だってたっぷり持ってるし銃だって足りてるだろ。みすぼらしい黒いバックパックに何の用があんの？」と釣る。

「てめえにゃ関係ねえ」

「ポケットでくしゃくしゃになってた、おかしな文字と数字が並んだメモのせいかな？　あれ、暗号鍵だろ」

ふたたびゲイリーを驚かせようとして言ってみたのだが、反応にはぎょっとした。ゲイリーの顔がほとんどどす黒いまでに紅潮し、額や鼻の下に玉の汗が噴き出したのだ。

「わかってねえな？　てめえのせいで滅茶苦茶だ」とゲイリーが首を振る。「こいつはもう——」銃であたりをぐるりと指した。「手に負えねえ」

「こいつって？」ノアは聞き返した。「あんたたち小児性愛者《ペドファイル》の組織のこと？　どうしたのさ。もう強姦魔たちのド腐れ仲良し会じゃなくなっちゃった？　人が増えすぎてせっかくのパーティーが台無し？」

汗が、ゲイリーの顔をつたい落ちていく。今にも心臓発作で倒れそうだ。

「そんなふうに言うな。俺たちは子供たちを大事にしてきた。できるだけ優しく――」

ノアはドンとデスクに拳を振り下ろし、ゲイリーをぎょっとさせた。「やめろ。やめろ、よくも言えたな、お前たちが……」

鼻から息を吸って、落ちつきを取り戻そうとする。

ゲイリーを怒らせている場合ではない。今は生きて時間を稼がないと。

それにだ、ゲイリーにはいずれアダムやその兄たちとの楽しいデートが待っている。

「ぼくの手元にあるハードディスクと二箱分の記録は、あんたの話とは正反対だけどね。子供をいたぶるやり方はオハラに習ったわけ？　あいつにとってあんたたちは弟子がわりか？　伝統の技を授けるみたいな？」

ゲイリーが黒いボタンダウンシャツの袖で額を拭った。

「教わったのは、俺たちの情動が自然なものだということだ。本とか……色々で、俺たちは狂人でも異常者でもない、と示してくれた。これは進化のひとつにすぎないんだ」

何を言ってるんだこいつ。

「そんなデタラメを信じたっての？　マジ？　あのさあ、自分の心をのぞいてみろよ、そんな言い分に本気で納得してんのか、それともあんたらが振りまいた苦しみを言い訳で正当化してるだけ？　小さな子供だよ。どれだけの人生を踏みにじってきたかわかってんの？　もしあんたたちに本当にそんな真心があるなら、どうして用済みになった子供たちがあんなに死んでるわけ？」

子供への陵辱行為より死んだ子供たちの話題のほうが心痛むかのように、ゲイリーが鼻をすすった。

「お前には絶対わからない。外の世界……上辺の社会は、決して理解しようとしない。俺たちだって全員殺したわけじゃない。手に余った子供だけだ。いくらなだめようとしても聞かずに告発すると言い張った子だけだ。あんなことしたくもなかったが、関わる人間が増えすぎた。数が勝手に増えて、メンバーが偉くなった分、捕まった時に失うものも多い。だがお前は……お前は、立派に育っただろ」

「立派？」ノアはわめき返した。「あんたたちにされたことのトラウマで記憶を封じてたんだぞ」

ゲイリーがまばたきして目元の汗を払った。何かのクスリでもキメてるのか、それともノアから暗号鍵を取り戻せなければどうなるか本気で怯えているのか、どちらだろう。

「お前が、一人目だったんだ」ゲイリーが言った。「知ってたか？　ウェインと俺はメキシコに行ってた。近くにウェインの知り合いがいて……俺たちがほしいものを見つけてくれるんだ」

ノアは眉を寄せる。心臓が胸でドキドキはねていた。

「じゃあ、ぼくの誘拐も誰かが手引きしたのか」

けっと笑ってゲイリーが首を振る。

「それが違うのさ。お前の父さんがお前を一目見て――」

「あの男をそう呼ぶのはやめろ」銃を持っているのがむしろ自分であるかのように、ノアはぴしゃりと言い返した。「あいつが父親だったことなんてない」

「そうかよ。ウェインは、お前を一目見て恋に落ちたんだ。そりゃもうお前は可愛かった。道端で、年上の子供たちと遊んでてな。ウェインがただ近づいてって手を差し出すと……その手を、お前が取ったんだ。まるで運命みたいに、ウェインについて歩き出した」

ノアの視界の端がぐにゃりと歪んだ。今度はノアのほうが汗をにじませる。ゲイリーは独りよがりに話を盛っているのか？　それともノアはただ本当に、ホルトと一緒に歩き去ったのか？　どうして誰も気がつかなかった？

「まったく予定外だった」ゲイリーがうっとり呟く。追憶を味わうように。「すぐ捕まるだろうと思ったよ。だが……不思議とすべての星が俺たちに味方した。ちょっとお前に咳止めシロップを盛って少しの間トランクに寝かせただけで、何の問題もなくアメリカに帰ってこられた。

そうやって、お前は俺たちのものになったんだ。記録のない子供。誰も存在を知らない子供だ」

ノアの血は凍りついていた。唾を呑む。記憶が、ノアが作った囲いを砕こうと暴れまわっている。ノアは理想的な獲物だったのだ。何をしようが望むままの。そして男たちは、その欲望を果たした。

「あんたたちは怪物だ」

そう言われたゲイリーは心外という顔だった。

「俺たちはそりゃお前を可愛がって甘やかしたんだぞ。お前は学校に通わなくてもよかった。ウェインが自分で教えてた。朝飯にはケーキが出て、オモチャも遊びきれないくらいあった。お前が何かねだれば俺たちは喜んでかなえてやったよ。それが、そんなに悪い取引か？」

喉にせり上がってくる苦い汁を、ノアは押し戻した。

「ああ。殺されてたほうがマシだったね」

「何を大げさに言ってんだ」とゲイリーになだめられる。

大げさ？　足りやしない。

「それなら、ぼくがいたのにほかの子供に手を出したのはどうしてだ？　あんたたちの一番の獲物がいたのに？」

こらえきれず、声にさげすみがにじむ。

ゲイリーが肩をすくめた。

「お前が年を食ったからだ。俺たちにとっては、ってことさ。お前をくれって声はたくさんあった。大勢がほしがった。昔から可愛かったからな。そのそばかすだけで大儲けになったはずなのに、そんな時お前の親父さんが——ウェインが、誰かに殺されて全部台無しになっちまった。お前は俺のになるはずだったんだ。ウェインが俺に残した。俺に全部託した。ほかの連中の息の根を止められる証拠と一緒にな。あれのおかげであいつらをおとなしくさせられる。共倒れシステムはいい保険なのさ」

ノアの頭が痛んだ。心も痛んだ。だがもっと話を続けさせないと。「全部で何人いるんだ」

ゲイリーが眉を寄せる。「何がだ」

「ぼくのような目にあった子は、全部で何人？」

ゲイリーがまた肩をすくめた。

「もうわからん。俺は子供を入手して、邪魔されずにゆっくりできるよう山小屋を貸してやるだけだ。時々つまみ食いするくらいで。みんな、それぞれの役割があるのさ」

もしノアの手に銃があったなら、ゲイリーの脳漿は床にとび散っていただろう。だがその銃がない。

「で、あんたは誰の下で働いてんの」

ゲイリーがせせら笑う。「もうわかってんだろ？」

わかっている。

「オハラだな。あんたの師匠。オハラはあんたたちをチェスの駒みたいに操って、あんたは言われるままなんだろ。情けない」

「それでも頭に銃を突きつけられてるのはお前のほうだがな」とゲイリーが脅す。声が冷えていた。

「お前もだよ」

そのアダムの声に、ノアはほっと息を吐き出した。影の中から進み出たアダムは、比べるとずっと小ぶりな銃をゲイリーに突きつけていた。

ゲイリーはぎょっとしたが、銃を下げようとしない。

「誰だてめえ?」

そのこめかみにアダムが銃口をくいこませた。

「俺は、お前の彼氏をぶち殺した男だ。ほら銃を捨てろ」ゲイリーのためらい。「今すぐ捨てりゃ、お前を切り刻んで殺すのは考え直してやる。銃を取り上げるような手間をかけさせてみろ、のたくり回って死ぬことになるぞ」

ゲイリーが手を下ろし、指から拳銃を落として、訳がわからないという顔でノアとアダムをきょろきょろ見比べた。

「てめえがウェインを殺せるわけないだろ、若返りの水でもなきゃ。お前はまだ子供だったろ？」

「十六歳だ。だが今はもう違う。心から断言するがな、お前のことは、ホルトの時よりずっと楽しんで殺すつもりだよ」

ノアはちろりと出した舌で下唇を舐めた。ゲイリーに銃弾がぶちこまれるところを見たくてたまらない。

だがそこで閃いた。

「待って！」と声を上げる。「思いついたんだけど」

アダムが眉を上げた。

「聞こうか」

23
Adam

「で、我々は何故、何もない倉庫で待たされているのだ？」アティカスがさっと視線を部屋の中心にとばし、うんざりと唇を歪めた。「ほぼ、何もない倉庫で」

ポケットから絹のハンカチを出した兄が、じめついたカビ臭い屋内にいるだけで汚れがついたかのように手を拭うのを、アダムは馬鹿にした顔で眺めた。

「ああ、ぼくも今すぐ聞きたいね。いかなる理由でこの男が――」オーガストが、パイプ椅子にくくりつけられたゲイリーを指す。「まだ薬品風呂で溶解されていないのか」

ゲイリーが椅子で体を激しくよじり、猿ぐつわの奥から絶望の声をこぼした。

「黙ってろ」エイサが面倒そうに叱る。それでも従わないゲイリーを、靴をつかんで椅子ごと倒した。「楽しめそうなやつじゃないか。なかなか……いい感じに脂がノってて」

仰向けでのたくる男を無視して、アヴィがアダムをねめつけた。「で、みんなを集めたのはどうしてだ？」と苛々した言葉を向ける。「父さんがいないのはどうしてだ、ああ？」

アダムは肩をすくめた。

「俺に聞くな。お前らを集めたのはノアだ」

冷血な殺人鬼五名から視線を浴びせられて、常人なら萎縮するだろうが、ノアは壁にもたれてポケットに手を突っこんだままだった。頭に銃を突きつけられながら二十分もすごしたせいで、怯えの表情筋が麻痺しているのかもしれない。

兄たちへ語りかけるノアの顔はおだやかそのものだった。

「トーマスがいないのは、あの人が来ないことを選んだからだよ。あえて推測するなら、一種のテストなんじゃないかなと思うけど、今はそこを考えてる場合じゃない」

興味をそそられた様子のオーガスト、退屈顔のアーチャー、楽しげなエイサとアヴィ、そしていつもどおり悪臭に悩まされているような顔のアティカス。だがアダムが目を離せないのはとにかくノアだ。自信たっぷりの振る舞い。そそる。

ノアからアダムへ、ちらっと笑みが投げられた。

「アダムの話では、この連中を殺すには一度に片付けるしかない。登場人物が六、七人ならそこまで難しくはなさそうだけれど、ところがもう相手は二十人くらいまでに膨れ上がってる。政治家。警察官。聖職者。世間から注目されそうな重要人物たち」

「であれば、いかにする？」とオーガスト。

ノアはオーガストへ小首をかしげ、向けられたものに負けない聡明なまなざしを返した。

「そうだね、当初の計画ではきみたちが同じ夜、同時にそれぞれ標的を仕留めることになっていた。二十人相手にそれは不可能だ。一人殺されたと知れ渡れば、残りはゴキブリのように逃げ出す」

エイサがこくりと首を傾けた。「そんでそんで？」

「アダムの予測では、トーマスは皆に一人ずつ標的を消させるつもりのようだけど、それは効率的とは言い難い」

「だから？」アティカスがさっさと本題に入れというように眉をしかめる。

「そこで、一つの石で鳥をまとめて落とすのさ。ここにいるゲイリーに主要メンバーへ連絡させ、人里離れたところで、たとえばゲイリーの山小屋での、会合の約束を取り付ける。そしたら連中をまとめて閉じこめて火をつけ、取りこぼしは命からがら逃げ出すところを殺す。これで一度に片付けられるし、証拠も燃やせる。ロマンは足りないけれど実行可能だ」

計画としては高リスク。アダムに言わせれば正気の沙汰ではない。だがたしかに可能だった。いざとなれば最速で。アダムは最適な場所すら知っていた。ゲイリーの山小屋ではないが、同じほど人里離れたところだ。

「うわ」エイサが笑った。「キテる！　いーじゃん気に入った」

「やだね、こいつらはもっと苦しまないと駄目だろ」アヴィが倒れたゲイリーの椅子にまた蹴りを入れる。

オーガストが鼻で笑った。「お前は人体を切り刻みたいだけだろう」

「殺人用プレイリストをSpotifyに作ってるヤツに何を言われても」アヴィが中指を立て返す。

ムッとしたらしいオーガストは尖ったせせら笑いを返した。「悲鳴や命乞いを聞くと偏頭痛がするからだ」

アダムはあきれて首を振った。彼は銃を好む。始末がきれいで効率が良く、携帯性が高い。使いこなせれば現場もそう汚れないし、アダムは手練れだ。彼にとって、殺しは娯楽ではない。すべきことだからしているだけだ。それを為すために生まれたと、父に教えられて育ったから。

一方の兄たちは……アダムとはそこが違う。好きという範疇を越えて、殺人の愉悦を貪っている。エイデンを除く全員がそうだ。エイデンもアダムとはまた違うが。あの兄は、怪物というより兵隊だった。

ただし今回に限るならば、アダムは銃やナイフを捨ててでも火焔と炎を選びたい。ノアがそれを望むからには。あの連中が焼かれ死ぬまでを見届けるのは、神の裁きにすら近しいものがある。奴らにそれだけの咎《とが》がないとは言えまい。あとは兄たちを説き伏せ、血しぶきや派手な決めシーンを諦めてお手軽な殺しに賛成させるだけだ。

アダムは息をつき、じろりとオーガストを見た。

「今回は刃物にこだわらなくてもいいだろ。逃げ出す奴に弾丸をぶちこめよ。お前が見事な腕なのはわかってるんだ」と言ったが、苦々しさをうまく隠しきれなかった。

オーガストがあきれた顔をする。「いつまでそれを言う？　お前の標的を一人仕留めてやっただけなのに、永遠に根に持たれるとは。あれは配慮だ。お前が硬直していたから」

「十三歳だったんだ」アダムは声を尖らせた。

「ぼくの介入なしでは十四歳は迎えられなかっただろうな。感謝するがいい」

「いい加減にしろ！」アティカスが声を張り上げた。「減らず口は後にしてくれ。今からノアが貴様たちよりは賢い提案をしようとしてるんだ」

肩をすぼめたアヴィが頬を膨らませる。「はいはい。せめてコイツは刻んでいーい？」

ノアが顔をしかめた。「火をつけるだけで済むのに、相手を刺し殺せないのが本気でそんなに残念？」

エイサがうなずく。「文句じゃないよ。ただちょっとさ……手応えがほしいってか。やり甲斐が感じられない方法かなーと」

「あのね、きみらが連中をどんなふうに殺そうが、ぼくはどうでもいいんだ。ただ一度にまとめて始末しないとならないし、そのための要《かなめ》はゲイリーだ」ノアが説明した。「とにかくそこのところは異論ないよね？」

アダムの兄たちは顔を見合わせていたが、結局アティカスがうなずいた。「そのやり方でうまくいくだろう。この男に警報をまったく出させず連絡させられればだが」

アダムは、今も猿ぐつわの奥で絶望的な呻きを上げる男を見下ろした。「大丈夫さ、このゲイリーは、逆らえば脳天の一発じゃなく苦しみ悶えて死ぬことになるとよーくわかっているからな」

「こいつは言うとおりにやるよ」ノアも保証した。「だよね、ゲイリー？」

ゲイリーが必死にうなずく。アティカスが双子に顎をしゃくると、双子がゲイリーの椅子をつかんで起こした。ゲイリーの目が次々と皆の間を泳ぐ。

アダムがぎょっとしたことに、ゲイリーへ近づいたノアが男の腿に腰を下ろし、間近で顔をつき合わせた。

な気分？」

「怯える気分はどう？」冷え切った口調で問いかける。「お前はこれから死ぬんだけど、どんな気分？」

ゲイリーは反応もできず、ただ目を見開いてノアを凝視していた。ほかの全員もそうだ。ここにいるのは、壮絶な痛みとトラウマから生まれ出た、強くなったノアだ。

兄たちはノアに魅入られているようだ。そしてアダムは……アダムは、経験したこともないほど強烈に欲情していた。苛烈でひるまないノアを、車に引きずりこんでそのままヤリたい。そんな時間はないのだが。というか、ゲイリーの膝に落ちついたノアが男の恐怖を測るように小首をかしげている時間も、本当はない。

「ノアは食う前の獲物で遊ぶタイプか」オーガストが言った。「心憎い」

ノアは立ち上がったが、まだ中年男をじっと見下ろしていた。

「あのさ、ノアがゲイリーを殺すのが筋だよな」とアヴィ。「だろ。この殺しはノアのもんだ」

アダムは勢いよく向き直った。「ノアには誰も殺させない。一家に加わるからって血の試練は必要ない」

「うちは全員、殺しの初体験を済ませてるぜ」アーチャーがいつものごとく気怠く言った。

「ノアが自分で言ったろ」アヴィまで加わる。「これはテストだって。どーやら父さんにとってはこれも実験のひとつらしいや。ノアが我が家に加わるなら、ちょっとは手を汚さないと」

「駄目だ――」

「やるよ」ノアがさえぎる。

「必要ない」アダムは言いつのった。

ゲイリーへ向けたノアの視線は氷点下のようだった。

「必要だからじゃない。やりたいんだ。ただし全部済んでからね。ほかの連中が死ぬところをこの男に見せてやってから」

「ほい決まり」アーチャーが言った。「そいつの携帯を持ってきて、さっさと始めようぜ」

24
Noah

「もしあいつらが来なかったら？」

ノアは百回目の問いを呟いて爪を噛みながら、窓の外を双眼鏡でのぞくアダムを見つめた。

二人が座っているのは廃業した釣具屋で、五百メートルほど先にはかつて魚の孵化場（どんな商売なのか）だった古い木造の建物がある。アダムの話では、港自体が何年も前に閉鎖されたきり十年以上放置されているらしい。トーマス・マルヴァニー所有の膨大な物件リストの中でも忘れられた一つだ。

「来るさ」アダムが見張りを中断せずにきっぱり答えた。「お前の計画は賢い。父さんだってそう考えてる」

そうでもないが。トーマスは、この計画を無謀でリスキーだと言った。だがひとまず自分は静観するとも言った。ノアに多大な信頼を寄せている。ノアに言わせれば、寄せすぎだ。先日発揮したノアの虚勢は、腐った魚の悪臭漂う（実物は見当たらないのに）この崩れかけの汚い小屋で配置についた瞬間、煙のように吹き散らされて消えていた。

とはいえ、立地はまさしく理想どおりだ。朽ちかけた建物は、全員を中に封じてマッチ箱のように燃え上がるだろうし、その上――ゲイリーの山小屋と違って――ここなら山火事の心配もほとんどない。トーマスが自然保護に熱心という印象はないから、野生動物や植物への影響を慮ってというより必要以上の注目を避けるためだろう。

ノアが首を振りながら爪を強く噛んでいると、アダムが手をのばして見もせずにノアの手を口から外し、ジーンズを穿いた自分の太腿に引き寄せた。

「いい加減にしないと、罠にかかったクマみたいに自分の手を噛みちぎっちまうぞ。気晴らしがほしいなら、ぴったりのおもちゃがここにあるんだが」アダムはじつに楽しそうだ。

『うげ、勘弁しやがれ』アーチャーがノアの耳の中でぼやいた。

『ああ、通信機《コム》は接続中だ。野卑な挙動は謹んでもらおうか』さらにアティカス。

耳の中で他人の声がするのは奇妙だったが、何だかわくわくもした。血管にあふれるアドレナリンラッシュでノアの神経が騒ぎ出し、ドリンク剤の飲み過ぎのように心臓がはねる。

アダムがクスッとした。

「ベイビー、リラックスだ。ここからでも緊張具合が聞こえるぞ」

「つまりぼくの左側十五センチのとこから？」急に拗ねた気分で、ノアは言い返した。

『カップルカウンセリングしてる暇はねぇのよ』アヴィの声は低い。『傷ついちゃった気持ちは死体をひと山こしらえるまでとっといてくんない？　駄目？』

兄の声が聞こえなかったかのようにアダムが続けた。「リラックスしろ。すべて計画どおりだ」

「そのセリフさあ、どんな映画でも大失敗のフラグだよね」

こぼしたノアに、アダムが愉快そうにニヤついた。

ただ、たしかに順調だ。ゲイリーは救いを求める一報を放ち、一同の行為を暴露するという脅迫を受けたとヘンタイ仲間に知らせて、ピンチの打開策を練るために緊急の会合を呼びかけた。ゲイリーの言葉は真に迫っていた。いきなり良心の呵責に目覚めたわけではなく、タマに押し付けられていたハンティングナイフの効果だろう。

ノアは唇を噛んだ。

「でもさ、本当に。向こうは二十人で、こっちはたった六人だよ」

『七人だ』

ノアの耳の中で知らない声が言った。

「七人？」ノアはくり返す。

アダムがうなずいた。「ん。エイデンが来てる。この殺しのために飛行機で飛んできたよ。挨拶しときな」

「どうも」

挨拶してから、ノアは首を振った。このためだけに現れた謎めいた兄？　たよりにしていいのか、警戒するべきか。

アダムがくくっと笑った。「ほら」とノアに双眼鏡を手渡す。

それを目に当てたノアは、一台の車がゆっくり近づいて建物の前で停まるのを見つめた。たっぷり五分、車内で待ってからのっそりと出てきた男は、周囲をチラチラうかがって、まさに後ろ暗いところがあると言うも同然だ。大それた犯罪の黒幕にはとても見えない。

風にジャケットがはためき、脇に装着したホルスターが見えた。ノアの心が沈む。武装してくるだろうとわかっておくべきだった。「銃だ」と誰にともなく呟く。

『愚か者でなければ当然だな』アティカスが答えた。『予想の範疇にすぎない』

この新たな情報をアダムも何とも思っていないようで、ノアへ笑顔を向けた。

「ほら、ちゃんと来ただろ。奴らは失うものがでかすぎるからな」

「それはそうだけど、でも逃げるかもしれなかったし」とノアは反論する。

アダムが双眼鏡を取り戻した。

「ああ、逃げるのも手だったが、そう簡単には人生は捨てられないのさ。世界を手のひらで転がしてるようないい気分の時は、なおさら。こいつらは自分が無敵だと感じているから、その力を失わないためなら何でもする。ほぼ全員がトカゲの尻尾切りをしにここに来たはずだ。だからこそ、ゲイリーが最後に到着すると言っても疑われなかった。自分たちならこんな問題はひねりつぶせると、イキっていたい奴らなのさ」

風でほつれたアダムの黒髪が額を泳ぎ、淡い青い目が陽光でほとんど透明に光るのを、ノアはぼうっと見つめた。

「マジで。その顔かっこいい」と呟く。

『だから、通信《コム》がつながってんだ。パンツは下ろしてくれるなよお前ら』アーチャーがぼそっと突っこんだ。

どうして皆同じことを言う？

兄たちの一人がうんざりと息をついたが、声がするまで誰なのか聞き分けはつかなかった。

『アホくさくなってきた。俺たちはバラバラのがずうっといい仕事ができる。一晩で二十人、別々にぶっ殺せるさ。だろ？』アヴィだ。『そういうの何てったっけ？』

「連続殺人犯《シリアルキラー》？」ノアはとげとげしく言い返す。

『違うぞ、シリアルキラーには犯行パターンがある』エイサの声は脳の奥底をあさっているかのようだった。『乱発殺人《スプリーキラー》だ。俺たちはスプリーキラーみたいにやればよかったんだ』

『我々のそれぞれが三人ほど殺す勘定になるな』アティカスが口をはさむ。

『うち一名は二人殺す』とオーガストが修正を加えた。

『計算は嫌いだよ』ぼやくエイデン。

「加えて、洗浄する犯罪現場も二十箇所になるね」とノアは突きつけた。

『俺が言いたいのはさぁ、一晩で三人ぶっ殺すとかイカすじゃんって話でさ』アヴィは拗ねている。

『だが今日ならいちどきに二十名殺せる。兄弟勢ぞろいの家族団欒だ』とオーガスト。

『普通のご家族ならバーベキューで一家団欒だけどな』と返したアーチャーの声は皮肉にまみれていた。

その態度がアーチャーのデフォルトらしい。無造作な髪とアイライナーのおかげでまるで海賊だ。嫌味たっぷりの、飲んだくれ海賊。

『安心しろ、三十分後にはバーベキューのような匂いがしている』とオーガストが請け合った。

その一言で会話がしばし途切れた。車を停めた男たちが次々と古い建物に入り、ゲイリーを待つ様子を見守りながら――ゲイリー本人はアティカスの車のトランクに詰めこまれているが

——ノアはとてもじっとしていられない。胃液がせり上がり、耳の中で鼓動が暴れる。

最後の一人が到着したところで、アーチャーが通信器ごしに号令をかけた。

『標的がそろったぞ』

アダムがニヤッとノアを見る。「時間だ」

ノアをつれて釣具屋を出たアダムは窓のない孵化場へ向かった。全員に仕事が割り当てられている。アーチャーは二つの出入り口のうち、裏手にある木の両開き扉を塞いだ。エイサとアヴィはガソリンの缶を運び、木々や周囲の敷地をガソリン浸しにする。アダムは船着き場の水道管を取り外し、脱出した人間が火を消す手段を奪う。アティカスは車に残って、ゲイリーがうかつに動き出さないよう見張る。そして建物の閉ざされた扉の前に立ったオーガストは、金属製の道具を手にしていた。鉄でできたロック機構で、まるで『ゲーム・オブ・スローンズ』の世界にありそうな代物だ。まあ似たようなものか、とノアは思う。それこそまさにこれから〈血塗られた結婚式《レッド・ウェディング》〉なみの惨劇を起こすのだから。

エイデンはあまり加わろうとしなかった。ノアの横で腕組みしている。写真の中の彼とはかけ離れて見えた。爽やかな少年の面影はまるでなく、公園のベンチで寝泊まりしている男のような風体だ。それでもどこか愛嬌は残っていた。脇のグロックに手をかけていてすら。

全員、武装して備えている。逃亡が可能には思えないが、古い建物だし、壁を蹴り破ってくるかもしれない。

オーガストが扉を封鎖しにかかると、エイサがポケットからライターを取り出した。カチッと回すが、火花だけで何も起きない。一回。二回。……六回。

「おやおや。ごゆっくりどうぞ？」エイデンが甘ったるく言った。「連中が今にも怪しみ出すかもしれないなんて、気にしなくていいぞ」

エイサが皆に神妙な顔を向けた。「えーと。誰か、マッチある？」

「信じがたい。たるんでいる」アティカスが言い立てた。

「やめだ」オーガストが呟き、ポケットから携帯電話を取り出すと耳から通信機を外して、かわりにイヤホンをはめた。

「どういうこと？」心拍数が天井知らずにはね上がり、ノアは武器を取り出す全員を見つめた。

「一体どうなってんの？」

ぐいとアダムに顔をつかまれ、たっぷりキスをされた。

「お前はここにいろ。俺たち以外の奴を見たら誰だろうと撃て。迷うなよ」

「どういうこと？」とノアはまた聞き返す。

一体どこからかオーガストが二本のナイフを引っ張り出し、大道芸人のようにくるくる回してから、ＳＷＡＴチームばりにドアを蹴破った。会合参加者たちの唖然とした顔がこちらを向く。

全員でぞろぞろ入っていくと、アダムがノアに最後の一瞥を送り、ドアを閉めた。

木のドアの向こうから、オーガストの声が届く。

「ようこそ諸君。残念ながら諸兄らの友人は来訪がかなわない」

そして悲鳴が始まった。

25
Adam

アダムが次にそのドアを開けた時には、全身がきしみ、銃声で耳鳴りがして、七人全員がすっかり血みどろだった。

幸いほとんど自分たちの血ではない。見越していたとおり、一人として彼らの敵ではなかった。状況を呑みこもうとするだけで精一杯だったようだ。銃を携えていた数人も、震えて発砲すらできずに終わった。まな板の上の魚を狙い撃つようなものだった。まな板の上の魚を切り刻むようなものと言うべきか、オーガストと双子に限っては。

彼らを見た瞬間、ノアが扉に向けていた銃を下ろし、ロマコメ映画のラストシーンよろしくアダムの腕にとびこんできた。両腕と両脚でぎゅっと絡みつかれて、アダムは笑い声を立てた。

「もう出てこないんじゃないかと心配したよ。みんな死んじゃったのかと思った」

アダムから地面に下ろされながらそう言って、ノアはオーガストをチラ見する。オーガストは自分にしか聞こえない音楽に合わせて首を揺らしながら、日曜礼拝で聖霊と交信中であるかのように目をとじていた。

「……オーガストは心配いらなさそうだけど。でも、ほかはみんな死んじゃってもう会えないかと思った。どうしたらいいかわかんなくて。どれだけ長い時間かかったかわかってる？」

アーチャーが血まみれの眉を上げた。「そっちこそ、二十人ぶち殺すのがどんだけ面倒か知ってんのかよ。こんな重労働をさせられたんだから表彰してほしいねまったく」

ノアは顔を曇らせたが、アダムはアーチャーのいつもの文句からノアの気をそらしにかかった。

「俺たちは大丈夫だよ。何も問題ない。ただ、まともなライターを見つけないとな。やっぱり火事は起こさないと――どうにかして。でないと、次に兄貴たちと会えるのは殺しの被告人席だ」

アティカスが溜息をつき、血で汚れた両手を見下ろした。

「ノアはいつ、私の車のトランクに詰まっている小児性愛者《ペドファイル》の始末をつけるんだ？　熱中症でくたばっているかもしれないがね。この小屋を炎上させる前に奴も中に配置しなくては。現状、ゲイリーを犯人とするルートが有力だからな。携帯電話の記録。交友関係。この餌が空振りしても、時間稼ぎくらいにはなるだろう」

ノアの舌がチラリと唇からのぞいた。「今やろう。今すぐ。アティカスの言うとおり、ここでやらないと。あいつに、ほかの連中がどうなったか見せてやりたいし」

エイサとアヴィはハイタッチしそうな盛り上がりだった。「すぐつれてくるよ！」

ノアの返事がなかったので、双子はアティカスの車へ向かった。アダムはノアの手を取り、ほかと離れて建物の横へつれていく。手で包みこむと、ノアの白い頬にぺったりと血がついた。

「俺がかわりにやろうか。兄貴たちには好きに言わせとけ。お前はもう家族だ、認めさせるためにゲイリーを殺す必要なんかない」

ノアが視線を合わせた。「やりたい。これはあいつの生き方への報いだよ。悲しいのは、苦しめられたほかの子供たちに復讐のチャンスをあげられないことだけ。ひどいじゃないか」

「あいつの死だけで十分かもしれない」とアダムはノアの額にキスをした。

「足りないよ。被害者たちがこいつらの死を知ったって、世間にとってはこいつらは怪物なんかじゃない。真実を突きつけられない限り」

「それは始めからわかってたろ」

ノアの目に涙が盛り上がったが、感情が乱れた己を叱るようにまばたきでそれを払った。

「そうだよ。でもあのクズどもがヒーローや……犠牲になった善人みたいに扱われるのは嫌だ。

あいつらが何をしてきたか、世の中に知らせないと。あいつらの本性を見せたい」

「つまりどうしたい？」答えは承知の上で、アダムは聞いた。

「これまでつかんだ証拠を、カリオペから警察に渡して。匿名で送れるだろ。ネット経由で。そうすれば被害者たちに、もう自分たちは安全だって、訴えようと立ち上がれば声が届くよって伝えられる」

その主張に、アダムは考えこんだ。たしかにノアの言うとおりだ。あの連中の一人として、尊厳を保ったまま死ぬべきではない。その上、まだ主要な関係者を仕留めただけで、取りこぼしも残っている。行為に加わった連中やそれなりに手を貸した連中がまだ大勢いる。そいつらも全員報いを受けるべきだ。アダムとしては脳天に一発といきたいが、世間にさらし者にしたいとノアが望むなら、それで決まりだ。

「わかった。お前が言うなら、それでいこう」

「きみの父さんはいい顔をしないよ」

アダムは肩をすくめた。「父さんはこの計画にもいい顔はしなかったが、お前の判断を尊重したろ」

ノアはキュッと唇を嚙んでいたが、やがて言った。

「どうしてだろうね？　ぼくのことなんかよく知らないのに。何の訓練も受けてないただの素人だ。今回だって大失敗するところだった。なのにどうしてあの人は、こんなふうにぼくに任せてくれるんだろう?」

　当然の疑問だ。そしてアダムは薄々、答えを知っている気がしていた。

「それな。俺はずっと、父さんが死んだら俺たちはどうなるんだろうと思ってた。アティカスは自分が家長を引き継ぐ気でいるが、そんなのは患者が精神病院を乗っ取るのと変わりゃしない。あいつは冷静沈着に見せようとしてるが、上っ面だ。武器を手にすりゃ俺たちと変わらない人殺しだからな」

「うん……?」ノアが眉を寄せる。

「俺が思うに、父さんはお前に、自分と似たものを見出してるんだと思う。お前を……育てられないかどうかたしかめてるんだ」

「何だその変な言葉」ノアがイラッとする。「どういう意味さ?」

「つまりだ、父さんはお前がいつの日か跡を継いでくれるんじゃないかと期待してんだ、多分」

　ありえるならば、ノアの眉間のしわはさらに深くなったように見えた。

「それって……犯罪者に審判を下す役割を受け継ぐってこと?　生きるか死ぬかを判定する?　きみのお父さんはぼくを、きみたちエンジェルを従えたチャーリーにしようとしてる?」

　アダムはニヤニヤした。「俺たちの誰にも天使《エンジェル》の資格はないだろうけどな」

「何回か顔を合わせただけのぼくを、どうしてそんなに信頼できるわけ?」

　ノアは困りきった様子だった。

　アダムは笑って、彼を腕で包みこんだ。

「それ以外の道があるかよ？　家族の誰にもどうしようもない。俺は決してお前を手放さないってみんなわかってるからな」

「ぼくが逃げようとしたらきみがラジエーターに縛り付けるしね」

　ノアの声は、汗と血にぐっしょり濡れたアダムのシャツでくぐもっていた。

「縛るならベッドにだな」

　アダムはノアの頭のてっぺんにキスをする。

　小屋の角を回りこんできたアティカスが、抱き合う二人を見てうんざり顔をした。

「イチャつくのは後にしてくれ。オーガストがトランクでマッチを見つけたから、さっさとあの男を殺すぞ。今夜は父さんのチャリティパーティーに出席する予定があるんだ」

　アダムはくるっと目を回してから、ノアを見た。「できるか？」

　うなずいたノアは、深く吸った息を吐き出す。

「うん。やろう」

26
Noah

まず血臭がノアを襲い、鼻腔を満たして、何百万という銅貨に溺れているような錯覚をもたらす。その次に彼を迎えたのは大殺戮の光景。靴がぬらつく血だまりの中、薄暗い室内に目が慣れるまでノアはとりわけ慎重に動いた。

至るところで男たちが倒れ、最後の瞬間のまま手足を投げ出している中心には……前と同じ折りたたみ椅子に縛り付けられているゲイリーが、汗みどろで叫ぼうとしていた。

「椅子、わざわざ持ってきたの？」

ノアは呟くように聞いた。

アヴィがうなずく。「あれば便利かと思ったんだ。ほら、お前は初めての殺しだし、あいつが逃げようとしたら大変だろ」

ノアの眉が上がる。胸がじんわり暖かくなっていた。

「ありがとう。それって……素敵な思いやりだね」

双子がそろって満面の笑顔になった。

ノアは銃を抜いてゲイリーへ突きつけた。

「こいつの猿ぐつわを外して」

双子が顔を見合わせ、それからアダムを見る。

「聞こえたろ」とアダムが言った。

猿ぐつわがむしり取られると、ゲイリーはたちまちまくし立てた。

「たのむよノア、もういいだろ。こんなことやめてくれ。お前はいい子じゃないか。お前は俺たちみたいな人間と違うだろ。こいつらみたいな人間でもない」自分を取り囲む七人兄弟を見回す。「こいつらは怪物だ、でもお前は……お前は昔から、心の優しい子だった。親父さんはお前を愛してたよ。俺も愛してた」

すべてを聞き届けながら、ノアはこの男の命乞いが何一つ響かない己が不思議だった。

「俺がやろうか」アダムがまた言った。

「少し時間をやれよ」というアーチャーの言葉がノアを驚かせる。

「そうさ、良心の呵責なんかない俺たちにすら、簡単なことじゃなかったろ」とエイデン。

ふっと、ノアは胸が詰まるような思いになっていた。ここにいる彼ら——歪みきった殺人的サイコパスたちは、こうしてノアの家族となり、いびつな形であれ思いやりを寄せてくれている。彼らは、ノアがゲイリーを殺すのが怖いか決心がつかないと思っているのだ。

「こいつを殺したくはないんだ」ノアは言った。ゲイリーの肩がほっと下がるのを見て続ける。

「まだ」

「そうか。でも俺たちにあまり時間はないぞ」

ノアはゲイリーの左膝に狙いをつけて引き金を引き、男の絶叫を全身で味わった。

「今のが、あんたたち怪物にされたことへのお返し」右膝に狙いをつけるとためらいなく撃ち砕く。「これは、ほかの子たちにしたことへのお返し」

ゲイリーの股に銃口を向け、首をぶるぶると振り出した男の様子にノアは暗い満足感を覚えた。だが今さら遅い。発砲した。

「これはただのオマケ」

「上質な見世物の賞翫《しょうがん》はいいものだが」オーガストが言った。「しかし、その男の醜悪さに引導を渡したらどうだ。耳障りな悲鳴だし、後始末にかからなくては。時間には限りがある」

ノアは銃を構えた。「そうだね」

銃弾はゲイリーの眉間を正確に撃ち抜き、小さな穴のみを残した。ノアはそれを見つめる。耳鳴り。男の鼻腔から細く垂れた一筋の血。

ほぼたちまち、すべてがせわしなく動き出した。オーガストがノアの手から銃をひったくり、双子がゲイリーを椅子からほどいて死体の間に転がす。

すぐには火をつけなかった。アティカスに強制されて全員裸になると、水に飛びこんで血を流した。服はゴミ袋に集められ、着替えが配られる。武器は後で溶かすために金属の箱へ収められ、血染めの服は後でオーガストによってどこかで消滅レベルに焼却される。

マッチを擦るのは最後の仕事。ノアは下がって、ほとばしった小さな炎がガソリンの軌跡を駆け抜けて建物を囲み、木材に食らいつくのを見つめていた。小屋は一瞬で炎に呑みこまれた。それでも彼らはそこに立ち、もはや炎に後始末をまかせていいと確信できるまで待ってから、それぞれの帰途についた。

現場から遠く離れてから、やっとアダムがノアへ顔を向けた。

「大丈夫か？」

ノアは首を振る。「耳がガンガンする。射撃場ならイヤーマフがあるのに」治せるかのように耳たぶをつまんだ。

「俺が聞いたのは、ああいうことをして大丈夫かってことだ。ゲイリーに」

ノアはもう一度うなずいた。

「きっと罪悪感とか、せめて後ろめたさとかを感じるべきなんだろうけど。後でやってくるのかも。でも今は本当に、ただ……心が軽いよ。全部が終わったみたいに」

「終わったんだよ」アダムはそう言い切ってから、付け加えた。「とにかく、カリオペがちょうどいい捜査機関に証拠を流せば、それでケリだ」

ノアはあくびをした。「今は帰りたいよ。シャワーとタイ料理が恋しい。アイスクリームもいいな」

アダムがうなずいた。「まかせろ」

家の駐車場に車を入れながら、アダムが言った。

「あれ、本気でいいのか?」

何の話か思い出そうとするノアの頭を、百万個くらいの候補がよぎる。

「本気って、何が?」

アダムが車を停め、シートで体をひねってノアと向き合う。

「あのテキストメッセージ。本気なのか?」

ノアは顔がほてるのを感じた。「どの部分が?」とごまかそうとする。

アダムはニヤッとした。「俺を愛してるという部分だが?」

視線を膝に落として、ノアの鼓動が荒くなる。両手をぎゅっと握り合わせて震えを止めた。

この質問が殺人よりドキドキするなんて、どうしてなのか。

「うーん。かも、しれない?」

アダムがノアの顎を指ですくい上げ、視線を合わせた。

「俺を愛している、かもしれない?」

言いたい。言いたいのだ。ノアだって、アダムを愛していると言いたい。だがその言葉がつかえて出てこない。

なので、ただうなずいた。

アダムの笑みが大きくなる。

「そっか。俺も、お前を愛してる、かもしれない」

胸が締め付けられて、ノアの顔が歪んだ。

「言わないで。本気じゃないのに、言っちゃ駄目だ」

アダムがきょとんとする。「本気だよ。つまり、俺は本気のつもりだ」

「本気のつもり？」とノアはくり返した。

アダムが熱っぽくうなずく。

「ほら、俺には愛がどんな気持ちかわからないからな。でもお前に対して、これまで誰にも感じたことがない気持ちになっているのは本当だ。全然違う。ならこれが愛じゃないって、どうして言える？」

「わかんないけど。そうかもしれないけど」

「だから、俺はお前を愛してる、かもしれない」

首を振って、ノアは間抜けな笑みに顔を崩し、コンソールごしにのり出して互いの鼻をつき合わせた。

「じゃあ、ぼくも。きみを愛してる、かもしれない」

エピローグ
Noah

「前にさ、ぼくが逃げたらベッドに縛り付けるとは言ってたけど、独占欲で言っただけだと思ってたのに」

ノアは笑いながら、両手首と両足首の革手錠からのびた鎖を引っ張った。その鎖で、アダムのベッドの四隅にうつ伏せにつながれている。

笑いは、アダムの唇がうなじから背骨をたどると、すぐ呻きに変わった。尻の丸みに歯を立てられて鋭い息がこぼれる。嚙み跡が残るだろうか。その想像で股間がうずき、シーツに擦り付けていた。印が残るのは好きだ。

「独占欲」アダムが呟く。「俺には縁のない言葉だな?」

図々しい嘘につっこむより早く、アダムの舌が睾丸をつつき、それからぐいと広げられて穴にむしゃぶりつかれた。とんでもなく気持ちがいい――。

ノアの息が切れ切れになった。

「ねえ、ぼくが出かけないとならないの、わかってるよね？　お父さんが大金を払って、傭兵志願者向けの極秘ニンジャ訓練に入れてくれたんだ。断れないよ。あの人の計画の一部だし」

ノアにちゃんとした訓練を施すとトーマスが言ったのは、口先だけではなかった。この六ヵ月、ノアにはパーソナルトレーナーやマーシャルアーツの教官が付き、射撃場でおびただしい時間をすごし、〝警官気分〟を味わいたい脳筋丸出しのマッチョたちと一緒に疑似のＳＷＡＴ訓練まで受けた。

「飛行機の時間には間に合うよ」アダムが約束し、ベッドを這い上がってノアにかぶさる。彼のものが入り口にふれた。「ただし、俺のザーメンで中を濡らしたまま行くんだな」

その言葉にノアはマットレスに向けて身もだえし、達せないもどかしさに呻いた。

「アダム……」

その名は懇願。だがまるで届かない。

ノアにはよくわかっている、アダムは、ノアがどこかへ出かけるのが嫌で仕方ないのだ。五日間だろうと五時間だろうと変わらない。離れるとなると、いつでも理性をなくす。兄たちはそれを面白がっていたし、ノアはめんどくさがるふりをしていたが、心の奥底では……ゾクゾクするほどたまらなかった。

毎回、こうして罰せられた。もどかしすぎる、なぶられるだけの時間。それがいつまでも続くのだ、アダムの気が済んでノアに絶頂を与えてくれるまで。

「愛してるよ、そういうお前」アダムが囁いた。「裸で。無力で。俺のなすがまま」

ノアの全身がじんと熱を持つ。アダムは愛という言葉をよく使った。それが本物かもしれないとノアがどこかで信じはじめるくらい、くり返し。でも今でも二人はそういう話はしないし、分析や直視もしないようにしていた。してどうなるわけでもない。二人はうまくいっている。どうしてかなんてどうでもいいことだ。

「ぼくが気に入らないことをするたびにベッドに縛り付けるなんて、駄目だろ」

ノアはぶつぶつ言ったが、アダムのひと突きで奥まで満たされて、息が絞り出された。

「いーや全然駄目じゃない、よくわかってるだろ」アダムがノアの耳元で歌う。「ベッドでは俺はお前をどうしたっていいんだ。忘れたか？　お前のルールだ」

ノアのつま先が丸まり、快楽で神経が隅々まではぜる。アダムにゆっくりと遊ばれ、腰を回して犯され、ほとんど動かないのにどうしてか奥の奥まで貫かれて。

頭を横に倒し、息のような呻きをこぼした。

「そりゃ、そうだけど。でもあれは、ぼくに文句がある時はとにかくベッドに引きずりこめばいいって意味じゃ、ないんだよ」

アダムが耳朶に噛みつき、胸元から肩へと下から手を滑らせてノアの動きを封じ、さらに深く入ってくる。

「ならもっとはっきり条件をつけるべきだったな。もう止めるには遅いぞ」

止めたくなんてない。というかじつのところノアも、アダムの野蛮きわまりない問題解決スタイルが、わりと気に入っている。それがノアを手近な空き部屋に引きずりこんでめろめろになるまでヤリ尽くす、というものであっても。

アダムは何と言ったか、そう『俺のなすがまま』の状態にされるのは、癖になる。何の良心もなく人を殺す手、その同じ手がこうしてノアを容赦ない力で押さえつけ、より激しい動きを与えにかかる。効率よく殺すために鍛え上げた肉体がノアの上でしなり、深々と突きこみ、所有のしるしを見せびらかしたくてノアの体に痕を刻みこもうとしている。

二人の暮らしの二面性には、この先も慣れないだろう。正装でディナーに出たかと思えば（いまだにあの火事と、続いて噴出したスキャンダルの噂で持ちきりだ）、次の瞬間には殺人道具一式を仕度するアダムにノアが標的の個人情報を伝えている。

アダムの言ったとおり、彼らに火の粉が飛ぶことはなかった。カリオペは捜査状況に目を光らせ、警察内のやり取りをつかんでいた。二十人の小児性愛者《ペドファイル》を殺した犯人が誰なのか警察は見当すらついていなかったが、汚物が勝手に片付いてくれたと考えているのは明らかだった。

マルヴァニー家の一員である限り、アダムは不可侵だ。そしてノアはそのアダムに属している。陶酔すらもたらす自覚。まさに無敵。それがノアを無謀にする。それがノアを危険な存在にする。トーマスに受けさせられている傭兵訓練すら及ばぬほどに。だってノアを守るためなら、アダムは何でもするのだから。どんなことでもだ。アダムはまるでジャンクヤードに住みつく凶暴な犬。手綱を握るのはノアだ。

寝室だけは、そうはいかない。ここだけは。ベッドではノアはすべてをかなぐり捨て、アダムに決断をゆだね、あらゆる行為を受け入れた。そして今、アダムはひたすらノアを快楽の道具として消費したがっている。そうしている。腰をうねらせ、動きが勢いを増した。ノアの耳元で苦しげな息を喘がせ、アダムが囁く。

「ああ、くそ、お前の中はよすぎる」

ノアは目をとじて、ペニスに当たるシーツの刺激と、体の中にアダムがいる充溢感を貪った。アダムが済めばノアもイカせてもらえる。幾度か突きこみ、アダムはノアの肩に額を押し当てると、体をビクンと震わせて荒い声で達した。

しばらくすると、アダムはノアから己を抜き、枷から足首を解放した。手は残したままだ。尻を高く持ち上げられて、ノアは息を呑んだ。

「脚を開け」

アダムに従うと、その手でほてる屹立をつかまれてノアは低く呻いた。もういたぶる時間は終わりだ。巧みに先端までしごかれ、まぶたの裏に閃光がにじんだ。

「ああっ、あと少しでイキそう、止めないで、そのまま――」

「まだそんなに口が回るのか」

アダムが呟いて、ぬらつく穴に指を三本ねじこみ、性感帯の狭い一点を探し当てて擦った。

ノアの血が沸騰し、全身に汗が噴き出す。

「あっ、やっ、そこ、そのまま――もっと――おねがいアダム、あああ、そこ、そこいい」

そのオーガズムは猛烈で、目の前が暗くなって一瞬魂が抜けたようだった。まともな意識が戻ってきた時には枷は外され、仰向けに返されて、四つん這いのアダムが覆いかぶさるようにのぞきこんでいた。

「……何してんの」ノアは笑いながら聞いた。

アダムがニヤリとする。

「ヤリすぎて失神させてないか確かめてた。お前はちょっと……ボーッとしてたから」

ノアはあきれ顔になった。

「ぼくが出かけるってたびに、毎回これじゃないか。母さんに初めて会いに行った時なんか、三日間まともに座れやしなかった。腹を痛めて産んでくれた女性から、どうして座るたびにモジモジしてるのって聞かれてどれだけ気まずかったと思う?」

アダムはクスクス笑う。「俺の記憶じゃ、出かける前にスパンキングをせがんだのはお前だったろ。痛くしてってって。お前が言ったんだ、俺じゃない」

「アダルトグッズが性感帯でブルブルしてる時の言葉にまで責任は持てないよ」

ノアはムッとして言い返した。

生母との対面は順調に終わった。ニュースで見るような感涙の再会とはいかなくとも。ノアを抱きしめた母が長く失っていた息子の帰還にむせび泣くようなことはなかった。それでいい。そんなふうに感激されても、きっとノアは身の置き所がなかっただろうし。

ノアはもう大人で、母は新たな家族と新たな人生を持つ他人だ。気まずさや疎外感はなかった。誰もが温かく歓迎してくれた。ノアは母の今の夫（チャドという名の牧場主）に紹介され、彼らの未成年の子供三人、アンドレイナ、マルセラ、そして……ロレッタにも会った。ロレッタの名は、チャドの亡くなった母親のものだそうだ。

お互い、こみ入った話は何もしなかった。きっと疑問は山ほどあったけれど。だが聞いたところでノアは答えを知りたいかどうかわからなかったし、望まない答えを聞けば彼女を見る目が変わってしまうかもしれない。それに、自分の悲惨な身の上を聞かせて母の人生に傷をつけたくもない。知らなくてもいいことだ。彼女に非はないのだから。

彼らは空港でハグし、また話そうと約束して別れた。そしてそれを守っている。母は月に一度ほど、近況を聞きに電話をかけてくる。おずおずとアダムについて聞いたり、チャドや娘たち、牧場のことを話したりして、そんなのも悪くなかった。気楽だ。いつか、彼女を母親のように思える日が来るのかもしれない。それは今日ではないけれど。

ノアは無駄な期待は抱いていなかった。家族ならもういる。何ひとつ隠し立てしなくていい家族が。アダムの家族。完全にネジがイカれた狂気の家族。彼らはノアの秘密をすべて知っていて、そしてノアは彼らの秘密を知っている。

「おーい、どっか行っちゃったのか？」

アダムが聞きながらノアの額をはじいた。

ノアは物思いから覚める。

「きみの家族のことを考えてただけだよ」

前腕でのり出し、アダムが二人の鼻をつき合わせた。

「意識が飛ぶくらい俺からヤられといて、すぐに兄貴たちのことを考えるとか……侮辱と取る男もいるかもしれないぞ」

ノアは目をくるんと回して、ふざけ半分の手でアダムが仰向けになるまで小突いた。理由をつけて引きずり戻される前に、自分の側からごろりとベッドを下りる。

「きみがそういう男でなくてよかったよ」

ぽんと立ち上がったアダムがノアの前へ回りこんで腕を回した。

「そうかな？」

ノアはふんと笑う。「当たり前だろ。何でわざわざ聞くの」

その問いをアダムは無視した。

「なら俺はどんな男だ？」

「とっととシャワーを浴びて仕度しないとぼくを殺しかねないお父さんがいる男だよ」とノア

は壁の時計を見た。

「俺はお前を行かせたくないんだよ」アダムが泣き言を言う。

「だろうね、きみも、ぼくの尻も、そんなことはよーく知ってるよ」

その尻をアダムの手が包む。

「言うまでシャワーは浴びさせない」

「言うって何を？」

ノアは無邪気なすまし顔で、まばたきしながら見上げた。

「知ってるくせに」アダムは悲しむ子犬のように大きな目をしてみせる。「いいだろ？」

じつにあざといが、毎回ほだされてしまうのだ。

「しょうがないなあ」

ノアの顔が熱くなった。二人が作り上げた、バカバカしくも恥ずかしいくらいに甘ったるい儀式。小説や映画に出てきたらノアがドン引きするくらいの。それどころか、これを秘密にするためならノアは口封じも辞さないだろう——若い二人の殺人者にとっての、あまりにも大事な言葉。だけれどもアダムはそれを聞きたがる。それもしょっちゅう。どうしてなのかノアはよくわからないでいる。

それでも、ノアは溜息まじりに折れた。

「きみを愛してる、かもしれない」

アダムの顔が大きな笑みにほころぶ。

「俺も、お前を愛してるかもしれない」

その「かもしれない」を抱きしめて、二人は人生を築いていく。それもいい人生を。ノアが想像もできなかったような人生を。

花にして蛇シリーズ①
アンヒンジ

初版発行　2025年1月25日

著者　オンリー・ジェイムス［Onley James］

訳者　冬斗亜紀

発行　株式会社新書館
〒113-0024 東京都文京区西片2-19-18
電話：03-3811-2631
［営業］
〒174-0043 東京都板橋区坂下1-22-14
電話：03-5970-3840
FAX：03-5970-3847
https://www.shinshokan.com/comic

印刷・製本　株式会社光邦

Printed in Japan　ISBN 978-4-403-56060-6